Wolfgang Bittner · Niemandsland

Das Buch

Der Roman führt zurück in die achtziger Jahre der Bundesrepublik Deutschland. Der Ich-Erzähler, ein Universitätsdozent, gerät in eine Sinnkrise und Depression, aus der er sich durch das Erfassen seiner eigenen Geschichte zu befreien versucht. Er hat sich einen Standort geschaffen, doch die scheinbare Geborgenheit wird nach und nach in Frage gestellt. Das Gefühl der Sinnlosigkeit lähmt und läßt zugleich ahnen, daß die Ursache der Depression ein tiefes unterbewußtes Entsetzen ist. Fast zwanghaft spürt der Erzähler diesem unbestimmten Gefühl nach, nähert sich dem Ursprung seiner Angst. Ein Mosaik entsteht.
Rückblicke ziehen den Leser immer mehr in die Geschichte hinein: in die Kindheit nach dem Krieg, die Flucht aus Schlesien, das Leben in einem Barackenlager, in die Studentenzeit und die 68er-Bewegung, die Begegnung des jungen Juristen mit einer vom Erbe der Nazidiktatur belasteten Justiz. Die Suche nach dem Sinn des eigenen Lebens wird zugleich zur Suche nach dem Sinn in der Geschichte, führt zurück ins Mittelalter und in die Zeit der Eroberung Mexikos. Muster scheinen sich zu wiederholen, Spannungslinien laufen im Heute zusammen.

Der Autor

Wolfgang Bittner, geboren 1941 in Gleiwitz, lebt als Schriftsteller in Köln. Er studierte Jura, Soziologie und Philosophie und promovierte 1972 zum Dr. jur. Bis 1974 ging er verschiedenen Tätigkeiten nach, u. a. als Fürsorgeangestellter, Verwaltungsbeamter und Rechtsanwalt. Ausgedehnte Reisen führten ihn nach Vorderasien, Mexiko und Kanada. Er hat mehr als 30 Bücher für Erwachsene, Jugendliche und Kinder geschrieben, darunter die Romane »Wo die Berge namenlos sind«, »Die Lachsfischer vom Yukon«, »Narrengold« und »Marmelsteins Verwandlung« sowie das Sachbuch »Beruf: Schriftsteller«.

Wolfgang Bittner

Niemandsland

Roman

Allitera Verlag · München

Dieses Buch erschien erstmals 1992 im Forum Verlag Leipzig.

Die vorliegende Ausgabe ist als »Book on Demand« über die neue Digitaldrucktechnologie »Libri Books on Demand« hergestellt worden und über den klassischen Buchhandel und Internet-Buchhandlungen zu beziehen.

Weil »Books on Demand« elektronisch gespeichert und erst auf Bestellung gedruckt werden, sind sie nie vergriffen.

September 2000
Allitera Verlag
Ein Demand Verlag der Buch & medi@ GmbH, München
© 2000 Wolfgang Bittner
Umschlagmotiv: Dietmar Kunz
Herstellung: Libri Books on Demand
Printed in Germany · ISBN 3-935284-90-X

Inhalt

Vorbemerkung · 7

I	Vorstadtsommer · 8	
II	Das Lager und die kleine Stadt · 14	
III	Für schlechtere Tage · 20	
IV	Als der Krieg zu Ende war · 25	
V	Gespenstisches · 37	
VI	Erinnern um zu vergessen · 42	
VII	Theorie von den zwei Hälften · 46	
VIII	Zu etwas kommen · 53	
IX	Rauchschwaden ziehen über ein Schlachtfeld · 60	
X	Überblick · 65	
XI	Existenzentziehung · 72	
XII	Student und Bürger · 85	
XIII	Der Trüffeljäger · 106	
XIV	Die Justiz ist schwarz · 110	
XV	Kleine fette Birne mit Sattel · 119	
XVI	Wem gehört die Stadt? · 127	
XVII	Die Söhne der Väter · 135	
XVIII	Kaffeestreik · 146	
XIX	Nächtliches Gespräch · 152	
XX	Die Reise (erster Teil) · 159	
XXI	Rückstände · 168	
XXII	Die Reise (zweiter Teil) · 174	
XXIII	Zu Hause · 185	
XXIV	Das Prinzip Hoffnung · 192	

»Man spürt trotz
der ägyptischen Finsternis,
daß viele Menschen anwesend sind...«
Maxim Gorki

Von Zeit zu Zeit setzt sich in meinem Kopf der Gedanke fest, daß die Welt der Phantasie die tatsächliche, jedenfalls zu bevorzugende sei, während die sogenannte Realität mir höchst unwirklich erscheint und mich manchmal geradezu anwidert. Wir müssen essen, trinken, wohnen, uns kleiden; das sind die Grundbedürfnisse, und sie sind befriedigt. Was aber geschieht darüber hinaus? Und was könnte geschehen? Diese Frage, die mich mehr und mehr beschäftigt, verlangt immer dringender eine Antwort, die ich nicht nur denken, sondern nach der ich auch leben kann. Ich grüble, überlege, aber die Schlußfolgerungen aus diesem Gefühl der Unzufriedenheit bleiben undeutlich, und die verwirrende, beängstigende Unsicherheit der letzten Tage und Wochen nimmt wieder zu, trotz des warmen Sonnenlichts draußen auf dem frischen Grün der Bäume und auf der Haut.

Es wird Sommer. Früher war der Himmel an solchen Tagen sehr hoch und tiefblau, Bussarde kreisten bis zum Stadtrand, und auf dem Dach eines Bauernhauses an der Landstraße nisteten jedes Jahr die Störche. Am Horizont, als dicker Strich hinter den Zäunen und Wallhecken erkennbar, begann der Wald. Dahinter Heide und Moor. Flach das Land, schwarzgeflecktes Vieh dort, die Bauernhöfe ziegelrot. Gegen Abend zogen von der nahen See die Wolkenberge herauf. Früher, das erscheint mir wie gestern. Und heute? Als ob heute alles schlechter wäre, obwohl es sich besser zu leben scheint.

Hier, am Rande der Großstadt, hängt fast immer etwas Dunst in der Luft. Im Sommer wird es schnell schwül, wenn sich die Hitze in der von sanften Höhenzügen umgebenen tieferliegenden Innenstadt anstaut. Bis zum alten Marktplatz sind es drei Kilometer. Öffne ich das Fenster und beuge mich vor, erblicke ich zwischen den Hochhäusern und Wohnblöcken den Teil der Stadt, der sich drüben am Hang hinaufzieht. Nach Regentagen oder Gewittern kann ich über den Dächern und Bäumen die Kuppen der nahen Mittelgebirgszüge sehen.

I

Der Nachmittag hat angefangen. Ich sitze am Schreibtisch und arbeite. Das Zimmer ist groß, die schrägen Seitenwände aus braunem Holz treffen sich in der Spitze über den Querbalken, die das Dach stützen. Kommt man zur Tür herein, steht der Schreibtisch rechts unter dem schrägen Fenster, ein kleinerer unter der linken Seitenwand, daneben eine Liege. Die Tür wird eingefaßt von einem Bücherregal, das sich den Seitenwänden anpaßt. An der gegenüberliegenden Wand und unter den Schrägen stehen Ablagen, Truhen und Schränke, bedeckt mit Papieren.

Auf dem linken Schreibtisch liegt die noch aufgeschlagene Kladde mit den Aufzeichnungen, die mir von Tag zu Tag wichtiger werden. Der rechte Schreibtisch quillt über von Examensarbeiten, Prüfungsprotokollen und Notizzetteln, bei deren Anblick das Gefühl der Sinnlosigkeit zunimmt.

Ich lese: »Der Mensch ist nichts anderes als wozu er sich macht.« Ein weiterer Satz kommt hinzu: »Ich kann immer wählen, aber ich muß mir bewußt sein, daß ich, wenn ich nicht wähle, trotzdem wähle.« Und noch ein Satz: »Der Mensch ist verurteilt, frei zu sein.« Wie paßt das alles zusammen? Wie paßt es zu meinem Leben? Lange Zeit war ich überzeugt von solchen Sätzen, konnte mich danach richten, in den Veranstaltungen darüber sprechen und Seminare abhalten.

Den ganzen Vormittag habe ich versucht, mir einen Traum der vergangenen Nacht in Erinnerung zu rufen. Es will mir nicht gelingen. Wenige Sekunden nach dem Erwachen wußte ich noch, daß mich mein Traum in eine zurückliegende Wirklichkeit versetzt hatte. Immer wieder gibt es Ansatzpunkte, vage Gedächtnisfetzen. Eine Straße, ein Haus, gegenüber eine Ziegelmauer hinter den hell gefleckten Stämmen von Platanen; Menschen ohne Gesichter, wie Spuren. Auf der Straße fahren lange Kolonnen von Lastwagen mit Soldaten vorbei. Die Bilder fügen sich nicht zusammen, sind gleich wieder weg. Dafür wird ein Gefühl um so deutlicher: Angst. Was ist auf dieser Straße geschehen, vor dieser Mauer, in diesem Haus? Es muß lange her sein. Ungereimtes, längst Vergessenes, dennoch eingeprägt und hervorholbar wie alte abgegriffene Fotos, deren Ränder vergilbt sind.

Als Junge wollte ich Förster werden. Aber, immer ein Aber. Das Geld. Ich verbrachte die Nachmittage und die Ferien im Wald. Gleich nach dem Mittagessen oder schon nach dem Frühstück, je nach dem, verschwand ich, das Messer am Gürtel, ob es Sommer war oder Winter. Zumeist lief ich neun Kilometer durch Feldmark und Wald bis an den Rand eines ehemaligen Militärflugplatzes, wo ich mich zwischen den Betonbrocken eines gesprengten Munitionsdepots eingerichtet hatte. Manchmal schrieb ich Gedichte. Die Wochenenden verbrachte ich zusammen mit den Söhnen des Revierförsters, mit denen ich mich im Wald anfreundete. Wir besaßen Luftgewehre und schossen auf Konservendosen, die wir hochwarfen. Hin und wieder bekamen wir das Kleinkalibergewehr und die Erlaubnis, einen Eichelhäher oder eine Taube zu schießen. Katzen waren sowieso zum Abschuß freigegeben, sie galten als Schädlinge. Fingen sie sich in einer Kastenfalle, ließ der Forsteleve sie in einen Sack schlüpfen, den er mit einem Knüppel bearbeitete, bis sich nichts mehr regte. Ich sei ein guter Schütze, wurde gesagt. Aus mir könne etwas werden. Wer weiß.

Wie langsam, wie mühsam es vorangeht. Als stünde das Leben erst noch bevor. Diese erstaunlichen Bewegungen zwischen den zerklüfteten Landschaften in uns, über denen sich die schwebenden Phantasiegebilde erheben. Aber Erinnerung und Alltag lassen uns nicht aus den Klauen. Dann und wann leistet auch der Traum im Unterbewußten, was der schwerfälligere Verstand dem Bewußtsein vorenthält. Eine Straße, eine Mauer, ein Haus, das Grollen täglich näherkommender Geschütze, rasselnde Panzerketten. Lastwagen voller Soldaten fahren vorbei. Meine Mutter sagt: »Die OT.« Schaue ich im Lexikon nach, lese ich: »Fritz Todt (1891-1942), nationalsozialistischer Generalinspekteur für das Straßenwesen, Leiter des Baus der Autobahnen und des Westwalls. Nach ihm benannt die Organisation Todt (OT), für militärische Bauarbeiten.« Mir fällt ein: »Der Tod ist ein Meister aus Deutschland.« Jetzt kehrte er heim.

Die Gegenwart ist wirklich und unwirklich zugleich. In ihr handeln, atmen, träumen, erinnern und planen wir. Das alles. Lebt besser, wer nicht erinnert, was war? Oder kann man sagen: es komme darauf an, das Wesentliche zu erfassen und das Unwesentliche beiseite zu lassen? Aber was ist das und wie diese Zerklüftungen erschließen? »Der Dinge, die am meisten fürs Vergessen geeignet sind«, sagt Gracian in seinem Handorakel, »erinnern wir uns am besten. Das Gedächtnis ist nicht allein widerspenstig, indem es uns verläßt, wenn wir es am meisten brauchen, sondern auch töricht, indem es herangelaufen kommt, wenn es gar nicht paßt.« Die unabweisbare Durchdringung des Wirklichen durch das Unwirkliche, diese Verwirrung, die uns den Blick verstellt. Unser Unvermögen, einfach den ganzen Gedankenschutt beiseitezuschieben, aufzuräumen damit, hindurchzugehen mit kindlichen Augen, als läge vor uns noch ein unberührtes Leben. Als seien wir aus einem bedrohlichen Traum erwacht und öffneten eine Tür nach draußen. Ins wirkliche Leben.

Die Zeit vergeht. Allmählich nehmen die Geräusche zu. Die Bürostunden sind zu Ende, und in den Fabriken hat die Schicht gewechselt. Zu Hause geht es weiter. Nach Feierabend wird der Garten bearbeitet, das Auto gewaschen oder eine weitere Verbesserung am Haus vorgenommen. Die Gärten sind schmal, die Zwischendecken der Häuser durchgehend aus Beton. Das Hämmern am Ende der Häuserreihe dringt durch bis zur anderen Seite. Die Toilettenspülung der Nachbarn zur Rechten und zur Linken, der Geruch eines mit Karbolineum gestrichenen Zauns. Wer hier für sich sein will, hat es nicht immer leicht, und Freundlichkeit wird nicht selten als Schwäche ausgelegt. »Hannover 96 hat gewonnen!« höre ich. »Was haben denn die Salatpflanzen gekostet?«

Ein Vorbau, neue Fenster aus Doppelglas, eine Überdachung für die Terrasse, das Wohnzimmer wird getäfelt. Hat jemand auch den Flur mit Holz verschalt, schließen sich die Nachbarn bald an. Die Frauen verdienen mit, sonst wären die Abzahlungsraten und Zinsen nicht aufzubringen. Eine Konfirmation, eine Beerdigung, ein neues Auto. Ob wir im nächsten Jahr den Keller ausbauen? Oder das Dachgeschoß? Die Obstbäume werden jedes Jahr im Spätherbst rigoros zurückgeschnitten; keiner ist höher als vier Meter, damit Licht bleibt für die Gemüsebeete. Abends werden die Rolläden heruntergelassen, das bläuliche Licht der Fernseher verschwindet. Nur noch das Rauschen der nahen Autobahn ist zu hören. Alles geht seinen Gang.

Ruth hat in der Zeitung gelesen, daß in der Nähe des Ostviertels neues Bauland erschlossen wird. Ihr gefällt unser Haus, aber nicht die Umgebung. Sie meint, wir sollten uns umsehen. Auch ich empfinde den Widerspruch. Auf der einen Seite der intellektuelle Anspruch und die Arbeit an der Hochschule, auf der anderen Seite diese Enge. Dennoch bin ich der Meinung, daß wir warten sollten, ich fürchte mich vor neuen Verpflichtungen. Hätte ich nicht das Gefühl, von Ruth mißverstanden zu werden, würde ich gern mit ihr darüber sprechen. Schon wieder entsteht dieses Druckgefühl im Magen, und die Handflächen sind von einem Moment auf den anderen schweißnaß. Ich gehe ins Badezimmer und lasse das kalte Wasser über die Unterarme laufen.

Die Vorlesung muß vorbereitet werden. Aber erneut drängt sich etwas ganz anderes dazwischen. Dieser Schrei! Er war auch in mir. Dann wieder Stille. Ich kam aus der Stadt und parkte gerade das Auto. Ich horchte. Nach einem Moment meinte ich, mich getäuscht zu haben. Doch kurz darauf kamen die Polizei und der Krankenwagen.

Heute berichtete die Zeitung über die Ermittlungen. Der Täter war zweiunddreißig Jahre alt, Versicherungsvertreter, er hatte mit seiner Freundin deren Eltern besucht. Sie wollte sich scheiden lassen, doch ihre Eltern waren dagegen, weil ihnen der neue Freund nicht gefiel. Er war dann nach einer heftigen Auseinandersetzung am späten Nachmittag weggegangen und hatte in einer Gastwirtschaft zwei Mitglieder des Schäferhunde-Clubs kennengelernt. Gemeinsam waren sie nach einigen Bieren und Schnäpsen in das Vereinshaus gegangen, wo eine Preisverleihung gefeiert wurde, hatten dort bis spät in die Nacht weitergetrunken und gelegentlich auch mit dem einzigen weiblichen Vereinsmitglied getanzt. Männerwitze sollen erzählt und schlüpfrige Lieder gesungen worden sein, wie das bei solchen Gelegenheiten üblich ist.

Am nächsten Vormittag erhielt die Freundin des Versicherungsvertreters einen Anruf, sie möge ihm sein Auto auf den Parkplatz vor den Wohnblocks bringen. Als sie es dort abgestellt hatte und zu ihrem Vater ins Auto gestiegen war, um nach Hause zurückzufahren, erschien ihr Freund. Oben, am Fenster, stand die Frau aus dem Schäferhunde-Club.

Es kam erneut zu einem Streit, in dessen Verlauf der Freund in das Handschuhfach seines Opels griff, einen Revolver hervorzog und sowohl den Vater als auch die Tochter erschoß. Sie rannte noch quer über die Straße, um in einem der Hauseingänge Schutz zu suchen. Dort brach sie dann, von mehreren Kugeln getroffen, zusammen und verblutete. Ihr Schreien habe ich bis heute im Ohr.

Sie habe in Hamburg als Prostituierte gearbeitet, stand in der Zeitung, und ihr Ehemann sei zugleich ihr Zuhälter gewesen, der neue Freund auch kein unbeschriebenes Blatt. In der ganzen Stadt sprach man an den folgenden Tagen darüber. Die Mutter, so war zu hören, habe einen Nervenzusammenbruch erlitten, kurz darauf einen Schlaganfall und liege auf den Tod in der Klinik. So werden Konflikte ausgetragen und beendet. In seltenen, spektakulären Fällen steht etwas darüber in der Zeitung. Die Leute wollten vor allem wissen, wer die Frau aus dem Schäferhunde-Club gewesen ist. Sie soll inzwischen umgezogen sein.

Unten die Stimmen der Nachbarn, als fielen sie übereinander her. Dabei treiben sie ihre Unterhaltung, und das Kreischen und Brüllen sind ihr Lachen und ihre Scherze. Dazwischen Hämmern, Bohren. Der Nachbar zur Linken hat sämtliche Bäume abgehackt und die Büsche herausgerissen; er möchte eine freie Gartenfläche haben für noch mehr Gemüse und Kohl.

Ruth ruft, sie müsse noch etwas besorgen. Julia kommt herauf und will mit mir spielen. »Mal doch etwas«, sage ich. Sie setzt sich an den linken Schreibtisch und malt unseren Garten: den Fliederbaum neben der Terrasse, den von Büschen umgebenen Rasen, den vor zwei Jahren gepflanzten Kirschbaum, die beiden Beerensträucher, im Hintergrund die Fichten und Kiefern. Sie fragt, ob Füchse richtige Ohren haben. Ich sage: »Sie sitzen oben am Kopf und sind spitz.« Sie hat in den Himmel über dem Garten einen Fuchs gemalt, genau neben die Sonne. Dahinter beginnt der Wald.

Die Zeit läuft mir weg, und wieder fehlt es am Konzept. Die Studenten erscheinen mir bedrohlich. Hätte ich mich besser vorbereitet, wie noch vor Wochen, wäre alles leichter. Ich wüßte in der Abendvorlesung vielleicht etwas Sinnvolles zu sagen. So spüre ich schon jetzt den faden Geschmack, während ich Sätze formuliere. Es hilft nichts, ich muß gehen, ich muß mich überwinden. Das fällt mir immer schwerer. Obwohl sich die Studenten in den letzten Jahren zu beflissenen Schülern entwickelt haben; nichts mehr von der Aufbruchstimmung der 67er/68er Jahre ist geblieben. Wer nicht die besten Zensuren bringt, bleibt auf der Strecke. Sie arbeiten auf ein Examen hin, das für viele den Beginn einer längeren Arbeitslosigkeit bedeutet. Am Ende steht fast immer ein Kompromiß, denn selten entsprechen die Bedingungen des Arbeitsmarktes dem Lebensentwurf.

Ich steige die Treppe hinunter. Ruth kommt aus der Küche und sagt, einen leichten Vorwurf in der Stimme: »Das Abendessen steht schon lange auf dem Tisch.« Sie bemerkt nicht meine Abwehr. »Willst du denn nichts essen, bevor du gehst?« fragt sie. »Später vielleicht«, antworte ich, »wenn ich zurückkomme. Jetzt mag ich nichts.« Sie verkneift sich eine Rüge, ein flüchtiger Kuß.

An der Haustür steht der Name. Meine Verhältnisse sind geordnet, ich bin nichts anderes als wozu ich mich gemacht habe. Ich muß vorher noch ins Büro, die Post durchsehen, ich muß mich jetzt beeilen. Aber wie paßt das alles zu mir?

Das Gehen bereitet Mühe, mir ist schlecht. Umkehren wäre die richtige Konsequenz, doch unmöglich. Es hilft nichts. Ich muß mir Klarheit verschaffen, denke ich, mich vergewissern, zurückgehen. Dennoch starte ich das Auto und fahre los.

II

Die Vergangenheit ist hervorholbar, sie läßt sich in einer Kladde aufzeichnen, beschreiben. Seit Tagen werden die Stapel auf dem rechten Schreibtisch immer höher, während ich am linken Schreibtisch sitze. Es ist wie ein Zwang, diese Aufzeichnungen weiterzuführen, zu vervollkommnen, ein ambivalentes Gefühl von Pflicht und erwartungsvoller Bereitschaft, von Verstörtheit und einer tief innerlichen Erleichterung. Ich blättere zurück und lese.

Rechnete man die Flüchtlinge aus dem Osten hinzu, zählte die Stadt etwa 6.000 Einwohner. Sie lag auf einem Geestrücken am Rande der Marsch, im Norden das flache Land bis zur See, nur unterbrochen von den Baumgruppen einzelner Bauernhöfe. Im Westen und Süden gelbe Sandwege, Wälle, Brombeerhecken und Schlehdorn, weiter hinten die blaue Silhouette des Waldes. Der Fluß, Tief genannt und aus dem Moor kommend, zog sich in einer weiten Schleife nach Norden. Die Landstraße führte mitten durch den Ort.

Dann das Lager, zur Geest hin. Baracken wie große Streichholzschachteln, eine neben der anderen, ausgerichtet auf einen Appellplatz. Aber die Zeit der Appelle war vorbei, der Arbeitsdienst abgeschafft, der letzte Kriegsgefangene schon lange entlassen, das Lazarett wurde aufgelöst. Es war die Zeit der Flüchtlinge. In einer dieser Baracken hatte mein Vater monatelang mit schweren Verwundungen gelegen, in einer anderen bekamen wir, nachdem er halbwegs genesen war, zwei Zimmer zugewiesen. Das war nach dem Krieg.

In einem Ort namens Prenzlau in der Uckermark, so erzählte meine Mutter, habe sie abends, nach Sonnenuntergang, plötzlich ein leuchtend rotes Kreuz am Himmel gesehen. Da habe sie gewußt, daß mein Vater noch lebte, was ihr kurz darauf vom Suchdienst bestätigt wurde. Die nächsten Stationen hießen Berlin, Braunschweig, Hannover und Oldenburg, bis wir schließlich ankamen.

Schokolade. Eine Woche lang gab es jeden Tag einen Riegel, mittags Graupen-, Kartoffel- oder Erbsensuppe, manchmal ganz weißes Weizenbrot. Die Frostbeulen wurden behandelt, ich hatte ein richtiges Bett für mich allein. Als es Frühling wurde, begannen die Bauern ihre Felder zu bestellen, und ich guckte vom Zaun her zu ihnen hinüber. Ab und zu brachte der Postbote ein Päckchen von der Großmutter, die »drüben«, im Osten, geblieben war. Wenn auf der Landstraße Lastwagen mit englischen Soldaten vorbeifuhren, stellte ich mich zu den anderen Kindern an den Straßenrand und klatschte in die Hände. Das Ergebnis waren ab und zu ein Rosinenbrötchen, ein paar Biskuits, ein Stück Schokolade.

Bis in die Stadt ging man eine Viertelstunde, vorbei am Schützenplatz und an den Ligusterhecken der Siedlungshäuser. Die kopfsteingepflasterten engen Straßen um die Backsteinkirche mit den knorrigen alten Bäumen hießen Drostenstraße, Kirchstraße, Norderstraße, Burgstraße. Etwas abseits lag der Marktplatz mit Kreisverwaltung, Amtsgericht, Kino, Gastwirtschaften und dem Hotel Bremer Schlüssel. Dort fanden mehrmals im Jahr Viehauftriebe statt, im Juni der Johannismarkt. Dahinter lag, umgeben von einem verwilderten Park, das Krankenhaus, das früher ein Schloß gewesen war. Die Schule, ein düsterer Ziegelbau mit schmalen hohen Fenstern, befand sich unterhalb der Kirche, die auf einer Warft lag.

Seltsame Lehrer, die Kindern sogar das Singen mit dem Rohrstock einbleuten. Groteske Figuren wie in einem Bauerntheater. Der Rektor, wuchtig und rotbäckig, angsteinflößend, verteilte gelegentlich Ohrfeigen. Manchmal mußte man vortreten und erhielt einige Hiebe mit dem Stock auf die ausgestreckte Hand. Wer in die Hosen machte, wurde bloßgestellt. Wir waren 64 Schüler in der ersten Klasse.

Es herrschte eine dumpfe Atmosphäre. Aber wer nicht viel Gutes erwartet, kann nicht so leicht enttäuscht werden. Etwa 20 Schüler kamen aus einem Kinderheim, sie hatten im Krieg ihre Eltern verloren. Einige von ihnen waren schon älter, gewieft und verschlagen; ihnen konnte keiner mehr etwas vormachen. Man erkannte sie sofort an ihren geschorenen Köpfen, den einheitlich schlottrigen Hosen, den grauen Leinenhemden und vielfach geflickten oder zerrissenen blaugrauen Tuchjacken. Man hielt sich am besten von ihnen fern, sie waren unberechenbar, traurig und verhärmt, verschlossen und widerborstig, die älteren gewalttätig. Einige stahlen, was sie kriegen konnten: Butterbrote, Kreide, Taschentücher, Mützen, Schwämme, Griffel, Buntstifte. Einmal brachten sie Krätze mit in die Schule, ein anderes Mal Läuse. Nachmittags sah ich sie bisweilen auf den Fensterbänken und Treppenstufen eines kasernenartigen Gebäudes sitzen, das als Waisenhaus diente. Dann taten sie mir leid.

Ich kann mich nicht erinnern, in der Schule einmal richtig fröhlich gewesen zu sein. Während des Unterrichts regierte der Rohrstock; man hatte still zu sitzen und zu dulden. Ein Lehrer war Hauptmann gewesen, einer Feldwebel, ein anderer kam gerade von der Hochschule und mußte sich erst zurechtfinden. Vor der Stunde beten, die Hände auf dem Tisch, den Mund halten, Reihen von Buchstaben schreiben; die Griffel kratzten auf den Schiefertafeln. »Falsch, du Trottel, du taube Nuß.« Auf dem Schulhof wurde Luft abgelassen. Schlägereien und Mißhandlungen. Die Lehrer achteten darauf, daß niemand so sehr verletzt wurde, daß er ins Krankenhaus eingeliefert werden mußte.

Vor der Turnhalle stand einmal in der Woche eine Gulaschkanone vom Roten Kreuz. Mit Heißhunger aßen wir die Rübensuppe, das Rosinenbrötchen, den Teller Milchsuppe, das Päckchen Feigenbrot, das wir Katzeneier nannten, einmal in der Woche.

Der Schrotthändler, wir sagten Lumpensammler, kaufte nahezu alles: Eisen, Blech, Papier, Knochen, Lumpen, alte Öfen, Bettgestelle, Fahrräder, Autoreifen, mit Vorliebe Buntmetall, wozu auch die Messinghülsen von Patronen und Granaten zählten. Munition zu sammeln war streng verboten worden, nachdem ein Junge aus der Nachbarschaft durch eine explodierende Granate beide Beine verloren hatte. Aber so ernst wurde das nicht genommen, man mußte sich eben vorsehen. Es gab nicht viel dafür, das wenige reichte zu Hause als Zuschuß für ein Brot oder ein halbes Pfund Margarine. Wir hatten kaum zu essen.

Geschlagen wurde damals überall, in der Schule, auf dem Heimweg, zu Hause. Wie die Alten sungen, so zwitschern auch die Jungen. Es bildeten sich zwei Lager, Einheimische und Flüchtlinge. Wer den anderen in die Hände fiel, hatte Glück, wenn er mit einem blauen Auge davonkam. Fehden wurden am Rande der Stadt mit Knüppeln und Steinschleudern ausgetragen. Es gab Hautabschürfungen, Beulen, Platzwunden, ausgeschlagene Zähne, nicht selten floß Blut. Im Heimatkundeunterricht berichtete der Lehrer von den Fehden der Vergangenheit, von den Kankenas, tom Brok, Cirksenas, Ukenas und Omkens. Immer schon hatte es Krieg gegeben. Die ganze Geschichte war eine ununterbrochene Folge von Auseinandersetzungen, Plünderei, Seeräuberei, Mißhandlungen, Schändungen, Totschlag und Mord.

Seit der Mitte des 14. Jahrhunderts wurde die Stadt von der Häuptlingsfamilie Kankena beherrscht, deren Burg sich dort befand, wo nach ihrer späteren Zerstörung die Kirche errichtet wurde. Man schrieb, soweit man schreiben konnte, das Jahr 1454. Der Winter war mild, und am Weihnachtsabend waren die Wege schneefrei, die Wasserläufe von einer nur dünnen Eisschicht überzogen. Natürlich weiß man das heute nicht mehr genau, aber so könnte es jedenfalls gewesen sein. Vielleicht türmten sich *auch Schneewolken an einem niedrigen Himmel. Oder der Wind wehte scharf von Osten und kündigte kältere Tage an. Wer kann das wissen, mehr als 500 Jahre später? Wer hätte bei solchem Wetter Reisende vermutet, noch dazu am Heiligen Abend? Das Land war christianisiert, wie man das nennt, und zwar seit Bonifatius, der 700 Jahre vorher in dieser Gegend erschlagen wurde. Also: Heiliger Abend. Dennoch kam ein Trupp Berittener die Straße entlang, offensichtlich ein Ziel vor den Augen. Die in der Dunkelheit verborgene Stadt. An einem Schlehdorngestrüpp stiegen die Männer von ihren Pferden. Gedämpfte Stimmen, Metall schlägt an Metall, das Schnauben der Pferde, heiseres Lachen. »Ruhe!« Bis zur Stadt waren es noch dreihundert Meter, die ersten Häuser kamen in Sicht, der breite Graben, die Mauer. Langsam und fast unhörbar senkte sich die Zugbrücke herab, leise knarrend öffnete sich das Tor.*

Tanne Kankena, der Burgherr, war an diesem Abend nach reichhaltigem Mahl später als sonst zu Bett gegangen. Er war nicht mehr der Jüngste, die bevorstehende Wetteränderung riß in den Gliedern, und obwohl er einen ganzen Krug Bier getrunken hatte, schlief er unruhig, geplagt von schweren Träumen. Mitternacht war vorüber, da erwachte er und meinte in den Gängen Geräusche zu hören. Er lauschte im Halbschlaf und vernahm nichts als das Heulen des Windes. Vielleicht die Wachen. Sie waren seit Monaten auf ihrem Posten, denn es gab Auseinandersetzungen mit den Nachbarn. Man konnte nie wissen. Aber es war kalt und feucht draußen, im Bett so warm. Die Burg war sicher, das beruhigte. Er schlief wieder ein.

Kurz darauf, plötzlich, ein Lichtschein unter der Tür, ein huschender Schatten, der sich rasch vergrößerte und sich noch im Splittern des Riegels auf Kankenas Brust legte. Er war gefangen. Der neue Burgherr hieß Sibo Attena.

Nicht weit entfernt, gab es die Itzingas und die Quade Foelke, die sich jahrelang gegenseitig die Felder verwüsteten und Bauer von Bauer erschlagen ließen. Da hatte der Fürst Itzinga – es muß um 1400 gewesen sein – eine Stunde der Einsicht. Er schickte einen Unterhändler und bot Frieden an. Wenige Tage darauf kam die Antwort, diesmal kein abgeschlagener Kopf, keine abgeschnittene Nase, sondern eine Einladung auf die Burg jener Dame. Das war ermutigend. Die Nachrichten klangen freundlich, sogar herzlich, und die Einladung schloß die ganze Familie derer von Itzinga ein. Man verhandelte, ein Staatsbesuch stand bevor, man machte sich auf den Weg.

Die Gebräuche und der Umgang waren zwar rauh, um nicht zu sagen roh, aber wiederum nicht sittenlos oder anarchisch. Immerhin war der Jahre zuvor bei einer Fehde gefallene Ehemann der Gastgeberin von der Königin von Neapel zum Ritter geschlagen worden. Die Gastgeberin hatte sich beim Papst in Rom das Privileg erkauft, einen tragbaren Altar mit auf Reisen zu nehmen, um unterwegs Messen halten zu können. Auch war sie Stifterin eines Klosters und Wohltäterin eines weiteren. Andererseits war bekannt, daß sie nicht gerade zu Zimperlichkeit neigte. So hatte sie eine von Feinden besetzte Kirche stürmen und 200 Gefangene kurzerhand erschlagen lassen. Zwei gefangene Häuptlingssöhne waren im Verlies ihrer Burg so sicher verwahrt worden, daß sie sich gegenseitig vor Hunger auffraßen. Demnach war Vorsicht geboten.

Und noch einen anderen Vorfall, der sich aber auch später zugetragen haben mag, erzählt man sich: Eines Tages war ihr Schwiegersohn in heller Verzweiflung zu ihr gekommen, um sich über seine Frau zu beklagen, die offenbar wesentliche Charakterzüge der Mutter geerbt hatte. Den guten, aber wohl nicht ernst gemeinten Rat, die Tochter totzuschlagen, falls sie sich als Ehefrau nicht bessere, setzte er unmittelbar nach seiner Heimkehr in die Tat um. Daraufhin ließ die Schwiegermutter ihn, wie auch seinen Vater, gefangen nehmen und beiden den Kopf vor die Füße legen. Derartige Gepflogenheiten scheinen ihre nicht unmittelbar betroffenen Standesgenossen jedoch weder verblüfft noch erregt zu haben, zumal sich die Quade Foelke für viel Geld einen Ablaßbrief des Papstes kaufte. Man sieht, die Verhältnisse waren verwickelt und einfach zugleich, je nachdem und wie man das nimmt.

Doch auf der Burg der ehemaligen Gegnerin waren Vorbereitungen für einen würdigen Empfang getroffen worden. Davon hatten sich die Abgesandten der Itzingas überzeugt. Der Staatsbesuch konnte beginnen. Man begrüßte sich in entspannter Atmosphäre, verhandelte und plauderte, während das Festmahl vorbereitet wurde und die drei Kinder der Itzingas fröhlich im Burghof spielten. Man trank etwas, setzte sich schließlich zu Tisch und bald wurde das Essen aufgetragen: große Platten mit Fleisch und abgedeckte Schüsseln, die außergewöhnliche Genüsse versprachen. Dann hob die Quade Foelke von einer großen Schüssel den Deckel. Dann verstummten schlagartig die Gespräche. Dann sahen der Fürst Itzinga und seine Gemahlin die gesottenen Köpfe ihrer Kinder, umgeben von Salaten, Kräutern und Kohl.

Das alles finden wir in trockenen Worten in alten Chroniken, falls wir danach suchen. Das ist die eine Seite. Aber was lernen wir daraus, falls wir etwas lernen wollen? Was bedeuten uns heute die alten Berichte? Und wo finden wir Nachricht über die andere Seite, die der Dienenden und fortwährend Leidenden, der Unwissenden und Duldenden, der Aufbegehrenden und der Resignierten? Wir suchen lange und finden nichts. Wir wissen nicht, wie ihnen zumute war, wie es ihnen ging. Wir können es höchstens ahnen, wenn wir die Zahlen über Hinrichtungen lesen, die Angaben über Steuern und Dienstpflichten, die Schilderungen von Heerzügen, Eroberungen und Strafvollzug.

III

An manchen Tagen lebt es sich leicht. Der Kopf ist klar, wie der Himmel, und der Körper schmerzfrei. Ganz still ist das Haus. Nur manchmal dringen vom Garten herauf die hellen Stimmen der Kinder, das bedeutet, ich bin nicht allein. So, stelle ich mir vor, müßte alles verharren. Aber sofort weiß ich wieder, daß dieses Glücksgefühl nicht von Dauer ist. Ich gehe die Treppe hinunter und setze mich auf die Terrasse. Der Tee ist schon fertig, der Tisch gedeckt, es gibt Rhabarberkuchen. »Wie schön«, sage ich, und Ruth legt ihre Hand auf meine. Später kommen die Kinder hinter dem Zaun mit erhitzten Gesichtern und leuchtenden Augen auf ihren Fahrrädern vorbei wie Schwalben, die einen sonnigen Tag versprechen. So und nicht anders. Darüber zu sprechen, fällt schwer.

Am späten Nachmittag fahren wir zu Max und Renate, die draußen ein Gartenhaus haben. Sie sind beide Lehrer und wohnen eigentlich in der Stadt. Vor einigen Jahren kauften sie sich eine alte Kiesgrube mit der angrenzenden Weide und legten einen Garten an. Jetzt ist das Grundstück kaum wiederzuerkennen. Auf dem unbefestigten Feldweg hinter dem Dorf fahren wir vorbei an braungefleckten Kühen, neben den vier riesigen Eichen durch das Tor. Rundherum Kiefern, Fichten, Pappeln, Akazien, Birken und Wacholderbüsche. Die Pappeln sind schon ziemlich hoch, am Ufer des Teiches bilden sie einen Wald. Davor steht das Blockhaus. Fünf Schafe weiden in der Nähe eines Stalles, daneben ein Gatter mit Fasanen. Ein Bild wie aus alten Tagen. Eine Idylle, ein Tagtraum.

Zuerst wird gebadet. Bei der Anlegestelle, wo das Ruderboot liegt, führt sandiges Ufer sachte ins Wasser. Geht man etwas weiter hinein, wird es schnell tief genug zum Schwimmen. Das Wasser ist kalt, wir ziehen uns bald wieder an, und die Kinder schwärmen aus, um Himbeeren und Erdbeeren zu suchen. Max und ich nehmen die Angeln, während die Frauen sich an den Tisch vor der Hütte setzen. Wir gehen zu den Seerosen, befestigen Regenwürmer an den Haken und werfen die Angeln aus. Die Schwimmer liegen ruhig auf dem Wasser, das sich kaum bewegt. In den Pappeln gurren die Holztauben, über uns singt ein Zilpzalp sein eintöniges Lied. Die Sonne steht schon niedrig hinter den Bäumen, es wird Abend.

Max erzählt, daß in den vergangenen Wochen ein Bauernhaus im

Dorf, zwei Schuppen in der Nähe und ein Heuschober in der Feldmark abgebrannt sind. Die Kriminalpolizei vermutet Brandstiftung, alle Indizien sprechen dafür. »Wahrscheinlich ein Pyromane«, sagt Max. Er habe Angst, daß auf dem Grundstück etwas passieren könnte. »Wir haben soviel Arbeit hineingesteckt, fast jedes Wochenende seit mehreren Jahren sind wir hier gewesen. Wenn das alles umsonst wäre.« Man könne eine Feuerversicherung abschließen, aber die sei sehr teuer. Sie wollen sich das noch überlegen. »Ich würde hier gern bauen«, sagt Max, »wenn wir eine Baugenehmigung bekämen. Der Bebauungsplan soll zwar erweitert werden, das kann aber noch lange dauern, und niemand weiß, ob jemals etwas daraus wird. Der Bürgermeister bemüht sich allerdings darum; du weißt, ihm gehört die Weide zwischen uns und dem Dorf.« Auf dem Feldweg fährt ein Trecker vorbei. Vom Kirchturm herüber läuten die Glocken.

Mein Schwimmer zittert etwas, dippt, kurz darauf geht er weg. Ich schlage an, gebe nach und drille. Starker Widerstand. Der Fisch braucht eine Weile, bis er müde ist und ich ihn heranziehen kann. Es ist eine schöne dreipfündige Schleie. Max setzt sich etwas ab. Wenig später fängt er eine Regenbogenforelle.

Wir gehen zur Hütte zurück und öffnen zwei Flaschen Bier. »Renate ist nicht so ganz dafür«, knüpft Max unser Gespräch wieder an, »sie ist ein typischer Stadtmensch.« Renate scheint zu wissen, worum es geht. »Und das Geld?« fragt sie. »Vielleicht würde mein Vater etwas dazugeben«, meint Max. Sie schüttelt heftig den Kopf. »Ich verstehe dich nicht. So wie er dich in den letzten Jahren behandelt hat.«

Ein Standardthema der beiden. Eine Haßliebe zwischen Vater und Sohn. Ein Vater, der den Kontakt nur noch über finanzielle Schachzüge, Vorschriften und Maßregelungen zu halten versteht; ein Sohn, der sich fortwährend dagegen zur Wehr setzt, jeden Brief, jeden Besuch als neue Zumutung empfindet. Der Sohn ist Anfang Vierzig, der Vater über Siebzig und vermögend, bald wird er sterben. In letzter Zeit soll er mehrfach davon gesprochen haben, daß er seinen Sohn enterben wolle. Max sagt, das sei ihm einerlei.

»Mein Vater hat mir bis heute nicht verziehen, daß ich seine Fabrik nicht übernehmen wollte«, erklärt er. »Dann kriegst du auch das Geld nicht«, hat er damals gesagt. »Glaubst du, ich rackere mich mein Leben lang ab, damit mein Sohn alles verkaufen und herrlich und in Freuden leben kann? Wozu dann alles?«

»Er hat wirklich gerackert«, sagt Renate. »Ein Mann, der über seinen Verträgen, Bilanzen und Erweiterungsplänen vergessen hat zu leben.«

»Du hast recht, Renate«, erwidere ich. »Wie leicht mündet unser Leben in eine Sackgasse, ohne daß wir es gleich merken. In einem lichten Moment stehen wir dann auf einmal fassungslos da und fühlen uns fremd.«

»Vielleicht muß es auch Leute wie den Vater von Max geben«, sagt Ruth. »Sonst ginge es uns bei weitem nicht so gut. Ich meine den gesellschaftlichen Fortschritt, von dem wir alle profitieren; irgendwer muß schließlich dafür sorgen, daß etwas produziert, gebaut, berechnet und verkauft wird.«

Mir wird unwohl bei ihren Worten, denn diese Einwendungen kenne ich, diesen Zwiespalt. Er begegnet mir in unseren Gesprächen am Frühstückstisch, in der Zeitung, in den Rundfunkkommentaren, in Leserbriefen, in Diskussionen mit Studenten und Politikern. »Als ob wir, du und ich«, versuche ich meine Gedanken in Worte zu fassen, »diese Art von Fortschritt brauchten, diese vollabwaschbaren Plastikküchen, Großraumbüros, Digitaluhren, Leopardpanzerinfrarotzielgeräte ... Wir brauchen nicht einmal einen Fernseher, ist das nicht komisch. Erst recht nicht eine Technik, die doch nur darauf aus ist, den Menschen noch mehr auszunutzen, das Töten noch perfekter und unpersönlicher und das Sterben noch hygienischer zu machen.«

»Das habe ich mir auch schon oft überlegt«, antwortet Ruth. »Einerseits leben wir wie die Fische auf dem Trockenen, andererseits geht es uns gut wie dem Hecht im Karpfenteich ...«

»Ich fühle mich eher wie der Karpfen«, wende ich ein. »Manchmal befürchte ich, im nächsten Moment gefressen zu werden.«

»Es ist alles da«, fährt Ruth fort, ohne auf meine Worte einzugehen, »alles, was wir wünschen. Wir können es ermöglichen, wenn wir nur wollen. Gut, wir müssen dafür arbeiten, nicht selten sehr schwer, aber dieser Wohlstand überall. Guck dich doch einmal um: alle stöhnen, aber allen geht es so gut wie nie.«

»Das sehe ich anders«, sage ich. »Schon ein höherer Beamter oder Angestellter kann sich kaum noch vorstellen, daß der durchschnittliche Verdienst eines Arbeiters nur die Hälfte seines Gehalts beträgt. Und auf die zweite Hälfte kommt es entscheidend an. Wir wollen ja nicht von den Arbeitslosen sprechen oder von den Verhungernden in anderen Ländern oder von den Durchschnittseinkommen derjenigen, die zusammen so viel verdienen, wie die restlichen 95 Prozent.«

Renate, die aufmerksam zugehört und dabei an einem Pullover gestrickt hat, stimmt mir zu: »Alles läuft so automatisch ab. Du kommst gar nicht mehr zum Denken. Du gehst in die Schule, ins Büro oder in die Fabrik, nicht um etwas zu bewirken oder um etwas zu produzieren, nein, damit du deine Möbel, dein Auto, dein Haus schneller abbezahlen kannst. Und du wunderst dich nach ein paar Jahren, daß deine Kinder verlottert und schwererziehbar sind, daß dein Augenlid unkontrolliert zu zucken anfängt, deine Handrücken kleine braune Pigmentstellen bekommen, dein Arzt dich auf Darmkrebs untersucht.«

»Midlifecrisis«, kommentiert Max lakonisch.

»Nenne es, wie du willst«, erwidere ich. »Es ist das Gefühl, am Leben vorbeizugehen. Ich habe in letzter Zeit viel darüber nachgedacht, wie es kommt, daß ich nicht mehr in der Lage bin, mich richtig zu freuen wie früher manchmal. Selbst hier, in dieser Idylle, überkommt mich plötzlich wieder eine Art Bedrückung, die ich gar nicht zu beschreiben vermag. Ich merke nur, daß ich nicht in der Lage bin, die Gegenwart zu genießen. Es ist, als ob zwischen mir und dem wirklichen Leben eine Mauer stünde. Und an der Universität ist es oft noch viel schlimmer; dann fühle ich mich unglücklich und so unsicher, daß ich mich am liebsten verstecken möchte. Hinzu kommt, daß mir alles über den Kopf zu wachsen droht.«

»Du hast doch bewiesen, daß du den Anforderungen gewachsen bist«, sagt Max.

»Als ich neulich in der Stadt war, wechselte ich unwillkürlich auf die andere Straßenseite, weil mir ein Kollege entgegenkam. Ich sah mich nicht in der Lage, ihm zu begegnen. Ganz normale Situationen erscheinen mir immer mehr wie eine Bedrohung, und ich weiß nicht, wie das weitergehen soll. Es macht mir Angst.«

»Davon hast du noch gar nicht gesprochen«, sagt Ruth.

»Ich dachte, dieser Zustand sei nur vorübergehend. Aber dann merkte ich, daß er anhält und mich zwar einerseits lebensunfähiger, anderseits aber in einem positiven Sinne empfindlicher macht. Ich beginne etwas zu ahnen, wovon ich noch nicht genau weiß, was es ist.«

»Ich bin froh, daß du davon erzählst«, sagt Ruth und setzt sich neben mich. »Du warst seit einigen Wochen so abwesend, so unerreichbar.« Ihre Nähe tut mit gut. Ich fühle mich auf einmal erleichtert und nehme erst jetzt die Stille und den tiefen Frieden um mich herum so richtig wahr. Ich merke, wie ich ruhig werde.

Wir zünden zwischen den Feldsteinen ein Feuer an und legen, nachdem die Kloben durchgebrannt sind, einen Rost über die Glut. Die Fische werden ausgenommen, gesalzen und auf dem Rost gebraten. Dazu gibt es dicke Scheiben Bauernbrot und Wein, für die Kinder Buttermilch. Der Abend ist warm. Wir können noch lange draußen sitzen bleiben, bis es ganz dunkel ist und die Kinder zu quängeln anfangen. Auf der Heimfahrt im Auto schlafen sie ein. Wir tragen sie ins Haus, ziehen ihre Schuhe aus und legen sie in die Betten. »So ein herrlicher Tag«, sagt Ruth. Sie sieht glücklich aus, als wir aus dem Kinderzimmer kommen, und legt ihren Arm um mich.

Am nächsten Morgen dieses anhaltende, intensive Gefühl des Schwebens, so als könne mich nichts erreichen, was stört. Die Kinder schlafen noch. Ich gehe rasch um die Ecke Brötchen holen. Wir frühstücken zusammen, wie früher. »Du bist heute so ausgeglichen«, sagt Ruth. Sie lächelt mich an. »Alles ist, wie es sein sollte«, antworte ich. »Wir sind glücklich, die Kinder blühen und ich freue mich schon auf diesen Tag am Schreibtisch.« Wie ich meinen Worten hinterherhorche, fallen mir Börnes Sätze aus der Frankfurter Gedenkrede auf Jean Paul ein: »Nichts ist dauernd, als der Wechsel; nichts beständig, als der Tod. Jeder Schlag des Herzens schlägt uns eine Wunde, und das Leben wäre ein ewiges Verbluten, wenn nicht die Dichtkunst wäre. Sie gewährt uns, was uns die Natur versagt: eine goldene Zeit, die nicht rostet, einen Frühling, der nicht abblüht, wolkenloses Glück und ewige Jugend.« Das will ich mir merken, für schlechtere Tage. Obwohl es so gar nicht stimmt.

IV

Gestern habe ich die Schreibtische gewechselt, die Korrespondenz, Fachbücher, Examensarbeiten, Prüfungsprotokolle und Notizzettel auf den linken Tisch geräumt, den rechten freigemacht. Er ist leer, bis auf die Kladde. Schreibe ich hinein, überkommt mich eine große Gelassenheit. Die Verwirrung läßt nach; auch das tiefe Entsetzen, das ich erst jetzt, im Rückblick, zu orten vermag. Ich lese, was ich bis in die Nacht hinein notiert habe, und der helle Tag vermittelt mir ein Gefühl von Sicherheit und Geborgenheit.

Mein Vater war sehr streng. Mit vollem Munde spricht man nicht, und wer nicht will arbeiten, der soll auch nicht essen. Bei Tisch hatte man aufrecht zu sitzen, die linke Hand leicht aufgestützt, und den Löffel oder die Gabel geradeaus zum Mund zu führen. Er war Hauptfeldwebel bei der Luftwaffe gewesen, in der Fallschirmjägertruppe. Den Krieg hatte er von Anfang bis Ende mitgemacht: in Rußland, auf Kreta, in Italien, Frankreich, Belgien und Holland. In der Gegend von Kleve hatte ihm Anfang 1945 ein kanadischer Spähtrupp eine Handgranate vor die Füße geworfen, als er mit seiner Kompanie einen Straßenabschnitt verteidigte. Das Glück, das ihn den Krieg bis dahin hatte heil überstehen lassen, ließ ihn auch dabei nicht im Stich; ein Bein hing nur noch an den Muskeln, aber es brauchte nicht amputiert zu werden.

Die erste Zeit nach dem Krieg ging er an Krücken, während die Knochen langsam wieder zusammenheilten. Rente bekam er nicht, weil der Vertrauensarzt des Versorgungsamtes, ein ehemaliger Oberstabsarzt, die Verwundungen als zu leicht einstufte. Lange Zeit eiterten Metallsplitter heraus. Mein Vater freute sich, daß ihm das Bein nicht abgenommen wurde.

Mehrere Jahre war er arbeitslos und kümmerte sich ehrenamtlich um den Aufbau eines Kreisverbandes der Gewerkschaft Bau-Steine-Erden, bis ein hauptamtlicher Sekretär eingestellt wurde. Ich glaube, er war damals todunglücklich. Einmal wehrte ich mich gegen seine Schläge mit einer Gabel, die ich zum Essen in der Hand hielt, und er verletzte sich am Handgelenk. Ich schlag' dich tot, du Hund!« schrie er, hieb mir seinen Stuhl über den Rücken und stieß meine Mutter beiseite, die dazwischensprang. Ich flüchtete in die Weißdornbüsche hinter der Baracke und wagte mich erst abends wieder hinein.

Hinterher bastelte er mir einen Bauernhof aus Sperrholz. Die Tiere sägte er mit der Laubsäge aus, malte sie an und befestigte sie mit stehengelassenen Fußzapfen auf der Holzunterlage. Er spielte gut Mundharmonika, aber Lieder sangen wir selten. Im Winter saßen wir oft um den Ofen herum und hörten stundenlang Radio. Mehrmals in der Woche gab es Hörspiele, schon am frühen Nachmittag Schulfunk. Wenn die Eltern fortgingen, hatte ich auf meine kleine Schwester aufzupassen. Wir spielten mit meinem Bauernhof und ihrer Puppe, die meine Mutter aus einem alten Strumpf genäht hatte. Im Sommer gingen wir an den Feuerlöschteich, aus dem man Weißfische und sogar Hechte und Aale angeln konnte. Zweimal am Tag fuhr jenseits der Landstraße die Kleinbahn vorbei, die später, als der Autoverkehr zunahm, stillgelegt wurde.

Wir sammelten Brennesseln und Löwenzahnblätter zum Essen und Holzabfälle zum Feuern. Die Arbeitslosenunterstützung betrug für vier Personen 24,40 Mark in der Woche; die Miete kostete monatlich zwanzig Mark, ein Brot achtundneunzig Pfennige. Eines Abends klopfte es an die Tür, und als ich öffnete, stand ein fremder Mann mit zwei großen Koffern draußen. Es war mein Onkel, der jüngere Bruder meines Vaters, der unsere Adresse vom Suchdienst erfahren hatte. In den Koffern befanden sich Kleidung, Konservendosen, Hartwurst, sogar Zigaretten und ein halbes Pfund Tee. Der Onkel erzählte, daß er gleich nach Kriegsende vorübergehend Arbeit bei der kanadischen Besatzungsarmee in Osnabrück gefunden hatte. Bevor die Kanadier ihr Militärlager den Engländern übergaben, die sehr hochnäsig auftraten, hatten sie säckeweise schwarzen Tee verbrannt, um ihn nicht den ihnen unsympathischen Verbündeten zu überlassen. Da wußte mein Onkel noch nicht, daß man für Tee, ein Nationalgetränk in unseren Breiten, eintauschen konnte, was man wollte. Unser Pech; denn für ein, zwei Säcke Tee hätte man damals ein ganzes Haus bekommen können, und mein Onkel stand auf gutem Fuß mit dem kanadischen Kommandeur.

Nebenan wohnte Walter Kosinski, ein Junge in meinem Alter. Sein Vater war Trinker und saß an heißen Sommerabenden auf einem Stuhl vor der Baracke, eine Flasche Fusel in der Hand. Am Oberkörper war er nackt, und die Hosenträger hingen seitwärts herunter, oder er trug ein schmuddeliges Unterhemd. Durch die offenen Fenster war die kreischende Stimme der Frau zu hören, die sechs Kinder zu versorgen hatte und mit dem siebten schwanger ging. Ab und zu steckte sie den Kopf heraus und schrie mit schriller Stimme die Namen der Älteren, die noch draußen waren und ins Bett sollten. Darauf knurrte ihr Mann:

»Hoffentlich ist da bald Ruhe!« und nahm einen Schluck aus seiner Flasche.

Meistens rief Frau Kosinski vergeblich. Ihre Kinder kamen aber von allein, sobald es dunkel wurde. Manchmal kam die Polizei und nahm Kosinski mit; dann dauerte es einige Zeit, bis er wieder auftauchte.

Wir hielten uns abends hinter den Baracken auf und fingen in einem Abzugsgraben Frösche, mit denen wir Wetthüpfen veranstalteten. Um unseren Frosch zu Höchstleistungen anzuspornen, kitzelten wir ihn mit einem Halm, der zugleich dazu diente, die Richtung zum Ziel anzugeben. So vertrieben wir uns die Zeit. »Wenn man einen Strohhalm nimmt, kann man sie aufblasen bis zum Platzen«, sagte Walter und schnappte sich seinen Frosch. Mir war das eklig. »Wenn du es tust, haue ich dir eine runter«, warnte ich ihn. »Ist doch nur zum Spaß«, erwiderte er grinsend und begann zu blasen. Ich sprang auf ihn zu, und er warf mir den Frosch ins Gesicht. Im Nu hatte ich ihn im Schwitzkasten, aber er zog mir die Beine weg und wir purzelten die Böschung hinunter in den Graben. Meine Hand blutete aus einer Schürfwunde. »Zeig mal her«, sagte Walter versöhnlich, nahm meine Hand und spuckte kräftig auf die Verletzung. Ich riß die Hand fort und stieß ihn in den Magen, daß ihm die Luft wegblieb. »Du Schwein!« schrie ich grimmig, »ich schlag' dich zu Brei!« Walter hielt sich den Magen. »Warum denn?« fragte er keuchend und mit schmerzverzerrtem Gesicht, »mein Vater macht das auch immer.« Er begann mir zu erklären, daß Spucke eine heilkräftige Wirkung habe.

Wir schlugen uns und vertrugen uns, wie es gerade so paßte. Nasenbluten, blaue Augen oder ausgerissene Haare waren keine Seltenheit. In erster Linie zählte körperliche Gewalt, deren Wirksamkeit sich durch Wendigkeit und heimtückisches Verhalten noch steigern ließ. Ich lernte mit der Zeit die Finte nach oben und den Boxhieb in die Magengrube, auch »finnischen Kopfstoß« oder Rückenwurf. Bei manchen ging es einige Jahre später in den Gaststätten und Tanzdielen weiter. Gewöhnlich siegte aber über jede Art der Feindschaft untereinander die Langeweile.

»Guck mal, die Holschen vom Gerd«, sagte Walter und zeigte auf die Holzpantinen eines anderen Jungen, der im Graben herumwatete und Stichlinge fing. »Was ist damit?« Er nahm die Frösche aus unserer Blechdose, steckte sie in die Pantinen und stopfte die Socken davor. Kurz darauf ging Gerd Oremek mit nassen Füßen nach Hause, sein Einweckglas mit den Stichlingen in der einen Hand, die Pantinen in der anderen. Wir schlichen hinterher und warteten, bis wir die spitzen Schreie von Frau Oremek hörten, die in der Küche die Pantinen ausgeschüttelt hatte. Danach setzten wir uns in der Dämmerung hinter den Wall und ahmten das klagende Miauen der Katze von Frau Guse nach, die sich bald zum Fenster herausbeugte und ihren Liebling rief, der irgendwo in der Feldmark herumstromerte und Vogelnester ausraubte.

Am liebsten neckten wir den alten Zielinski, der von der Fürsorge lebte, wie die meisten im Lager, und regelmäßig am späten Nachmittag mit schlurfenden Schritten zu einer freistehenden Toilettenbude ging, eine alte Zeitung in der Hand. Uns fielen immer neue Streiche ein, die wir ihm spielen konnten. Ließ er sein Fahrrad draußen stehen, stand der Sattel bald verkehrt herum. Oder wir befestigten eine Schnur am hinteren Schutzblech, so daß er beim Wegfahren plötzlich ruckartig und mit einem Krach stehenblieb. Mehrfach bauten wir auf dem Weg zu seinem Abtritt kunstvolle Fallgruben, die wir mit Wasser füllten und mit Ästen und Sand überdeckten. Einmal nagelten wir sogar die Tür zu seinem Bedürfnishäuschen zu und amüsierten uns köstlich, wie er an der Klinke riß und laut nach der Polizei schrie. Er hängte sich später im Baum hinter dem Transformatorenhaus auf, weil durch einen ortsansässigen Seemann herausgekommen war, daß seine Tochter als Prostituierte auf Sankt Pauli arbeitete.

Peter Koralla und Hans Weiß tauchten auf. Plötzlich waren sie da und wohnten bei ihrer Tante. Sie berichteten abends am Wall von ihren Erlebnissen im besetzten Breslau, und ich erfuhr, daß fette Ratten einen durchaus schmackhaften Braten abgeben können. Auch ein Dietrich, aus einem dicken Stück Draht gebogen, war neu für mich. Man konnte damit bei Dunkelheit Albert Hoffmanns Hühnerstall aufschließen, einige Eier verschwinden lassen und wieder zuschließen. Peter war außerdem ein Meister im Schlingenlegen. In den Dornenhecken und Gebüschen der näheren Umgebung fing er mit viel Geschick Kaninchen, Rebhühner und Amseln, die bei seiner Tante in den Kochtopf wanderten.

Hans, der Größere, hinkte und zeigte gern eine vernarbte Schußwunde am rechten Oberschenkel, die er bei der Besetzung Schlesiens davongetragen hatte. »Aus einer MPi«, erklärte er mit unterschwelligem Stolz. »Glaubt bloß nicht, daß der Kerl, der auf mich geschossen hat, noch lebt.« Er hatte, wie er berichtete, zusammen mit Peter in den letzten Kriegstagen noch im Volkssturm gekämpft und, wenn man seinen Worten glauben durfte, einen russischen Tank mit der Panzerfaust abgeschossen. »Ein Deutscher reicht für fünf Amis«, erklärte er, »und für zehn Ruskis.« Hinterher waren alle aus der Familie tot und die beiden in den Großstadttrümmern untergekrochen, bis sich eine Gelegenheit ergab, in den Westen zu gelangen.

Sie kannten eine Unmenge von Kniffen und Schlichen, die zumeist dazu dienten, an Nahrungsmittel heranzukommen. Mehrmals war die Polizei da, um Hausdurchsuchungen zu machen, es wurde jedoch nie etwas Belastendes zutage gefördert. Bei den gemeinsamen Unternehmungen gab Peter den Ton an, obwohl er kleiner war. In seiner Wendigkeit erinnerte er mich an ein Wiesel, das ich manchmal hinter den Baracken beobachtete. Ein bißchen ähnelte er auch dem »Franzosen«, einem hübschen feingliedrigen Mann in mittlerem Alter mit schwarzem lockigy Haar, schönen braunen Augen und schmalem Oberlippenbärtchen, dessen Namen niemand kannte.

Der Franzose, der ständig einen ölverschmierten blauen Monteuranzug trug, reparierte in einem Schuppen des Lagers Fahrräder, Motorräder, Nähmaschinen und allerlei elektrische Geräte wie Bügeleisen, Kochplatten und Lampen. Er stammte aus dem französischen Lothringen, war als Verwundeter gefangengenommen worden und nach dem Krieg zurückgeblieben. Jetzt lebte er mit einer ehemaligen Krankenschwester, einer schlanken blonden Frau zusammen, das war wohl der Hauptgrund seines verlängerten Lageraufenthalts. Peter hätte sein Sohn sein können, war es aber mit Sicherheit nicht, Peters Vorfahren waren polnischer Abstammung. Mein Vater sagte oft, zwischen Polen und Franzosen gäbe es »mentalitätsmäßige Übereinstimmungen«. Was er damit ausdrücken wollte, war mir unklar; ich verstand bloß, daß er es negativ meinte.

Peter Koralla war unter den Jungen des Lagers bald der Anführer, sozusagen der Kopf. Er plante mit uns regelrechte Kriegszüge gegen die Einheimischen, die uns ständig drangsalierten, weil sie – und in erster Linie ihre Eltern – sich von den Flüchtlingen beeinträchtigt fühlten. Er verstand sich auch aufs Zaubern. Gab man ihm einen Groschen, legte er ihn auf die ausgestreckte flache Hand, schloß sie zur Faust und förderte beim Öffnen einen Pfennig zum Vorschein, den er zurückgab. Wenn man protestierte, sagte er grinsend. »Stell dich nicht so an, auch Künstler müssen leben.«

Die Streifzüge durch die Umgebung wurden immer ausgedehnter. Vom Feld brachte ich im Herbst Rüben mit, aus dem Wald Feuerholz, Brombeeren, Blaubeeren und Pilze. Da hingen die Bäume in der Nachbarschaft voller Obst. Aber als meine Mutter bei einem Bauern nach Falläpfeln fragte, wurden wir mit der Mistgabel vom Hof gejagt. »Verdammtes Rucksackgesindel!« Das war schon nach der Währungsreform.

Als ich zehn Jahre alt war, pachteten meine Eltern in der Nähe einen Acker: zwanig Meter lang und zehn Meter breit. Wir gruben die Erde tief um, und mein Vater zeigte mir, wie die Beete anzulegen und Kartoffeln zu pflanzen waren. Erdbeerableger stahl ich aus den Gärten am Stadtrand, eine Rhabarberstaude bekam ich geschenkt. Die Einsaat von Gemüse, Suppenkräutern, Bohnen und Kohl guckte ich bei den Nachbarn ab, für die Gurkenbeete suchte ich auf den Straßen nach Pferdemist. Jeden Tag war ich sofort nach dem Mittagessen im Garten.

Tatsächlich reichten die Kartoffeln den ganzen Winter, und unser Nachbar zur Rechten, der etwas von Landwirtschaft verstand, meinte: »Aus dir wird noch ein richtiger Bauer.« Er lief tagaus, tagein in schwarzen Schaftstiefeln und Breecheshosen herum. »Wie ein Offizier«, sagte mein Vater mit gerümpfter Nase, »dabei war er nicht einmal Unteroffizier.« Meine Mutter amüsierte sich: »Zum Reiten fehlt ihm nur noch das Pferd, den Ledereinsatz in der Hose hat er schon.«

Albert Hoffmann, so hieß er, hatte mit einer Windmühle Konkurs gemacht und beackerte jetzt, obwohl er nicht mehr der Jüngste und leicht asthmatisch war, mit erstaunlicher Energie eine größere Anbaufläche; außerdem hielt er in einer alten Mannschaftslatrine Kaninchen und Hühner. Es hieß auch, er sei wegen Betruges einige Monate im Gefängnis gewesen. Am meisten litt seine Frau unter diesem sozialen Abstieg. Sie hielt sich für etwas Besonderes und mochte es vielleicht auch gewesen sein. In dunkelblauem Kostüm mit Hut und weißen Handschuhen ging sie zum Einkaufen in die Stadt. Aus ihrer stolzen Einsilbigkeit erwachte sie kurzfristig nur, wenn der »Herr Major«, ein anderer Nachbar, der ständig eine gefärbte Fliegeruniform trug, sie mit den zumeist nur gemurmelten Worten »Küß die Hand, gnädige Frau« im Vorbeigehen grüßte. Das letzte Geld gab sie für den Friseur aus, während Albert in seinen schwarzen Lederstiefeln auf dem Acker Kartoffeln pflanzte oder häufelte oder ausgrub. Wenn die beiden sich zankten, was fast jeden Tag geschah, standen meine Eltern an der Zwischenwand und hörten zu. Das erschien mir komisch, weil sie sich selber häufig stritten. Ihre angespannten Gesichter verrieten großes Interesse; beim Essen unterhielten sie sich dann über das Gehörte und zogen ihre Schlüsse daraus. Prügelte der Nachbar seine Frau, was gelegentlich vorkam, nannte ihn meine Mutter, natürlich nur meinem Vater gegenüber, einen »Dreckskerl« oder »Lumpen«. Besonders empörte sie sich, wenn in diesen Zankereien in irgendeiner Form unser Name fiel. Einige Jahre später verließ Albert Hoffmann seine Frau und wurde nie wieder gesehen.

Meine Großeltern väterlicherseits hatten bei Osnabrück auf dem Lande eine Unterkunft gefunden, und einmal durfte ich sie in den Sommerferien allein besuchen. Noch auf dem Bahnsteig gab mir mein Vater gute Ermahnungen mit auf den Weg, die sich in Sätzen wie »Laß dich nicht bestehlen« oder »Sei Fremden gegenüber vorsichtig« erschöpften. Meine Mutter weinte beim Abschied. »Paß schön auf dich auf!« rief sie. »Und schreib bald eine Karte!« Sie winkte mit einem Taschentuch, bis ich sie aus den Augen verlor.

Eine Weltreise, so kam es mir vor. Die Zugfahrt dauerte ein paar Stunden, aber ich brauchte nicht umzusteigen. Der Großvater holte mich mit dem Fahrrad vom Bahnhof ab und nahm mich auf den Gepäckträger; meine Reisetasche hängte er an den Lenker. So ging es aus der Stadt hinaus. Die Gegend war hügelig, der Teutoburger Wald. Mir erschien er wie ein gewaltiges Gebirge, vor allem wo es steil bergauf ging und wir das Fahrrad schieben mußten. Großen Eindruck machte es auf mich, wenn wir von einem Berg wie in einen großen Garten hinabsahen auf die leuchtend gelben Rapsfelder, grünen Wiesen, braunen Äcker, hellgelben Kornfelder, zwischen denen sich Straßen, Wege und Bäche hinschlängelten, begleitet vom Laub der Bäume.

Mein Großvater war ein ernster Mann, der viel von früher, von »Zuhause«, von »drüben« erzählte, sich jedoch häufig wiederholte. Mehrmals hörte ich die Geschichte, wie er als junger Lehrer lange vor dem ersten Weltkrieg im schlesisch-polnischen Grenzgebiet eine Stelle auf dem Dorf angetreten und welche Schwierigkeiten er dort gehabt hatte. »Das können sich diese jungen Lehrer, die heutzutage eine Hochschule besucht haben, gar nicht vorstellen«, sagte er. »Die Kinder waren zu mehreren Klassen zusammengefaßt und konnten zum Teil nur Polnisch sprechen, was ich nicht verstand. Die Eltern ließen sie nur widerwillig zur Schule, weil ihnen die Arbeitskraft zu Hause und auf dem Feld fehlte. In vier Jahren sollten sie Lesen, Schreiben und Rechnen gelernt haben, aber ich mußte ihnen zuerst die deutsche Sprache beibringen.« Dafür erhielt er ein monatliches Gehalt von sechsundsechzig Reichsmark und zwei Drittel Reichspfennigen – zum Leben zuwenig, zum Sterben zuviel.

Sooft ich zu Besuch kam, fragte er zuallererst: »Nun, wie war die Reise?« Er lehnte sich zurück und blickte mich erwartungsvoll an. »Ach, ganz gut«, gab ich zur Antwort. »So meine ich das nicht«, sagte er, »ich will das genauer wissen. Du bist also losgefahren ...« Er war-

tete, und ich mußte der Reihe nach genauestens berichten; keine Einzelheit durfte ausgelassen werden.

Meine Großmutter machte einen zerbrechlichen Eindruck, aber sie steckte voller Tatkraft und war den ganzen Tag auf den Beinen. Wo sie sich aufhielt, war Leben, und wenn sie mich mit ihren hellen beweglichen Augen anblickte, spürte ich ihre Nähe zu mir und fühlte mich geborgen. Sie kochte mit wenig Mitteln sehr gut und kannte sämtliche eßbaren Pilze, auch Beeren und Kräuter.

Frühmorgens gingen wir in den Wald und sammelten in drei, vier Stunden einen ganzen Korb voll Pfifferlinge, Steinpilze, Maronen, Rotkappen, Birkenpilze, Sandröhrlinge; manchmal fanden wir Baumstümpfe übersät mit Hallimasch oder Stockschwämmchen, hier und da auch ganz ausgefallene Sorten wie Krause Glucke oder Ochsenzungen. »Du hast gute Augen«, sagte die Großmutter, »am besten, du wirst Jäger.« Wir schnitten die Pilze sauber ab, damit ihr Myzel nicht beschädigt wurde und sie sich weitervermehren konnten. »Warum Jäger?« fragte ich. »Nun, dann kannst du den ganzen Tag im Wald sein und hast immer zu essen«, gab sie zur Antwort. Das fand ich einleuchtend. Wir suchten auch Beeren und Holz, Reisig und Tannenzapfen zum Feuern. Mittags brieten wir die Pilze und hatten ein köstliches Essen mit Nachtisch. Ich konnte alles von ihr bekommen, soweit das in ihrer Macht stand.

Einmal hatte sie mich vormittags zum Kaufmann ins mehrere Kilometer entfernte Dorf geschickt. Als ich zurückkam, stand das Essen schon auf dem Tisch, es gab Mehlsuppe. Aber sie war nicht süß, wie ich sie gerne mochte, sondern mit Salz und Zwiebeln. Ich war enttäuscht und erklärte, daß ich diese Mehlsuppen eine Zeitlang viel zu oft vorgesetzt bekommen hatte, um sie noch mit Appetit essen zu können. »Ich glaube, ich bekomme sie gar nicht herunter«, sagte ich mit etwas übertriebener Gefühlsbewegung. Meine Großmutter schüttete fast eine Tüte Zucker in den Topf, obwohl der Großvater fürchterlich schimpfte. Trotz der etwas störenden Zwiebeln aß ich zwei volle Teller mit großem Wohlbehagen.

Die Großeltern lebten von der Vertriebenenhilfe. Eine Pension oder Rente erhielten sie damals noch nicht, denn der Großvater war während der Nazizeit aus politischen Gründen entlassen worden. Das Haus, eine frühere Kleinbauernstelle, war uralt, der Bretterfußboden in der Waschküche verrottet, so daß ich Angst hatte, hindurchzufallen. Dort stand unter der Pumpe eine alte, verrostete Schüssel, in der man sich waschen konnte. Geheizt und gekocht wurde mit dem gesammelten Holz, *manchmal auch gebacken. Der riesige Bauernherd hatte an der Seite ein Wasserschiff, in dem sich, sobald das Feuer brannte, Wasser für den Hausgebrauch erwärmte. Sogar richtige Federbetten gab es, und in den Träumen besuchte mich der gutmütige Rübezahl aus den Erzählungen des Großvaters.*

In der Schule kam ich gut mit. Ich bemühte mich, nicht aufzufallen. Die Deutschlehrerin war ein älteres Fräulein, sie hatte Haare auf den Zähnen, und der Geschichtslehrer war ein ehemaliger Kapitänleutnant. Während die Deutschlehrerin viel von ihrem Vater erzählte, den sie »Vati« nannte, berichtete der Geschichtslehrer von Feindfahrten auf einem Zerstörer im nördlichen Eismeer und von der Kameradschaft auf See. Manchmal ließ er uns eine Stunde lang aus dem Geschichtsbuch vorlesen und angeblich wichtige Sätze mit unterschiedlichen Farben unterstreichen. Wenn er Jahreszahlen abfragte, zog ich heimlich ein Blatt aus der Tasche, auf dem ich mir die wichtigsten Daten in chronologischer Reihenfolge notiert hatte; diese verblüffenden Kenntnisse wurden gebührend ausgezeichnet.

Im Biologieunterricht zogen wir oft in Dreierreihen mit geschultertem Spaten zum Schulgarten vor der Stadt, um Bäume und Sträucher zu pflanzen. Auf dem Rückweg sangen wir: »Die Fahne hoch, die Reihen fest geschlossen, SA marschiert mit ruhig festem Schritt ...« oder »Schwer mit den Schätzen des Orients beladen«. Marschierten wir im Gleichschritt auf dem Schulhof ein, versammelte sich das Kollegium am Fenster des Lehrerzimmers und sah zu, wie der Musiklehrer, ein ehemaliger Hauptmann, die Front abschritt – natürlich nur zum Spaß.

Die Einstellung meines Vaters als Angestellter bei einer Behörde feierten wir im Frühjahr 1952 mit Kartoffelsalat und Würstchen. Jetzt begann es uns etwas besser zu gehen. Meine Mutter konnte sich einen Mantel kaufen, mein Vater ein weißes Hemd und eine neue Krawatte, ich bekam ein Paar feste Halbschuhe. Bis zum sechsten Lebensjahr war ich im Sommer sowieso barfuß gelaufen; im Winter hatte ich zumeist Holzpantinen getragen, die mit Stroh ausgestopft wurden. Waren Schuhe zu klein geworden, wurden sie aufgeschnitten und in Sandalen verwandelt.

Am Verhalten meiner Eltern und an den Reaktionen der Nachbarn merkte ich, daß sich etwas verändert hatte: Wir waren aufgerückt, wenn nicht sogar schon Privilegierte. Wer konnte das wissen; vielleicht war man von so einem, der jetzt bei der Behörde arbeitete, einmal abhängig.

Wer hinter einem Schreibtisch saß, ein weißes Hemd und einen Schlips trug, war nicht mehr irgendwer. Und wenn er nur Zahlen in eine Liste eintrug oder Akten registrierte.

Damals lernte ich Menschen kennen, die man Originale nennen konnte; den alten Behrens zum Beispiel, der mit seiner Stummelpfeife zwischen den Zähnen neben seinem Haus in der Mühlenstraße auf der Bank saß. Er war Sozialdemokrat gewesen und es geblieben. Mehrere Jahre lief er vergeblich Sturm gegen die Wiedereinstellung eines Altnazis in den öffentlichen Dienst. Der Mann hieß Apken. Vor 1945 hatte er eine höhere Position in der örtlichen SA gehabt; nach Kriegsende, das allgemein als Zusammenbruch, Kapitulation oder Niederlage bezeichnet wurde, war Apken zunächst arbeitslos. Wenn Behrens ihm auf der Straße begegnete, spuckte er aus. »Der hat mich früher angespuckt«, sagte er, »ich spucke nur vor ihm aus.«

Allerdings war das nicht ganz ungefährlich, weil Alte Kameraden bekanntlich zusammenhalten, solange sie sich noch Vorteile voneinander versprechen. Stadt und Landkreis waren eine Hochburg des Faschismus gewesen. Schon bei den letzten Reichstagswahlen im Jahre 1933 stimmten mehr als 70 Prozent der Wähler für die NSDAP, während die Stimmanteile im Landesdurchschnitt bei 44 Prozent lagen. Auch nach dem Krieg noch erreichten die neonazistische Deutsche Reichspartei und die später verbotene Sozialistische Reichspartei bei den Bundestagswahlen hohe Stimmanteile.

Im Grunde war alles beim alten geblieben, die wenigsten hatten ihre Ansichten geändert, geschweige denn dazugelernt. Wer den Krieg begonnen und andere Völker unterdrückt und mit Elend überzogen hatte, war vergessen worden. Kaum einer, der die militärische Niederlage Hitlerdeutschlands als Befreiung empfunden hätte; solche Menschen – sie hießen Volksschädlinge, Wehrkraftzersetzer, Vaterlandsverräter, Nestbeschmutzer – waren beizeiten eliminiert worden. Das hörte sich nicht weiter schlimm an, und wer sprach schon noch davon. Tatsächlich bedeutete das auch hier, wie überall: Sie waren gequält, verjagt, gefoltert, inhaftiert, erschlagen, aufgehängt, erschossen, vergast worden. Es gab sie kaum noch. Für die meisten anderen bedeutete das Kriegsende zuallererst eine Demütigung; bedingungslos war man in die Hand des Feindes gefallen. Ja, wäre die Wunderwaffe, von der Hitler bis zuletzt sprach, noch rechtzeitig fertig geworden, die Amis, Tommys und der Iwan hätten ihr blaues Wunder erlebt. Das wurde hinter vorgehaltener Hand oder auch offen gesagt.

Nach einigen Jahren fand man sich schließlich damit ab, auch in diesen mehr abgelegenen Regionen des ehemaligen Deutschen Reiches, und nicht wenige merkten, daß es ihnen immer besser zu gehen begann. Die Bauern besaßen nach wie vor ihre Höfe, die Handwerker ihre Werkstätten, die Kaufleute ihre Geschäfte, die SA-Leute ihre Siedlungshäuser. Nur die Flüchtlinge besaßen anfangs gar nichts. Aber sie mußten essen, trinken, wohnen, sich kleiden. Die Bevölkerung hatte sich fast verdoppelt, es wurde auch viel gebaut. Auf diese Weise gelangte mancher Einheimische innerhalb weniger Nachkriegsjahre zu bescheidenem oder sogar beträchtlichem Wohlstand, den er sich vorher nie hätte träumen lassen.

Der Kaufmann Schoon vergrößerte sein Geschäft und stellte zwei Verkäuferinnen ein; der Maurermeister Janssen, der ein paar alte Maschinen von seinem Vater geerbt hatte, wurde Bauunternehmer; der Textilienhändler Willms errichtete einen Neubau; der Milchmann Cassens, der vorher mit einem Handkarren durch die Straßen gezogen war, wurde Ladenbesitzer; der Gärtner Agena, dessen Frau ein kleines Blumengeschäft besaß, wurde Gemüsehändler und gründete eine Gartenbaufirma; der Fuhrunternehmer Reents kaufte einen Sattelschlepper und besaß wenige Jahre später eine gutgehende Spedition. Es ging wieder voran, billige Arbeitskräfte gab es an jeder Straßenecke. Der Mensch muß ein Ziel haben. Wenn es schon nicht Amsterdam, Paris oder Moskau sein kann, dann wenigstens Wohlstand. Auch so kann man die Welt erobern.

Erst Mitte der fünfziger Jahre fand die Gerichtsverhandlung gegen Apken und zwei weitere Altnazis statt, den Leiter der Landkrankenkasse und einen Textilienhändler. Ihnen wurde vorgeworfen, die Synagoge abgebrannt sowie an der Deportation zahlreicher Juden mitgewirkt zu haben. Brückstraße, Klusforder Straße und Mühlenstraße waren von Juden bewohnt gewesen, die zumeist Geschäfte besaßen. Die Enteignung jüdischen Vermögens nannte man vor 1945 Arisierung; dafür hatte es in jeder Stadt fachkundige und begehrliche Arier gegeben, die Parteimitglieder waren. Nach dem Krieg gab es in der ganzen Stadt keinen einzigen Juden mehr, erst recht keinen Kommunisten.

Als Zeuge trat der Sohn eines früheren Kohlen- und Saatguthändlers aus der Brückstraße auf. Seine Eltern und Geschwister waren vergast worden. Die Angeklagten versuchten, alle Schuld auf den NSDAP-Ortsgruppenleiter abzuwälzen, der gefallen war. Als sie die Erfolglosigkeit ihres Vorhabens erkannten, einigten sie sich offenbar auf eine neue Taktik. Jetzt nahm Apken einen Teil der Schuld auf sich und entlastete dadurch die anderen beiden. Er bekam vier Jahre Zuchthaus, die er zum größten Teil in Celle verbüßte. Seine Frau konnte es ablehnen, Fürsorge in Anspruch zu nehmen. Für sie und ihre Kinder wurde von anderer Seite gesorgt. Anschließend erhielt Apken zuerst eine Anstellung beim Landkreis, wo er sich aus politischen Gründen jedoch nicht zu halten vermochte. Daraufhin kam er zur Stadtverwaltung als Sachbearbeiter für das Einwohnermeldewesen.

Doch was kümmerten mich damals solche Geschichten. Was ging mich das an. Ich brauchte ein Fahrrad, denn inzwischen verbrachte ich meine Nachmittage im mehrere Kilometer entfernten Wald, und die langen Fußmärsche waren anstrengend und hinderlich. In den großen Ferien ging ich, um Geld zu verdienen, zum Erbsenpflücken. Andere Arbeit fand ich nicht.

Der Bus, der uns zu Bauern aufs Feld brachte, fuhr morgens um sieben Uhr. Für den Zentner Schoten gab es drei Mark. Abends um sechs ging es zurück in die Stadt, und die meisten der Frauen und Kinder schliefen schon im Bus ein. Nach vier Wochen bei Regen und Sonnenschein besaß ich fünfundsechzig Mark. Das reichte bei weitem nicht; und auch das Schrottsammeln, das ich in den folgenden Monaten mit größter Hartnäckigkeit betrieb, erbrachte nur Pfennigbeträge.

Im Jahr darauf arbeitete ich in einer Wäscherei. Ich half beim Abholen und Ausliefern der Wäsche, an den Maschinen und vor allem an der Heißmangel. Der Sommer war brütend heiß und die Arbeit kaum erträglich. Oft wurde mir schlecht, und ich kämpfte mit Brechreiz, Kopfschmerzen und Ohnmachtsanfällen. Aber am Ende der großen Ferien hatte ich die Summe zusammen, die das Fahrrad mit Gangschaltung kostete. Das hieß, ein bißchen unabhängiger zu sein.

V

Was uns heute wichtig erscheint, ist morgen oft schon belanglos. Dennoch fordert es heute unsere Aufmerksamkeit und verbraucht unsere Lebenskraft, und es ist schwer, sich dem Druck dieser Alltäglichkeiten zu entziehen, die uns den Blick zum Horizont verstellen. Die Belanglosigkeiten blähen sich auf, beschäftigen uns, und abends sind wir müde und wissen nicht wovon.

Gestern ging das Auto kaputt, die Nockenwelle. Der Kraftfahrzeugmeister in der Werkstatt sagte, das komme bei unserem Modell öfter vor, zumeist schon nach dreißigtausend Kilometern. Auch die Ventilschäfte müssen erneuert werden, außerdem ein Stoßdämpfer und der Auspufftopf. Eine Reparatur von über zweitausend Mark. Und heute blieb die Waschmaschine stehen. Sie ist zehn Jahre alt, eine Reparatur lohnt nicht mehr. Das kostet noch einmal tausend Mark. Bald kommt der Dachdecker, denn es regnet durch. Ein neues Kinderbett muß gekauft werden, ein Kleiderschrank. Ein Paar Sommerschuhe, ein Paar Sandalen, eine Schultasche. Julia wird im Herbst eingeschult, Felix soll ein Kettcar bekommen. Auch die Zinsabtragungen für das Haus haben sich wieder erhöht, zum zweitenmal innerhalb von drei Jahren. Manchmal frage ich mich, wie Familien, denen nur halb so viel Geld zur Verfügung steht wie uns, überhaupt durchkommen. Das ganze Leben ist ein Geldproblem.

Ruth sagt: »Uns geht's doch verhältnismäßig gut. Warum machst du dir andauernd Sorgen.« Aber ich weiß noch immer nicht, ob der Lehrauftrag an der Universität verlängert wird. Einige Stellen sollen im nächsten Jahr eingespart werden, und ein Kollege ist bereits entlassen worden; er ist jetzt arbeitslos.

Ich fühle mich ausgelaugt, kann meine Gedanken nicht zusammenhalten, erst recht nicht voranbringen. Vormittags erledige ich die liegengebliebene Korrespondenz. Kein Brief darunter, über den man sich freuen könnte, jeder zweite zum Ärgern. Die Bank, das Grundsteueramt, die Fakultät, eine Zeitschriftenredaktion, der ich einen Aufsatz angeboten hatte, dessen Veröffentlichung verschoben wird.

In der Zeitung lese ich in der Leserbriefspalte Reaktionen auf einen Kommentar der vergangenen Woche. Ich kann mich erinnern, daß mir der Verfasser aus der Seele sprach, indem er die Nachrüstungsbeschlüsse als Aufrüstungsbeschlüsse bezeichnete. Der Leserbriefschreiber wünscht, daß eines Tages die Russen kommen, den Kommentator an die Wand stellen, seine Frau vergewaltigen und seine Kinder mit den Köpfen gegen die Wand schlagen. Die Russen, die Deutschen, die Gefahr aus dem Osten. Die Phantasie solcher Leute kennt keine Grenzen.

Nachmittags versuche ich an der Abhandlung weiterzuschreiben, die ich vor Wochen begonnen und dann beiseite gelegt hatte. Ich sitze drei Stunden hinter dem Schreibtisch, überlege, blättere in Sartres Philosophievorlesungen, lese, grübele und notiere Sätze, die ich wenig später wieder streiche. Was ist noch zu schreiben, was nicht schon geschrieben wurde? Und warum etwas schreiben? Kommt es darauf überhaupt an?

Ein Nachbar ruft an und beschwert sich darüber, daß unsere Kinder an seinem Zaun Blumen abgepflückt haben. Alles spult ab, wie in einem Film, den man schon mehrfach gesehen hat. Zum Beispiel »High noon«. Gleich öffnet sich die Tür des Saloons, der Gegner tritt auf die Straße, erkennt mich und zieht seinen Colt. Ich springe hinter die Hausecke, ein Querschläger zischt jaulend an meinem Ohr vorbei. Nochmal Glück gehabt.

Gegen Abend kommt Gerold. Er bringt den Bildband über Mexiko zurück, den er sich ausgeliehen hatte, und berichtet von einer spontanen Protestkundgebung auf dem Rathausplatz. Ein Student sei am Vormittag zu zweieinhalb Jahren Freiheitsentzug verurteilt worden, angeblich habe er bei einer Demonstration mit einem Stein auf Polizisten geworfen. Die Beweislage sei absolut undurchsichtig gewesen, deshalb habe der Staatsanwalt auf Freispruch plädiert. »Stell dir vor«, sagt Gerold, »zweieinhalb Jahre: das ist ohne Bewährung. Wie kann ein Gericht unter solchen Voraussetzungen zu einem derartigen Urteil kommen?« Er war früher Anwalt. Er schüttelt den Kopf.

Am nächsten Tag steht es in der Zeitung. Vor dem alten Rathaus war es in der Silvesternacht zu Auseinandersetzungen zwischen Demonstranten und der Polizei gekommen. Kaputte Schaufensterscheiben, zahlreiche Verletzte, ein Polizist hatte durch einen Steinwurf mehrere Zähne verloren. Die Polizei setzte einzelnen Gruppen von Demonstranten hinterher und nahm am Rande der Innenstadt etwa vierzig junge Leute fest. Unter ihnen befand sich ein siebenundzwanzigjähriger Psychologiestudent, der angeklagt wurde. Ihn nahm man sich vor. Aber die Zeugen der Anklage, mehrere Polizeibeamte, widersprachen sich in wesentlichen Punkten; in anderen gab es verblüffende Übereinstimmungen, die auf Absprachen schließen lassen. Außerdem hatte der angeklagte Student vier Entlastungszeugen, aber denen wurde vom Gericht kein Glauben geschenkt. Aussagen von Polizeibeamten seien allemal glaubwürdiger als Aussagen von Studenten, noch dazu von Demonstranten. Der Angeklagte habe sich nicht in ausreichendem Maße von der Hausbesetzerszene distanziert, so daß ihm die Tat durchaus zuzutrauen sei. Gespenstisch, so etwas.

Ein anderer Student – so lese ich – sei zu einem halben Jahr Freiheitsstrafe verurteilt worden, weil er an eine Hauswand die Worte geschrieben hatte: »Friede den Hütten, Krieg den Palästen!« Angeblich gibt es bei uns keine politische Justiz, erst recht keine Gesinnungsjustiz.

Abends gehe ich zu einem Vortrag über neue Medien und Verkabelung ins Gewerkschaftshaus. Der Referent spricht davon, daß überall die Fernsehapparate an ein neu zu verlegendes Netz von Kabeln angeschlossen werden sollen: zuerst Breitbandkabel aus Kupfer, später dann Glasfaserbreitbandkabel. Dadurch soll in Zukunft eine Rückkoppelung möglich sein, so daß man beispielsweise seinen Kontostand per Bildschirmtext abrufen kann. Freilich benötigt man dazu einen Hausanschluß, ein Zusatzgerät für den Fernseher und ein zweites Telefon. Die Behörden, Banken, Firmen und so weiter benötigen neue Computer und Geräte. Statt im Telefonbuch oder Lexikon oder Katalog nachzuschlagen, werden wir bald unsere Informationsbedürfnisse per Telefon, Fernseher und Computer befriedigen können. Und müssen. Wir geben einen Code ein, und schon haben wir auf dem Bildschirm, was wir wissen wollen.

Der Referent schließt nicht aus, daß es zu Mißbräuchen kommen könnte. »Wenn sämtliche Computer zusammengeschaltet würden, wüßte der Abrufende alles über uns: Verdienst, Familienstand, Krankheiten, Höhe der monatlichen Belastungen, Ausfallzeiten im Betrieb, Vorstrafen; alles, was speicherbar ist.« Er meint, wir alle würden von dieser Art Technik überrollt, dagegen könne man sich kaum noch wehren, plötzlich sei alles schon gelaufen. Die Gewerkschaft müsse dafür Sorge tragen, daß nicht zuviele Arbeitsplätze vernichtet werden.

»Und wenn ich mich nicht anschließen lassen will?« fragt einer. »Wir wissen doch, wie das mit den Bankgebühren und Parkgebühren und Anliegerbeiträgen und Benzinpreisen und Gas- und Stromtarifen gewesen ist. Auf einmal kostet Gas doppelt soviel, und für das Parken zahlen wir jetzt statt zehn Pfennig fünf Mark. Und nachdem alle ihr Konto hatten und bargeldlos zahlten, wurden von den Banken Grundgebühren und Scheckgebühren und Postengebühren und Bearbeitungsgebühren eingeführt.«

Ein Achselzucken. Vielleicht gibt es in einigen Jahren einen Computer-Anschluß-und-Benutzungszwang wie bei Wasser oder Kanalisation. Alles ist möglich, nichts ist mehr unmöglich. Wir werden verkabelt und vernetzt; bald brauchen wir nur noch den Fernseher oder Computer anzuschalten und auf den Bildschirm zu schauen, um zu kommunizieren. Wer von uns weiß denn über diese Vorgänge überhaupt noch Bescheid, wer blickt da noch durch? Und wen kümmert das? Aber wir werden alles bezahlen und wir werden es ausbaden müssen.

Am nächsten Tag steckt ein Schreiben des Zivilschutzamtes der Stadt im Briefkasten. »Ich wußte gar nicht, daß es so etwas gibt«, sagt Ruth. Ich auch nicht. Den »lieben Mitbürgern« wird mitgeteilt, daß sich die Verwaltung auf Grund der geographischen Lage der Stadt entschlossen habe, mehrere unterirdische Atomschutzbunker zu bauen. Denn bei einem Überraschungsangriff sei davon auszugehen, daß gegnerische Panzerverbände durch den Einsatz von Kurzstreckenraketen mit Atomsprengköpfen gestoppt würden. Da für die Bevölkerung jedoch nur insgesamt fünftausend Bunkerplätze bereitgestellt werden könnten, sehe man sich veranlaßt, eine Dringlichkeitsliste für deren Vergabe aufzustellen. Auf dem folgenden Abschnitt möge man Adresse, Beruf, Zahl der Kinder und so weiter ausfüllen. Der vom Haushaltsvorstand zu unterzeichnende Antrag lautet: »Ich bitte um bevorzugte Berücksichtigung bei der Vergabe von ... Bunkerplätzen.«

Wir diskutieren, auch mit einigen Nachbarn. »Die spinnen wohl! Aber was kann man denn machen?« Die Selbstachtung verbietet das Ausfüllen eines solchen Coupons, aber der Egoismus fordert es. Wer möchte schon einem sogenannten Atomschlag zum Opfer fallen? Man sei, so denkt man, im Betrieb, in der Familie, im Verband oder Verein unersetzlich. Schließlich die Kinder! Wer will schon gerne sterben? Wut, Empörung, Schicksalsergebenheit, Niedergeschlagenheit. Sind wir schon wieder so weit? Ist alles, was war, schon wieder vergessen? Und was nützen Bunker bei einem Atomkrieg? Muß man sich denn so etwas bieten lassen? Ja, darf man so etwas einfach hinnehmen? Auch Skepsis, Zweifel. Kann denn das ernst gemeint sein?

Am folgenden Tag stellt sich dann heraus: Alles nur Satire. Aber was für eine. Politrabauken hätten sich des Briefkopfes der Stadtverwaltung bedient, so heißt es in der Zeitung, und trieben mit Entsetzen Scherz. Natürlich sollen die Täter ermittelt werden, die Kriminalpolizei sei bereits eingeschaltet. Sie wird die Sache schon regeln, wie man hierzulande alles regelt.

VI

Gehe ich bis an die Grenze meines Erinnerungsvermögens, sehe ich Bäume mit hellgefleckten Stämmen, eine steinerne Brücke über den Fluß, einen Hof zwischen hohen Häuserwänden, eine gekalkte Kellerdecke, den Schankraum einer Gastwirtschaft ... Lausche ich weiter in mich hinein, kommen immer mehr Bilder, wie Bruchstücke eines früheren Lebens. Zugleich erinnere ich Soldatenuniformen, Kriegsgerätschaften, bedrohliche Geräusche und Gerüche, die mir Unwohlsein, ja sogar Übelkeit verursachen. Mich friert, die Haut zieht sich zusammen. Und vieles, was früher war, setzt sich bis in die Gegenwart hinein fort; es verursacht dieses unterbewußte Grundgefühl von Heimatlosigkeit. Nur in meinen Aufzeichnungen fühle ich mich geborgen. Vor meinem inneren Auge läuft ein Film ab, aber ich wirke nicht mit, sondern schaue zu.

Aus den Arbeitersiedlungen des Hüttenviertels kommend, führte die Straße entlang der Mauer des Reichsbahnausbesserungswerks unter den alten Platanen in Richtung Innenstadt. Auf der linken Seite vierstöckige Wohn- und Geschäftshäuser, in der Nummer 38 eine Metzgerei und die Gastwirtschaft »Zum Haltesignal«. Die schwere Eichentür zum Hausflur stand tagsüber offen. Geradeaus ging eine breite Treppe hinauf zu den oberen Wohnungen, links lag die Küche, rechts der Gastraum. Hinter der Theke mit den Zapfhähnen und umgekehrten Biergläsern stand mein Großvater, ein hochgewachsener wuchtiger Mann mit einem Schnauzbart wie eine Bürste. Er habe, so hieß es, als junger Mann ohne viel Mühe eine mehrere Zentner schwere Rinderhälfte auf dem Rücken in den Keller hinuntertragen können.

Sobald ich Türen zu öffnen verstand, holte ich mir jeden Nachmittag einen Schluck Limonade oder Malzbier ab. Wir wohnten oben im Haus, meine Mutter mit mir und meinem Vater, der fast nie zu Hause war. Er kämpfte in der zunächst noch siegreichen Armee des »Tausendjährigen Reiches«, Heeresabschnitt Süd, an der griechischen Mittelmeerfront. Zum angeblichen Ruhm eines angeblichen Vaterlandes, das schon lange seine Ehre verspielt hatte. In einem Krieg, dessen Beginn vor der Weltöffentlichkeit mit einer Lüge gerechtfertigt worden war: dem vorgetäuschten Überfall auf den Sender Gleiwitz durch polnische Truppen, die sich erst viel später als KZ-Häftlinge herausstellten, ermordet in polnischen Uniformen.

Um den Hof standen das Seiten- und das Hinterhaus, Werkstätten und ein Garagenschuppen. Dort gab es unter Anleitung älterer Spielgefährten die ersten Fallschirmjägerversuche. Auf der Erde wurde eine Plane ausgebreitet. Das sei sehr weich, man müsse Mut beweisen. Danach waren die Knie verstaucht, und es dauerte mehrere Wochen, bis andere Kriegsspiele stattfinden konnten.

Ich betrachte ein Foto, auf dem eine junge Frau in Rock und Bluse mit einem Kinderwagen zu sehen ist. Meine Mutter. Sie blinzelt in die Sonne und hält ein kleines Kind an der Hand, das bin ich. Daneben ein Brückengeländer. Der Fluß hieß Klodnitz, genannt »Klodka«. Auf einem anderen Foto mein Vater in Uniform mit Orden, Schießschnur und Ehrendolch.

Die Großmutter stand in der Küche. Die Hausschuhe hießen Potschen, die Fußbank wurde Ritsche genannt, der Milchtopf Tippel. »Natsch doch nicht« und »Heb' deine Kopetten, du Plotsch«. Auf dem Küchentisch wurde Nudelteig ausgerollt und in Streifen geschnitten. Die Großmutter sagte »Herzele«, das sagte sie oft. Der Großvater sagte »Schlawiner«. Oben auf dem Kachelofen war es schön warm, draußen Winter.

An den Sonntagen ging es mit der Bahn nach Auenrode zu Onkel Max und Tante Trudel ins Forsthaus. Oder mit der Straßenbahn über Hindenburg hinüber nach Beuthen zu den anderen Großeltern. Auf dem Tisch stand der Streuselkuchen, auf einer Kommode neben der Balkontür das schwarzumrandete Bild des jüngsten Sohnes, gefallen 1941 in den ersten Tagen des Rußlandfeldzuges. Zwei Söhne waren noch im Krieg. Für alle drei wurde lange und inbrünstig gebetet. »Dieser Irre«, sagte der Großvater, den man vom Schuldienst suspendiert hatte. »Dieser größenwahnsinnige Menschenschlächter.« Die Großmutter legte erschrocken den Finger auf die Lippen und flüsterte: »Wenn dich jemand hört ...«

Bilder wie diese: Meine Mutter steht vor dem geöffneten Kleiderschrank und hält eine schwarzglänzende Pistole in der Hand. Jetzt zieht sie mit der anderen Hand eine Schachtel unter der Wäsche hervor, in der es metallisch klappert. Sie steckt beides in die Taschen ihrer Kostümjacke, die unter dem Gewicht Falten schlägt. Dann nimmt sie mich an der Hand, und wir verlassen die Wohnung. In der Küche hören wir die Großmutter; der Vordereingang ist verbarrikadiert, Querhölzer, abgestützt durch gegen die Treppenstufen verkeilte Balken, unter der Türklinke ein Holzpfahl. Wir gehen durch den hinteren Ausgang über den Hof zum Hinterhaus. Drei, vier Treppen hinauf, eine Wohnungstür, dahinter der Himmel: ein Bombenkrater. Meine Mutter zieht Pistole und Schachtel aus der Tasche, wirft sie in hohem Bogen in die Trümmer.

Im Januar 1945 wurde Schlesien in einer großräumigen Umfassungsoffensive von der sowjetischen Armee eingeschlossen und erobert. Meine Mutter berichtet, sie sei noch zehn Tage vorher bei der Stadtverwaltung und in der Parteizentrale gewesen, um eine Ausreisegenehmigung in den Westen zu beantragen, da wurde sie von den Beamten und NSDAP-Funktionären laut ausgelacht. »Die Russen sind weit weg«, wurde gesagt. »Das schaffen die nie. Was meinen Sie, wieviele Truppenverbände von uns dazwischenstehen.« Ohne solche Passierscheine war es unmöglich, auch nur fünfzig Kilometer mit der Bahn zu fahren; andere Transportmöglichkeiten gab es ohnehin nicht mehr.

Wenige Tage später waren Stadtverwaltung und Parteizentrale geschlossen, und die höheren Chargen hatten sich bereits in Sicherheit gebracht. Die Rote Armee marschierte nach heftigen Kämpfen am 21. Januar ein; die Stadt wurde drei Tage lang zur Plünderung freigegeben. Im April folgte die polnische Armee, die Stadt wurde nochmals zur Plünderung freigegeben. Die zurückgebliebene Zivilbevölkerung erlebte die Schreckensherrschaft des Krieges. Und wir mitten darin. Wenn meine Mutter später davon erzählte, was sehr selten vorkam, begann sie immer zu weinen.

Mir ist wenig haften geblieben. Sirenengeheul, die dumpfen Detonationen von Bomben und rieselnder Kalk. Artilleriefeuer, die verbarrikadierten Fenster und Türen, Panzerrasseln, das Knattern der Schüsse. Das Schloß an dem Hoftor wurde aufgeschossen, Soldaten kamen über den Hof und zur Hintertür herein. Fremde Gesichter, Rufe in einer unverständlichen Sprache, Befehle. Die merkwürdig aussehenden Trommeln und Gitterläufe von Maschinenpistolen, die Angst der Erwachsenen. Wie mein Großvater vom Volkssturm zurückgekommen war, sich versteckt hielt, wie er von sowjetischer Militärpolizei abgeholt wurde. Daß er nicht wiederkam – niemals – und daß meine Großmutter blieb, auf ihn zu warten. Hunger, der nagende Hunger. Und die Kälte.

Dann auf dem Dach eines Zuges. Ich sehe die vorbeiziehende Landschaft, Felder, Ortschaften, Brücken, Wald; und ich habe Angst, die Dachschräge hinunterzufallen. Neben und hinter mir sitzen meine Mutter und die Großeltern aus Beuthen mit Decken um die Schultern. Das linke Bein halte ich angewinkelt, so daß es nach unten eine Sperre bildet. Ich lasse eine Dose Kondensmilch hinunterrollen, die jedesmal vom Bein aufgehalten wird, wundere mich, daß meine Mutter sie mir nicht wegnimmt. Plötzlich gibt es einen Ruck, die Dose rollt am Fuß vorbei und verschwindet aus meinem Gesichtsfeld. Am Wagenende klettern Männer herauf, Pistolen und Messer in den Händen. Befehle, Rufe, Schreie. »Uri, Uri! Dawai, dawai!«

Das weiß ich noch, das hat sich irgendwo im Gehirn festgesetzt. Geöffnete Koffer, Schläge, ein Mann wird hinuntergeworfen. Wie der Großvater mit fünf Messerstichen in Brust und Rücken fast verblutet. Daran erinnere ich mich noch. Ich möchte es aber bei dieser Erinnerung belassen.

Gleiwitz, heute Gliwice, eine Stadt mit 200.000 Einwohnern in Polen. Bei meinen Eltern ist das anders. Sie sprechen immer noch von »Zuhause«.

VII

An manchen Tagen dröhnt morgens der Kopf vom Geschrei und Gepolter der Kinder, der Fußboden im Badezimmer ist überschwemmt, die Toilette schmutzig, die Seife zerbröckelt. Alles klebt von Honig, die Türklinke, die Tasse, Messer und Gabel, der Wasserhahn; die Butter schmeckt nach Marmelade, der Tee nach Butter, und alles mögliche liegt auf der Erde und auf Bänken und Tischen herum. Und wenn ich sage: »Heb das auf«, sagt Ruth: »Ach, laß doch«, und mein Sohn sagt: »Nein«. Sie hat ein spitzes, auf die Nase ausgerichtetes Gesicht, an solchen Tagen; ihre Augen sind härter, die Bewegungen eckig und ungeschickt. »Laß mich doch in Ruhe mit deinem Geschwätz!« schreit sie. »Nachts herumsitzen, den ganzen Vormittag im Bett liegen und dann auch noch Ansprüche stellen!«

Die alte Arbeitsteilung. Die Frau hat sich um Küche und Kinder zu kümmern, der Mann sorgt für den Unterhalt. Angeblich kann er sich in seinem Beruf verwirklichen, während die Frau – nach neuerer Einschätzung – zu Hause verkümmert. Und wie wäre es umgekehrt? Ruth liest gerade ein Buch, in dem es heißt, die Frauen würden ständig unterdrückt: zuerst von den Eltern und von der Schule, später vom Vorgesetzten und vom Ehemann. Die Frauen / die Männer. Ich kann das nicht mehr hören. Gerold sagt: »Wenn jemand in Wechselschichten für ein paar hundert Mark im Monat von einem Betrieb ausgenutzt wird, kann das nicht ohne Auswirkungen auf das Familienleben bleiben.«

In den Wohnblocks unserer Nachbarschaft leben etwa zehntausend Menschen, zumeist Arbeiter und kleinere Angestellte. Das durchschnittliche Monatseinkommen der Männer liegt zur Zeit bei 2.500 Mark. Die Miete für eine Dreizimmerwohnung kostet 800 Mark, dazu kommen Kosten für Strom, Heizung, Wasser, Gas, die Abzahlungsraten für das Auto, den Fernseher und die Einrichtung. Einer vierköpfigen Familie bleiben 700 Mark im Monat zum Leben. Wenn die Frau nicht mitarbeitet, kann die Familie kaum existieren. Wird der Mann als Hauptverdiener arbeitslos, lebt die Familie an der Grenze des Existenzminimums, denn die Frauen bekommen – wenn überhaupt – nur schlechtbezahlte Hilfs- und Aushilfsarbeiten. Einige Häuser weiter hat sich kürzlich jemand in betrunkenem Zustand aufgehängt; ihm war mit zweiundfünfzig Jahren gekündigt worden, und er fand keine neue Stelle. Schräg gegenüber ist ein Sechsundvierzigjähriger an Herzinfarkt gestorben, kein Direktor oder leitender Angestellter, ein ganz normaler Fabrikarbeiter. Und nachts werden die Straßenlaternen, Papierkörbe und Ruhebänke demoliert, der neu angelegte Spielplatz war nach wenigen Wochen ein Trümmerfeld. Unsere Kinder kommen weinend nach Hause und berichten, daß ihnen zwei Jungen vor dem Kaugummiautomaten das Geld weggenommen haben.

Im Ostviertel, wo die Besserverdienenden wohnen, ist dagegen die Welt in Ordnung. Gepflegte Parkanlagen und Spielplätze, Straßenbepflanzungen, Gärten und Vorgärten, in der Nähe der Stadtwald. Dort kostet der Quadratmeter Grund und Boden heute 600 Mark, das kann sich nicht jeder leisten. Wer das Glück hatte, in dieser Gegend ein größeres Grundstück zu erben, braucht sein Leben lang nicht mehr zu arbeiten. Oder nur zum Spaß. Und wer so clever war, nach dem Krieg dort Land zu erwerben – und sei es Kleingartengelände für 50 Pfennig pro Quadratmeter –, hat innerhalb von dreißig Jahren einen Vermögenszuwachs von mehr als hunderttausend Prozent erzielt. Man muß nur die richtige Nase dafür haben, ein entsprechendes finanzielles Polster und lange genug warten. Der Teufel scheißt bekanntlich immer auf den größten Haufen.

Ruth ist nicht zufrieden. Sie fühlt sich ausgenutzt, zu Hause eingesperrt. Sie will wieder arbeiten, sagt sie, mit halber Stundenzahl in ihrem Beruf als Lehrerin. Wir haben das vor vier Jahren schon einmal versucht, aber sie hat seiner Zeit nach einem Jahr wieder aufgehört. Unsere beruflichen Verpflichtungen ließen sich nicht immer aufeinander abstimmen, wir brauchten eine Betreuung für die Kinder, das kostete zusätzlich Geld. Die Kinder begannen schwierig zu werden, denn ihnen fehlte ganz offensichtlich die Mutter. Hinzu kam, daß Ruth unter Depressionen zu leiden begann, weil sie mit ihrem Rektor nicht auskam und sehr ernsthafte längerdauernde Auseinandersetzungen mit der Mutter einer Schülerin hatte. An vier Vormittagen in der Woche war sie in der Schule, manchmal noch nachmittags zu den Konferenzen. Die Klassenarbeiten mußten nachgesehen werden, eine Elternversammlung war vorzubereiten, eine Klassenfahrt zu organisieren. Wenn das Essen mittags nicht auf dem Tisch stand, schrie sie mich an. Als sie zu arbeiten aufhörte, war sie froh und fühlte sich befreit. Wir einigten uns, daß ich in den nächsten Jahren für den Unterhalt sorgen würde und sie sich mehr um Haushalt und Kinder kümmert.

Bei Gerold und Helga gibt es – unter umgekehrtem Vorzeichen – ähnliche Probleme, obwohl sie keine Kinder haben. Gerold, der 54 Jahre alt ist, war Rechtsanwalt, kann aber nicht mehr arbeiten. Sein zeitweiliger Alkoholismus hat zur Berufsunfähigkeit und teilweisen Zerstörung eines hochsensiblen Geistes geführt. Gerold spricht selber von einer vorzeitigen Vergreisung. Jetzt kümmert er sich um den Haushalt, und Helga arbeitet als Laborantin. Sie geht morgens um sieben aus dem Haus und kommt abends um fünf zurück. Helga sagt: »Wenn ich könnte, würde ich sofort zu Hause bleiben oder nur noch halbtags arbeiten.« Aber sie muß Geld verdienen, weil Gerold kaum Einnahmen hat. Obwohl ihm aus einer Erbschaft viel Geld zusteht; aber das ist ein Kapitel für sich. Jetzt schreibt er an einem Theaterstück, das wahrscheinlich niemals zur Aufführung kommen wird, selbst wenn es fertig werden sollte. Ihm fällt zu Hause die Decke auf den Kopf. Oft treffe ich ihn in der Stadtbücherei, wo er die neuesten Zeitschriften studiert.

Gerolds Theaterstück geht folgendermaßen: Ein alter Mann besitzt eine Villa mit großem Grundstück in guter Lage. Mehrere Makler bemühen sich darum, aber der Alte will nicht verkaufen. Er hat einige junge Leute als Mieter aufgenommen, die in dem ehemaligen Herrenzimmer und der Bibliothek, die als Gemeinschaftsräume dienen, einen Jugendclub eingerichtet haben. Das mißfällt nicht nur den Maklern, sondern auch der Stadtverwaltung. Als der alte Mann das Haus seinen Mietern schenken will, wird er kurzerhand entmündigt. Das geschieht ganz einfach: Der Bürgermeister spricht mit dem Amtsgerichtsdirektor, der mit dem Oberstaatsanwalt und der läßt Erkundigungen durch die Polizei einziehen. Ein Polizeibeamter berichtet, die jugendlichen Mieter trügen teils lange Haare und Bärte, teils Punkfrisuren, und machten auch sonst einen unzuverlässigen Eindruck; man könne davon ausgehen, daß sie den alten Mann beschwatzt hätten. Der Oberstaatsanwalt beantragt daraufhin beim Gericht die vorläufige Entmündigung. Das Gericht gibt dem Antrag statt, so daß die Übereignung nicht mehr vorgenommen werden kann. Wenn der alte Mann stirbt, fallen Haus und Grundstück an die Stadt, da keine Erben vorhanden sind. Die Mieter, die sich um ihren Vermieter und dessen Besitz mit viel Liebe und Sorgfalt kümmern, versuchen natürlich die Entmündigung rückgängig zu machen, wobei sich allerlei Verwicklungen ergeben.

So weit ist Gerold inzwischen. Er arbeitet gedanklich schon an einem Happy-End, denn das Stück soll eine Komödie werden. Jede Woche berichtet er über neue Einfälle, die sich geradezu auftürmen. Ein wahres Gedankengebirge. Der Oberstaatsanwalt soll mondsüchtig sein und sich unter bestimmten Konstellationen der Gestirne im Zustand geistiger Überhöhung in seine frühere Rolle als Reichskriegsgerichtsrat zurückversetzt fühlen. Der ortsansässige Makler soll – zum heimlichen Vergnügen ihres Vaters, das von der Mutter geteilt wird – ein Auge auf die Bürgermeisterstochter geworfen haben, die wiederum einen der Mieter und Mitbegründer des Jugendclubs favorisiert. Bürgermeister, Amtsgerichtsdirektor und Oberstaatsanwalt sollen regelmäßig am Freitagabend zusammen Skat spielen, wozu sich als vierter Mann der Besitzer der Lokalzeitung einfindet. Und so weiter. Ein Fall, aus dem Leben gegriffen. Aber Gerold schreibt und schreibt und ändert und überarbeitet und konzipiert und überdenkt alles wieder und fängt erneut an zu schreiben. Und das Stück wird wohl niemals fertig werden, wie andere Stücke zuvor niemals fertig geworden sind.

Gerold hat einen achtundzwanzigjährigen Sohn aus erster Ehe, Patrick. Der Junge ist sehr reich, mehrfacher Millionär, weil Gerold ihm den Bauernhof seines Vaters kurz vor dessen Tod direkt überschreiben ließ. Um die Erbschaftssteuer zu sparen. Patrick war damals zwölf Jahre alt. Er machte nach dem Abitur eine Berufsausbildung zum Bankkaufmann. Der Hof wurde verkauft, das Geld in Wertpapieren angelegt. Sobald er volljährig wurde, legte Patrick seine Hand auf das Vermögen, und der Vater, Gerold, müßte ihn jetzt verklagen, um Geld herauszubekommen. Allerdings zahlt Patrick gelegentlich ein paar tausend Mark, die dazu ausreichen, Gerolds aufgelaufene Schulden abzudecken. Auch aus der Klage wird wohl nie etwas werden. »Ich habe selber schuld«, sagt Gerold, wenn er wieder einmal finanziell abgebrannt ist und einen Bettelbrief schreiben muß. »Ich hätte den Hof nicht übertragen und meinen Sohn besser erziehen sollen.« Er leidet unter Schuldkomplexen.

Die Männer / die Frauen. Patrick hat keine Schwierigkeiten mit dem anderen Geschlecht; er hat sich eine Frau gekauft. Auf einer seiner Weltreisen ist er eines Tages nach Bangkok gekommen, und ihm fiel auf, daß es dort sehr anschmiegsame, hübsche Mädchen gibt, die man käuflich erwerben kann. Er hat nicht lange gezögert und sich eine von ihnen gleich mit nach Hause genommen. Sie wurde als Hausgehilfin deklariert. Von den Zinsen seines vorzeitig ererbten Vermögens läßt es sich gut leben. Patrick besitzt eine geräumige Eigentumswohnung in Frankfurts erster Wohngegend, seinen Ferrari-Sportwagen hat er geleast.

Ein Zimmer der Wohnung ist mit komplizierten Computern eingerichtet, an denen er täglich mehrere Stunden im Spiel verbringt – sein zweites Hobby. Immer ist sein Thaimädchen für ihn da, ihm den deprimierenden Alltag ertragen zu helfen, es braucht sich nur ihm zu widmen. Geringfügige Komplikationen treten, selten allerdings, dadurch auf, daß man sich verbal nicht verständigen kann, berichtet Gerold. Für die Hausarbeit ist eine Wirtschafterin zuständig. Gerold hat ausgerechnet, daß Patrick über ein Jahreseinkommen von rund 200.000 Mark verfügt, nur aus Kapitalerträgen in Form von Zinsen und Dividenden. So ist für Patrick alles bestens geregelt.

Gerold überlegt sich das alles immer wieder, und dabei wird es voraussichtlich bleiben. Eine solche Entwicklung sei vorherzusehen gewesen, sagt er. Seine erste Frau sei auch kein einfacher Mensch gewesen, die Schwiegermutter eine nach dem Krieg völlig verarmte baltische Baronin. Sie habe bei jeder Gelegenheit von ihrem Gut in der Nähe von Riga erzählt, von ihren Pferden, dreißig Gästezimmern und Domestiken. Und davon, daß man vier Tage brauchte, um mit dem Schlitten einmal die Grundstücksgrenzen abzufahren. Ein Jahr nach der Heirat sei die Schwiegermutter mit Billigung der Tochter, aber gegen seinen Einspruch, zu ihnen gezogen und habe den gerade geborenen Patrick unter ihre zerrupften Fittiche genommen. Gerold hat sich gegen die Frauen nicht durchsetzen können. Nachdem bei zunehmendem Alter die Anfälle von Schwermut und Hysterie sowohl der Tochter als auch der Schwiegermutter häufiger wurden, diente das Kind offenbar der Kompensation; es konnte sich mit acht Jahren noch immer nicht allein waschen oder die Schuhe zubinden. Die Großmutter setzte sogar durch, daß es in ihrem Zimmer schlief und schob die Folgen der übersteigerten Behütung und Verzärtelung dem Schwiegersohn zu, der sich nach ihrer Meinung zuviel um seinen Beruf als Rechtsanwalt und zuwenig um das Kind kümmerte. Nachts, wenn sie nicht schlafen konnte, weckte sie den Jungen auf, um ihm nahezubringen, daß die Welt bald unterginge, er sich aber nicht zu fürchten brauche, weil die Großmutter bei ihm wäre. Einmal, so erzählte Gerold, habe es während seiner Abwesenheit Auseinandersetzungen zwischen Schwiegermutter und Tochter gegeben, die dazu führten, daß Gerold bei seiner Rückkehr in die eheliche Wohnung die Feuerwehr antraf. Die beiden Frauen – so stand es auch in der Zeitung – hatten jede auf einer Ecke des Balkons gesessen, um in die Tiefe zu springen, falls die andere ihr diesbezügliches Vorhaben nicht sofort aufgäbe; wer den Anlaß dazu gegeben hatte, ließ sich hinterher nicht mehr feststellen. Typische Hospitalismussymptome bei dem Jungen, wie Stottern, spasmodisches Zittern und Bettnässen, konnten erst im Laufe mehrerer Jahre nach der Scheidung an einem noblen Internat in Süddeutschland auskuriert werden.

Gerold hat eine Theorie entwickelt, die einiges für sich hat. Wenn zwei Menschen heiraten, sagt er, gibt jeder dem anderen die Hälfte von sich; das sei zwingend, ob er es nun wolle oder nicht. Auch geheime Vorbehalte nützten da nichts. Jeder bekommt vom anderen dessen Hälfte an Liebesfähigkeit, an Tüchtigkeit, Aufgeschlossenheit, Schönheitssinn, Empfindsamkeit, auch an Dummheit, Schlampigkeit, Gehässigkeit, Faulheit, Streitsucht und was es sonst noch an positiven und negativen Eigenschaften so gibt. Ist diese Hälfte des Partners überwiegend gut, so hat der andere Glück gehabt oder vortrefflich gewählt. Ist diese Hälfte jedoch überwiegend schlecht, dann muß der andere damit leben. Er besitzt seine ihm verbliebene Hälfte und dazu die des Partners; das ist jetzt sein Los. Und mancher, so meint Gerold, macht erst dadurch sein Glück, daß er für seine weggegebene schäbige Hälfte, mit der nun sein Partner fertig werden muß, eine gute, manchmal vortreffliche Hälfte dazugewinnt. Allerdings kann es vorkommen, hat Gerold überlegt, daß diese gute Partie, diese glanzvolle hinzuerworbene Hälfte, mit der Zeit stumpfer wird, vielleicht sogar rostig oder sonstwie unansehnlich. Das kann mancherlei Gründe haben, und diese können wiederum in dem einen oder anderen Partner ihre Ursache finden. Jedenfalls müssen dann beide damit leben, weil sie beide davon betroffen sind. Und daraus wird ersichtlich, folgert Gerold, wie abhängig selbst ursprünglich unabhängige Charaktere werden können, wenn sie sich ernstlich gebunden haben.

Im Grunde seien das altbekannte Erkenntnisse, die mehr oder weniger deutlich in den Erfahrungsschatz der Menschen, gleich welchen Volkes auf welchem Kontinent auch immer, eingegangen sind. Dennoch seien die Verbindungen der Menschen natürlich nicht nur von Erkenntnissen und vom Bewußtsein abhängig, wie jeder weiß. Sondern da spielten oft ganz andere Dinge eine Rolle, die sich nicht so genau greifen lassen und von dem herrühren, was allgemein als Liebe bezeichnet wird und was nicht selten Irrationalität bedeutet, kurz: Drüsenfunktionen, Stoffwechsel, materielle Überlegungen, vorübergehende Vorlieben oder Abneigungen, oft nur Zufälligkeiten.

Jemand kann über solche Phänomene menschlichen Zusammenlebens nachdenken, sie können ihm vollkommen klar sein, und dennoch vermag er sie nicht in den Griff zu bekommen. Ein Leben als Pantoffelheld, als Putzlappen, als Sklave eines Partners kann die Folge sein. Derartige Fälle sind, wie man weiß, recht häufig. Für gewöhnlich nimmt niemand davon Notiz; es sei denn, jemand hätte den unnatürlichen Tod seines ihm widerlich gewordenen Partners herbeigeführt, wie gelegentlich zu hören oder zu lesen ist.

Solchen Überlegungen hängt Gerold an seinen einsamen Vormittagen nach. Auch ich suche manchmal nach Erklärungen, die mir unsere Schwierigkeiten im Zusammenleben verständlicher werden lassen. Aber alle Modelle, denen ich bisher begegnet bin, haben mich eher noch ratloser gemacht. Wahrscheinlich ist es ein Fehler, das Leben in Schemata pressen zu wollen.

Ruth sagt, sie möchte entweder wieder arbeiten oder noch ein Kind. Als ob das eine Lösung wäre.

VIII

Allmählich füllen sich die Seiten mit Erinnerungen und Reflexionen. Die Mosaikstücke beginnen sich zu einem Bild zusammenzufügen. Noch sind viele Stellen leer, aber die Zusammenhänge werden bereits deutlich, die Linien, Figuren und roten Fäden erahnbar. Ich erkenne mich in den Sätzen, die ich täglich notiere, sie sind nachzulesen, überprüfbar, sie geben mir Zuversicht. Wenn ich zurückblättere und mich hineinvertiefe, werde ich innerlich ganz still und ausgeglichen. Als beruhigte sich meine Psyche, je mehr ich mich ihr anvertraue.

Das Schwanken, es hob mich hoch und trug mich hinunter. Die beiden zerschossenen Schiffe trieben dicht aneinander vorbei, das eine entmastet und fast manövrierunfähig, das andere ein Wrack. An Deck türmten sich die Leichen, und die Verwundeten röchelten und schrien. Kapitän Horatio Hornblower stand aufrecht auf dem Achterdeck seiner Fregatte. »Durch die Dunkelheit starrte Hornblower zu der düsteren Masse der auf der See umhergeworfenen Natividad hinüber. ›Ergebt euch!‹ rief er. ›Niemals!‹ tönte es zurück. Ohne Zweifel war es Crespos hohe Stimme. Es folgten ein paar unflätige Beschimpfungen. Der englische Kommandant durfte es sich leisten, ungeachtet seiner Müdigkeit zu lächeln. Er hatte das Gefecht durchkämpft, und er hatte gesiegt.«

Ich sah den Schiffen wie von oben zu, vielleicht lag ich auch neben einer Kanone oder ich stand auf dem Achterdeck und gab die Befehle. Meine Mutter rief, aber ich hörte nicht. Ich saß hinter dem Gebüsch auf dem Wall und las. Von weit her tönte das Brummen und Klappern eines Mähdreschers. Die Erde schwankte, wie das Deck eines Schiffes. Hornblower sprach mit meiner Stimme, mit meinen Worten. Crespos hohe Stimme gehörte dem Bauernjungen aus dem Dorf vor dem Wald. Auf den Lippen der Geschmack meines Blutes. Das Pulsieren des Blutes hob mich hoch und trug mich hinunter.

Am nächsten Tag fuhr ich mit dem Fahrrad in einen der Sielhäfen, um mir die Schiffe anzusehen, von denen ich bisher nur gehört hatte. Je näher ich dem Deich kam, desto windschiefer wurden die Bäume, das Meer war schon zu riechen. Die stark gewölbte Klinkerstraße führte mehrere Kilometer direkt am Deich entlang, jenseits die Schlickfläche des von Prielen durchzogenen Wattenmeers, die Polder und Buhnen, darüber Möwen und Regenpfeifer. Diesseits die in der Landschaft ver-

streuten Gehöfte. Dann tauchten über einer Baumgruppe neben den zusammengedrängten Fischerhäusern die Masten der Kutter auf, die mit der Flut eingelaufen waren. Am Kai standen schwarzgekleidete graubärtige Männer mit dunkelblauen Schirmmützen. Ich beobachtete, wie der Fang an Land gebracht wurde: Makrelen, Heringe, ein paar Aale, Kabeljau, Schollen, Körbe voller Krabben, die Granat genannt und schon auf See gebrüht wurden. »Na, mien Jung, willst wat probeern?« fragte einer der Schiffer und schenkte mir eine Handvoll. Granat pulend stand ich da und sah zu, wie sich die Schiffe, gepolstert durch alte Autoreifen, an der hölzernen Hafenmole rieben. Und mir wurde klar, daß mit diesen Kuttern und Flachbooten der Absprung in die Welt des Kapitäns Hornblower nicht zu schaffen war. Ich mußte mich gedulden, drei oder vier Jahre noch, bis es soweit sein würde.

Wasser, Wald, Himmel und Erde. Gespielt wurde auf den Straßen und Wegen, in den Höfen, an den Bächen und Abzugsgräben, in der Feldmark. Es gab undurchdringliche Dickichte, Schilfwälder, verwilderte Gärten, brachliegende Grundstücke, Trümmerflächen. Hier und da fand sich ein Stück Eisen, ein Ende Kupferdraht, eine durchlöcherte Aluminiumkanne, wofür der Schrotthändler ein paar Pfennige herausrückte. Sobald man auf die Straße kam, waren Kinder zum Spielen da.

Am Fluß kannten wir Badestellen, wo wir uns im Sommer trafen, im Sand lagen und herumsprangen, planschten, tauchten, Flöße bauten und dabei schwimmen lernten. An den Brücken tauchten wir nach weggeworfenen Karabinern und Munition. Daß wir ohne Berechtigungsschein angelten, war selbstverständlich. Und ebenso selbstverständlich flüchteten wir vor dem Landpolizisten oder bewarfen ihn vom anderen Ufer aus mit Erdklumpen, bis er laut schreiend seine Dienstpistole zog. Wir wußten, er durfte nicht auf uns schießen. Im Winter waren die Wiesen vor der Stadt überschwemmt und boten riesige Eisflächen zum Schlittschuhlaufen und Hockeyspielen. Die Schläger schnitzten wir uns aus einem dicken Ast, als Puck diente ein Stück Holz.

Als der Bombentrichter hinter dem Barackenlager im Hochsommer austrocknete, fand ich im Schlamm ein Bajonett und eine Pistole, die ich putzte und mit Öl abrieb. Für die Pistole nähte ich mir aus Tuch ein Halfter, das sich unter der Jacke am Gürtel befestigen ließ. Obwohl sie nicht geladen war, leistete sie mir doch mehrfach gute Dienste. Auf dem Weg in den Wald gab es oft Auseinandersetzungen und Schlägereien mit den Dorfjungen. Sie fingen mich ab, und ich bekam Prügel, oder sie machten sich einen Spaß daraus, mich zu jagen. Richtete ich meine Pistole auf sie, liefen sie weg und ich hatte freie Bahn.

Mein Vater begrüßte auf der Straße manchmal achtungsvoll einen älteren Mann mit pechschwarzem Haar, der ungelenk wirkte, sich aber stets sehr aufrecht hielt. Das war der Herr Baron. Er kam aus Litauen und lebte zusammen mit einem graumelierten Panjepferdchen und mehreren Katzen in einem ehemaligen Flakunterstand am Waldrand. Seine Frau hatte ihn kurz nach dem Krieg verlassen. Im Winter verkaufte er in der Stadt Weihnachtsbäume, die er vorher beim Förster kaufte. »Er ist sehr klug«, sagte mein Vater, »und stammt aus alter Familie, sogar studiert hat er: Astronomie und Archäologie. Leider hat er völlig den Boden unter den Füßen verloren.« Er schüttelte den Kopf. »Hätte er wenigstens Jura oder Medizin studiert...«

Wenn ich zufällig an seiner Unterkunft vorbeikam, besuchte ich ihn. Auf eine alte Flaklafette war ein selbstgebasteltes Fernrohr montiert, mit dem sich nachts die Sterne beobachten ließen; an dunklen Winterabenden durfte ich hindurchblicken, die Venus, den Jupiter, den Polarstern, die Wega oder den Andromedanebel betrachten. Der Baron gab Erläuterungen dazu und zeigte mir auch Sterne, die man mit bloßem Auge nicht erkennen konnte. Manche waren Zigtausende von Lichtjahren entfernt, und das Licht – so erfuhr ich – legt in einer Sekunde etwa 300.000 Kilometer zurück. Unvorstellbar.

Er hatte Zeit für mich und war immer zu einem Gespräch aufgelegt, das zumeist rasch den leichten Plauderton verließ.

»Glaub mir, die Geister beschützen uns«, sagte er einmal.

»Was für Geister?« fragte ich ihn.

»Nun«, antwortete er, »die Geister der Verstorbenen natürlich. Sie sind überall.«

»Wo?« wollte ich wissen.

»Man kann sie nicht sehen, aber sie nehmen alles wahr, was wir machen. Wenn es gute Geister sind, helfen sie uns und bewahren uns vor dem Einfluß der bösen Gedanken.«

Ich vermochte ihm nicht zu folgen. »Woher wissen Sie denn das?« fragte ich. »Wenn man sie doch nicht sehen kann.«

»Ich unterhalte mich mit ihnen«, sagte er mit geheimnisvoll flüsternder Stimme. »Ich habe Zugang zu ihnen und kann sie verstehen.«

Er holte ein Glas, stellte es umgekehrt, die Öffnung nach unten, in die Mitte auf den runden Tisch, in dessen Holz kreisförmig die Buchstaben des Alphabets eingeritzt waren, und forderte mich auf, gegenüber

Platz zu nehmen. Die Fingerspitzen sollte ich, ebenso wie er, leicht auf das Glas legen.

»Mit wem möchtest du sprechen?« fragte er mich.

Ich dachte nach und nannte den Namen meines Großvaters.

Er blickte auf den Tisch, wobei seine Augen einen abwesenden Ausdruck annahmen. Seine Lippen murmelten unverständliche Sätze. Dann bewegte sich das Glas unter unseren Händen, oder er bewegte es, jedenfalls ruckten unsere Hände damit eine Weile zwischen den Buchstaben hin und her.

»Hörst du mich?« murmelte er. »Dein Enkel ist hier und möchte dich sprechen.« Das Glas ruckte, und sein Gesicht nahm einen schmerzlichen Ausdruck an. »Melde dich!« rief er, »wir warten auf dich!« Wieder ruckte das Glas eine ganze Weile, und es sah aus, als koste es mein Gegenüber größte Mühe, seine Bewegungen unter Kontrolle zu halten. Schließlich lehnte er sich erschöpft und mit geschlossenen Augen zurück. Er atmete schwer, als erwache er langsam aus einem anstrengenden Traum. »Er hat sich nicht gemeldet«, flüsterte er endlich. »Aber ich habe mit jemandem gesprochen, der ihn kennt. Dein Großvater kann sich gar nicht melden, weil er noch lebt.«

»Wo?« rief ich überrascht und voller Erregung »Er ist doch für tot erklärt worden!«

»Er lebt«, sagte mein Gegenüber matt. »Aber es geht ihm nicht gut. Er ist gefangen und arbeitet in einem Bergwerk weit hinter dem Ural.«

Es wirkte komisch, wie er mich unter halbgeöffneten Lidern müde und mit leidendem Ausdruck ansah, und ich wußte nicht, ob ich ihm glauben oder alles nur als abergläubischen Humbug abtun sollte. Hastig verließ ich ihn, um meiner Mutter zu berichten, die tags darauf an den Suchdienst des Roten Kreuzes schrieb, der jedoch nichts herausfand.

Einige Jahre später, ich arbeitete damals schon, traf ich den Baron in der Stadt. Er stand mit der Schulter an eine Hauswand gelehnt, sah unter den grauen Bartstoppeln kalkweiß aus und zitterte.

»Was ist Ihnen?« fragte ich und trat nahe an ihn heran.

»Es geht gleich vorbei«, sagte er mühsam.

Ich merkte, daß es ihn große Überwindung kostete, zu sprechen. Seine angewinkelten Arme waren an den Körper gedrückt, und die Hände öffneten und schlossen sich krampfartig.

»Soll ich einen Arzt rufen?« fragte ich besorgt.

»Nein, nein, es ist wirklich nichts!« stieß er hervor, und sein Zustand begann sich nach einigen Minuten tatsächlich zu bessern.

Leute gingen vorbei und blickten neugierig zu uns herüber. Doch blieb keiner stehen, denn man kannte den Baron als etwas heruntergekommenen Sonderling.

»Kann ich Sie zu einem Bier einladen?« fragte ich ihn.

»Ein Bier wäre nicht schlecht«, erwiderte er und schien zu überlegen. »Aber wenn ich einen Wunsch äußern darf, junger Freund...« Er stockte, bevor er fortfuhr: »Eine Frikadelle mit einem Brötchen oder ein halbes Brathähnchen wären mit allerdings lieber.«

In diesem Moment merkte ich, daß er am Verhungern war. Ich kaufte ihm, was er genannt hatte, und lud ihn auch zu einem Bier ein. Einige Monate danach las ich in der Zeitung, daß er auf der Landstraße vor ein Auto gelaufen war.

Mein Freund Laurens war Apothekersohn und besuchte das Gymnasium in der Nachbarstadt. Sein Vater war nörgelig, schließlich ging ich nur auf die Mittelschule. Aber die Mutter legte Wert darauf, daß ich kam, sie lud mich oft zum Kaffee ein. Laurens hatte sonst keine Freunde.

Ohne seiner Mutter Rechenschaft abzulegen, durfte er keinen Schritt tun. Er wurde ständig beaufsichtigt, darunter litt er sehr. Als er schon vierzehn war, durfte er noch nicht allein mit dem Fahrrad wegfahren, denn er war das einzige Kind, Fahrradfahren nach Ansicht seiner Mutter viel zu gefährlich für ihn. Auch seine Schularbeiten wurden sorgfältig überwacht. Brachte er in einem Fach eine schlechte Note nach Haus, erhielt er sofort Nachhilfeunterricht.

Später gewöhnte sich Laurens an diese Behütung und Bevormundung. Er führte schon mit sechzehn das Leben eines Privatgelehrten, betrieb zur Freude seiner Eltern eigene Forschungen auf dem Gebiet der mathematischen Physik. Aber er ging auch eigene Wege, die sich nicht im rein Geistigen erschöpften. Denn die Hausgehilfin, siebzehn Jahre alt und ziemlich hübsch, schlief nur zwei Türen weiter. In dieser Hinsicht schienen sich seine Eltern keine Gedanken, zumindest keine Sorgen, zu machen.

Laurens war auf Grund dieser Erziehung ein etwas merkwürdiger Freund, einerseits sehr egoistisch und egozentrisch, andererseits um Kontakt bemüht und – wie man so sagt – eigentlich herzensgut. Betreut von seiner Mutter, einer Wirtschafterin und einer Hausgehilfin, bewohnte er in dem geräumigen Haus seiner Eltern zwei Zimmer und ließ mich während meiner Besuche an seinem Überfluß teilhaben. Zuerst brachte er mir das Schachspielen bei und lieh mir seine sämtlichen Karl-May-Bände; später bedienten wir uns aus dem unerschöpflichen Weinkeller seines Vaters und philosophierten oft bis in die Nächte hinein. Ich profitierte viel von diesen Gesprächen, denn Laurens las regelmäßig eine Wochenzeitung, ein Nachrichtenmagazin und eine allgemeinwissenschaftliche Zeitschrift.

Die Apotheke hatte er nie übernehmen wollen, das erschien mir damals unbegreiflich. Noch unbegreiflicher war mir sein Verhältnis zum Geld. Obwohl er, wie ich von ihm wußte, einen namhaften Geldbetrag von seiner Großmutter geerbt hatte, war er knauserig, ja geizig, sobald wir das Haus verließen. Eis oder Pommes frites mit Ketchup aß er nur, wenn ich bezahlte. Wahrscheinlich kann man nur so zu etwas kommen.

Zwei andere Freunde hießen Ernst und Focko. Ihr Vater war Förster, ein verhältnismäßig belesener, gutmütiger Mann, der immer eine witzige Bemerkung parat hatte. Wir erfuhren von ihm vieles über die Pflanzen- und Tierwelt der näheren Umgebung. Manchmal veranstaltete er mit uns Schnitzeljagden oder ließ uns von jedem vorhandenen Laubbaum ein Blatt suchen, dann wieder Nadelbäume oder Pflanzen bestimmen, wobei er uns Tips über besonders seltene Exemplare und deren Standorte gab. Hin und wieder wurde uns auch erlaubt, die Nacht in einer abgelegenen Schutzhütte der Waldarbeiter zu verbringen, wo wir ganz für uns waren.

In der zur Försterei gehörenden Landwirtschaft gab es ständig etwas zu tun, und wir mußten mit Hand anlegen beim Heueinfahren, Rübenhacken, Kartoffelsammeln, Getreidebinden. Die Kühe waren zu melken, die Ställe auszumisten. Dafür wurde ich zum Essen eingeladen, im Winter zum Schlachtfest. Wir lernten, wie man einen Hasen abzieht und ein Reh aufbricht, wie man das Gehörn präpariert. Im Sommer gab es Blaubeerpfannkuchen, gebratene Pilze, Erdbeeren mit Sahne.

In einem Teich in der Nähe des Forsthauses lag eine kleine Insel, auf der wir uns eine Bretterbude bauten. Als Boot benutzten wir den Blechmantel einer halben Versorgungsbombe. »Ergebt euch!« rief Kapitän Hornblower. »Niemals!« tönte es zurück. Als befänden wir uns an Spaniens Küste oder irgendwo in der Karibik. Oft kenterten wir und mußten unsere Kleider zum Trocknen in die Sträucher hängen.

Einmal fand ich auf dem Heimweg an der Landstraße einen totgefahrenen Hasen, von dem wir eine Woche lang essen konnten. Immer noch ging es zu Hause um das tägliche Brot; aber die Zeiten begannen besser zu werden, der Krieg lag weit zurück.

Sommertage mit brennender Sonne auf staubigen, hellen Landwegen. Im schattigen Wald der federnde Nadelboden, der den Schritt beflügelt, von überall her Vogelzwitschern, das Keckern der Eichelhäher. Das Herz ist leicht, der Kopf so frei und die Gedanken fliegen voraus. Kein Mensch weit und breit, keine Befehle, keine Schikanen. Ich gehöre mir, ich bin unabhängig. Und um mich der herrliche, der duftende, blühende Wald.

IX

Dann wieder diese Depressionen und Angstzustände. Am liebsten würde ich den ganzen Tag im Bett bleiben. Dem Briefträger sehe ich voller Bangen entgegen, aber er bringt nur einige Drucksachen und das Belegexemplar einer Zeitschrift, die ich durchblättere, ohne einen Satz zu behalten. Wozu das alles. Wie hat es begonnen, und wie wird es enden. Was kann der einzelne ändern. Eines Tages, keiner hat ihn erwartet, kommt dieser Knall. Vielleicht ist es auch gar kein Knall, kein Geräusch, nichts Sichtbares, nicht einmal ein Fall ins Bodenlose, nur ein unvorstellbares Loch. Und wie es zustandekommt, ist einerlei. Deine Gedanken hängen noch in der Luft oder in der Atmosphäre oder in diesem Loch, da bist du schon lange verschwunden. Deine Eltern, Großeltern, deren Eltern, deine Frau, die Kinder, die Freunde, alle weg. Haus und Garten ausradiert. Die Städte, die Straßen, die Fabriken, die Wälder, die Berge, alles nicht mehr da. Steine und Erde haben sich aufgelöst, Sauerstoff und Wasserstoff verflüchtigt. Die Bücher, deine und die der anderen, die unzähligen Gedanken und Vorstellungen und Empfindungen, einfach nicht mehr existent. So oder so, früher oder später, kollektiv oder individuell. Denn der Tod ist das einzige, was uns gewiß ist, da helfen weder Dichtkunst noch Spekulationen. Auflösung, Eingehen in die Summe aller Energie und Materie, die konstant bleibt. Denn: Wiederum geht nichts verloren, sagt man. Und womöglich steckt sogar noch mehr dahinter.

Gestern entdeckte ich während eines Spazierganges auf dem Bartholomäusfriedhof die Gräber von Gottfried August Bürger und Georg Christoph Lichtenberg, nicht weit voneinander entfernt. Bürger, geboren am 31.12.1747 als Pfarrerssohn in Molmerswende, hatte ganz in der Nähe die kärgliche Amtmannsstelle auf dem Besitztum des Freiherrn von Uslar-Gleichen inne. Angeblich geriet er schon während seines Studiums in schlechte Gesellschaft, was dazu geführt habe, daß er im Alter von 27 Jahren zwar heiratete, dann aber ein leidenschaftliches Liebesverhältnis zur Schwester seiner Frau, der Molly seiner Liebesgedichte, begann. Beide Frauen starben kurz nacheinander, seine Ehefrau Dorette 1784, seine Geliebte Auguste 1786. »Schön Liebchen schürzte, sprang und schwang / Sich auf das Roß behende; / Wohl um den trauten Reiter schlang / Sie ihre Lilienhände; / Und hurre hurre, hopp hopp hopp! / Gings fort in sausendem Galopp, / Daß Roß und Reiter schnoben / Und Kies und Funken stoben.« So holte der gefallene Soldat die Braut zu sich in nächtlichem Ritt. »Zur rechten und zur linken Hand, / Vorbei vor ihren Blicken, / Wie flogen Anger, Heid und Land! / Wie donnerten die Brücken!«

Während die Schwester seiner Frau ein Kind von ihm erwartete, das abseits in Osnabrück zur Welt gebracht wurde, hatte der Amtmann folgenden Fall zu untersuchen: Ein unverheiratetes Mädchen aus dem Dorf ertränkte ihr neugeborenes Kind im Gartebach, um der Schande zu entgehen und weil es sich keinen anderen Rat wußte. Vernehmungen, Protokolle, Bestrafung. Die Angeklagte, die mit ihrer Hinrichtung zu rechnen hatte, erhielt schließlich eine Zuchthausstrafe.

Später Untersuchungen gegen den Amtmann, angeordnet vom Hofe in Hannover, weil er sich in Gedichten in staatsabträglicher Weise geäußert hatte. »Für wen, du gutes deutsches Volk, / Behängt man dich mit Waffen? / Für wen läßt du von Weib und Kind / Und Herd hinweg dich raffen? / Für Fürsten- und für Adelsbrut / Und fürs Geschmeiß der Pfaffen.«

Da Bürger nur zum nicht besoldeten Professor ernannt wurde, mußte der Dichter oft hungern. Vor allem aber schnitten ihm Schiller und Goethe, denen er sich unbeliebt gemacht hatte, mit ihrer Kritik kurzerhand den Hals ab. »Ein Mann ohne Ideale, seine Lyrik zu privat, zu affektiert, zu gemein, zu sinnlich...« Vereinsamt, verbittert, armselig, Begründer der deutschen Ballade, aber leider viel zu früh an Schwindsucht gestorben. Die Liebeslyrik mit hemmungsloser Erlebnisaussage und Münchhausens Lügengeschichten nacherzählt und neu erfunden. Vorlesungen über die Philosophie Immanuel Kants. Die politischen Gedichte. Eine unkonventionelle, fortschrittliche Persönlichkeit, zwar widersprüchlich, aber zu Unrecht vergessen gemacht.

Der Professor Lichtenberg stand mit dem Fernrohr am Fenster seines Gartenhauses und beäugte die Beerdigungszeremonie. Nur vier Personen folgten dem Sarg.

Das Essen schmeckt nach Maggi, Linsensuppe. »Wenn es dir nicht schmeckt«, sagt Ruth, »mußt du selber kochen.« Ich habe mich nicht beschwert. »Man braucht dich nur anzusehen«, sagt sie. Kann man mir meine Gedanken vom Gesicht ablesen? Die Kinder stochern auf ihren Tellern herum, sie haben keinen Hunger. »Kein Wunder, wenn sie vor dem Essen Schokolade und Kekse bekommen«, sage ich. »Du könntest dich ja mehr um sie kümmern!« entgegnet sie scharf und laut. »Andere Väter spielen mit ihren Kindern und sitzen nicht den ganzen Tag an ihrer Arbeit!« Ich stehe auf und gehe hinaus. Der Widerspruch von Theorie und Praxis, denke ich. Und: Die Familie, kleinste Zelle des Staates.

Draußen regnet es. In der Fensterscheibe blickt mir das unrasierte Gesicht eines Mannes in mittlerem Alter entgegen, voller Widersprüche und Zweifel. Als die Augen den Blick bemerken, werden die Züge um den Mund deutlich spöttisch. »Wollen wir Halma spielen?« frage ich die Kinder, die hinterhergekommen sind. Freudig holen sie das Spiel und potenzieren mein schlechtes Gewissen. Mir ist, als könne ich niemals mehr einen einzigen Satz zu Papier bringen, der auch nur halbwegs stimmt.

Ich betrachte die Bilder von Mißhandelten, die Illustriertenfotos der Erschossenen, die Gesichter der hungernden Kinder. Ich versuche in den Augen der Generäle, Politiker und Wirtschaftsbosse zu lesen. Die Bilder bleiben stumm, die Verlautbarungen ergeben keinen Sinn, die gesprochenen Worte und auch die Gedanken, meine Gedanken, sind sinnlos. Eine unheimliche Anhäufung von Sinnlosigkeit. Ich gehe in die Küche, ich gehe ins Arbeitszimmer, in den Garten, in die Stadt. Nichts ändert sich. Warum essen, trinken, schlafen? Warum denken, warum lieben, warum hassen? Wozu das alles? Ein Berg von Vergeblichkeit, von Abfällen, Schweiß, Blut und Exkrementen. Ich bekomme keine Luft mehr, die Umgebung verschwimmt vor meinen Augen. Die Landschaften verwischen sich und die Jahrhunderte, die Gesichter überdecken sich. Ich kann nicht mehr denken, nichts mehr fühlen. Nur noch Hülle, die eine entfernte Ahnung von sich hat, das expandierende Loch einer Ahnung, die sinnlos ist.

Eine Frau fragt mich: »Was ist mit dir?« Ein Kind sagt: »Ich will ein Eis haben.« Ein anderes Kind weint. Ein Mann ruft an und erinnert an einen Termin. Jemand klingelt an der Haustür, aber ich gehe nicht öffnen. Ein Richter hat gefragt: »Wie stehen Sie zur Hausbesetzerszene?« Ein Angeklagter hat geantwortet: »Was geht Sie das an.« Ein Soldat hat gebrüllt: »Hände hoch!« Hunderttausend Kinder rufen mit angstvoller Stimme: »Bitte nicht!« Millionen Kinder strecken ihre knochigen Hände nach Brot aus. Millionen Männer und Frauen stehen an rotierenden Maschinen. Ein Arbeitsdirektor sagt: »Sie sind fristlos entlassen.« Ein Pfarrer betet: »Gegrüßet seist du, Maria.« Die

Mütter von Bethlehem fragen weinend: »Wo sind unsere Kinder?«
Die Fürstin Itzinga schreit: »Mein Gott!« Dann bricht sie tot zusammen. Die Großmutter faltet ihre Hände und betet für den in Rußland gefallenen Sohn.

Rauchschwaden ziehen über ein Schlachtfeld. Die Verwundeten stöhnen und wimmern. In der Ferne knattern noch vereinzelte Schüsse. Der Sieger hat gesiegt, der Verlierer verloren. Der Feind ist in die Knie gezwungen, er liegt zerschossen, zerhackt und verstümmelt auf der Erde. Überlebende werden mit dem Bajonett abgestochen oder mit dem Gewehrkolben erschlagen, der zu diesem Zweck eine Eisenkappe trägt. Auf einer Anhöhe hält der König auf einem edlen Schimmel, feurig und doch sanft an der Kandarre, inmitten seiner Generäle. Der Federhelm steht ihm gut zu Gesicht und läßt seine hohe, aufrechte Gestalt noch würdiger erscheinen, aber auch kriegerisch. Ein Bote prescht heran, pariert durch und flüstert einem der Generäle etwas zu. Der beugt sich weit aus dem Sattel, damit ihm ja nichts entgeht. Jetzt wendet der General sein Pferd und reitet nahe an den König heran. Er legt die Hand an die Kopfbedeckung und sagt ehrerbietig: »Majestät haben soeben eine Schlacht gewonnen.« Die anderen Offiziere nehmen wie ein Mann ihre Hüte ab. Dann ertönt der Choral: »Nun danket alle Gott.«

Wenn ich mit der Hand über das Kinn streiche, gibt es ein kratzendes Geräusch. »Die Frauen haben es schwer«, sagt jemand, den ich von früher kenne, »aber wir Männer müssen uns rasieren.« Brüllendes Gelächter. »Versteh' ich nicht«, sagt Ruth. »Ich möchte auch einmal den ganzen Tag im Arbeitszimmer sitzen können, einfach nur etwas schreiben.« Sie sieht unglücklich aus. »Was denn?« frage ich. Sie sieht mich mitleidig an. »Versuch es doch«, sage ich. »Übrigens ist kein Geld mehr da«, sagt sie. Ich gehe die Treppe hinauf ins Arbeitszimmer. »Die Birne im Keller ist durchgebrannt!« ruft sie mir hinterher. »Und im Badezimmer tropft der Wasserhahn!« Mit Getöse fällt im Kinderzimmer ein Schrank um.

»Hurre hurre, hopp hopp hopp! / Gings fort in sausendem Galopp.« Oder: »Der Bauer an seinen durchlauchtigen Tyrannen: / Wer bist du, Fürst, daß ohne Scheu / Zerrollen mich dein Wagenrad, / Zerschlagen darf dein Roß? // Wer bist du, Fürst, daß in mein Fleisch / Dein Freund, dein Jagdhund, ungebleut / Darf Klau' und Rachen hau'n?« Und dann blättern wir weitere hundert Jahre zurück und lesen die erstaunlichen Sätze: »Was sind wir Menschen doch? Ein Wohnhaus grimmer Schmerzen, / Ein Ball des falschen Glücks, ein Irrlicht dieser Zeit, / Ein Schauplatz herber Angst, besetzt mit scharfem Leid, / Ein bald verschmelzter Schnee und abgebrannte Kerzen. / Dies Leben fleucht davon wie ein Geschwätz und Scherzen.«

Dann blättern wir dreihundert Jahre weiter, und es ist Nacht. An das Fenster trommelt der Regen, der aus der Dunkelheit kommt. Das Zimmer ist kalt, ich friere. Ich zünde mir eine Zigarette an und lehne mich zurück. Mir fällt auf, daß der Aschenbecher überquillt. Mir fällt beim besten Willen nichts ein. Ich erinnere mich an gar nichts, mir scheint so, als sei alles um mich herum tot, als sei ich selber lange schon gestorben. Das Papier sieht vergilbt aus, auf der Tischplatte und auf den Büchern liegt Staub. Ich lausche in mich, aber da ist nichts, kein Gedanke, kein Lebenszeichen. In den Zimmerecken, die im Halbschatten liegen, staut sich das Schweigen. An das Fenster, das dunkel ist, trommelt der Regen.

Morgens ziehen Nebelschwaden über die Felder wie Rauch. Nur raus aus der Stadt, Luft holen. Der mit Formsteinen gepflasterte Feldweg endet an einem baumbestandenen Bach. Weidenbäume, die so weit zurückgeschnitten sind, daß sie nur noch aus dem Stamm und einigen kurzen, knorrigen Aststümpfen bestehen. Das Wasser des Bachs ist schwarz und leblos. Auch das Gras wirkt leblos. Ich gehe zurück durch ein vor Nässe glänzendes Rübenfeld auf die Landstraße, steige ins Auto und lasse es an. Verstärke ich den Druck meines Fußes auf das Gaspedal, nimmt die Geschwindigkeit zu. Vermindere ich den Druck, nimmt die Geschwindigkeit wieder ab. Vor mir taucht die Autobahnunterführung auf, dahinter die Ampelkreuzung. Ich fahre die erste Straße rechts, die zweite Straße links und halte auf dem Parkplatz neben den Häusern. Beim Aussteigen ist mir, als sähe ich alles zum erstenmal. An einer Tür steht mein Name. Da merke ich, daß der Schlüssel paßt und gehe hinein.

Und das war der Traum: Mein Großvater hat mich auf den Arm genommen. Er steht mit mir an einem Fenster der Gaststube, und wir schauen auf die Straße hinaus. Gegenüber die hell gefleckten Stämme der Platanen, die Ziegelmauer, hinter der das Gelände des Reichsbahnausbesserungswerks beginnt. Meine Mutter kommt herein, und sie ist jung und hübsch. Auf der Straße fahren Lastwagen mit Soldaten, die sich auf dem Rückzug befinden. Aus der Ferne dringt, langsam näherkommend, das Grollen der Artillerie. Eine Straße, eine Mauer, Menschen wie Spuren im Sand.

X

Die Vergangenheit ist unabweisbar. Sie beeinflußt unser Denken und Handeln in weitaus größerem Maße, als wir uns bewußt zu machen vermögen. Keine Handlung, kein Verhalten ist ohne Folgen. Was war, hat in uns gewirkt, Wurzeln geschlagen, uns geprägt. Und was auf uns zutrifft, gilt in gleicher Weise für die sozialen Verhältnisse, in denen wir uns befinden. In den vergangenen Tagen habe ich mir ins Gedächtnis zurückgerufen, wie ich als Jugendlicher aufwuchs und in eine Arbeitswelt hineingeriet, die mich im Rückblick fast so unwirklich anmutet, wie Szenen aus Franz Kafkas Romanen.

Die Menschen auf dem Lande erschienen dem Fremden ruhig, bedächtig und zurückhaltend, aber nicht unfreundlich, zwar ungebildet, aber nicht dumm. Die Landschaft war eindrucksvoll in ihrer Weite und Natürlichkeit. Grüne Marsch, oder Wallhecken und Gebüschgruppen, kilometerweit, ohne Dach und Schornstein. Hinter dem Wald das vor Sonnenhitze flimmernde Moor bis an den Horizont. Damals gab es noch nicht in jedem Haus einen Fernseher, der heute die Bewohner der entlegensten Gebiete mehr und einheitlicher prägt, als es Klima und Landschaft je vermochten. Nicht im Dorfkrug, aber auf einer Bank neben der Haustür oder auf einer Schleusenmauer am Kanal traf man noch in den fünfziger Jahren Menschen an, die, obwohl sie weder lesen noch schreiben konnten, über mehr zu berichten wußten, als über das Ergebnis des letzten Fußballspiels.
Will man sich einen knappen Überblick über die Infrastruktur jener Gegend und die Mentalität ihrer Bewohner verschaffen, ergeben wenige statistische Zahlen ein ziemlich genaues Bild. Bei der Volkszählung im Jahre 1804 lebten im gesamten Landkreis etwa 23.000 Menschen. 1933 waren es 42.589 und 1949, trotz des Krieges, sogar 63.069, darunter 16.500 Heimatvertriebene. Bei der Kreisverwaltung waren vor dem zweiten Weltkrieg 31 Personen beschäftigt, 1956 waren es 206 und 1976 zählte man 452. 1933 errangen die Nationalsozialistische Deutsche Arbeiterpartei und die Deutschnationale Volkspartei zusammen einen Stimmanteil von 85,6 Prozent. 1949 hatte die FDP im Kreistag 18 Sitze, die SPD 13, die CDU 2; ab 1964 besaß dann die CDU die Mehrheit. Das, was allgemein als gesellschaftlicher Fortschritt bezeichnet wird, läßt sich aus der Statistik nicht ablesen – es ist überhaupt fraglich, worin

dieser Fortschritt bestehen soll. Denn die Arbeitslosigkeit liegt in jener Gegend heute bei 25 bis 35 Prozent der arbeitsfähigen Bevölkerung.

Hochzeiten, Kindtaufen, Beerdigungen, Schützenfeste. Mitte der fünfziger Jahre gab es in der Stadt einmal einen Lottokönig, er hieß Rettich. Vor seinem großen Gewinn und wieder einige Jahre danach handelte er mit Seife, Bürsten und Besen, die er an den Haustüren anbot. Als die Nachricht von seinem Glück innerhalb weniger Stunden die Runde machte, stand die Stadt Kopf. Hunderte von Bettelbriefen, Empfehlungen und Angeboten erreichten den Gewinner und seine Frau bereits am folgenden Tag. Die beiden Postboten sollen für den Transport des Waschkorbes mit den Einsendungen jeder hundert Mark Trinkgeld erhalten haben.

Gefeiert wurde abwechselnd im Goldenen Anker und im Hof von Hannover. Rettichs Gefolgschaft erweiterte sich von Tag zu Tag, die Gelage wurden immer anspruchsvoller und kostspieliger, er hielt Hof. Man habe Austern aus Spanien und echten Cognac aus Frankreich bestellt, hieß es. Ein Mercedes wurde gekauft und eine Villa in Auftrag gegeben, später noch eine Gastwirtschaft gepachtet. Aber der erwartete Zustrom von Gästen blieb dann doch aus. Immer öfter hing an der Tür ein Schild mit der Aufschrift: »Wegen Reichtum geschlossen.«

Auch andere Geschichten machten die Runde. Eines Morgens hatte Luise Rettich, die Lottokönigin, Schwierigkeiten beim Wasserlassen. Im Laufe des Vormittags suchte sie, da sich ihre Beschwerden nicht besserten, den neuen Frauenarzt auf, der nach kurzer Untersuchung ein Schnapsglas zu Tage förderte.

Zwei Jahre später war plötzlich kein Geld mehr da. Der Mercedes wurde verkauft, die Pelzmäntel und Brillantringe wanderten in die Pfandleihe, das gerade erst bezogene Haus kam unter den Hammer.

In der Stadt ging man wieder zur Tagesordnung über. Die Frau eines Papierwarenhändlers hatte in einem Hotelzimmer in Oldenburg Selbstmord begangen. Auf dem Marktplatz wurden die schönen alten Kastanienbäume gefällt, um dem Ort städtisches Aussehen zu geben. Das Barackenlager am Stadtrand gab es immer noch.

Wie war es möglich, aus diesen Verhältnissen herauszukommen? Mancher zog ins Ruhrgebiet, um im Kohlenbergbau zu arbeiten. Herbert Kowollek wurde Zuhälter in Frankfurt, Monika Dietzel – so war zu hören – hatte jemand in Bremen gesehen, wo sie auf den Strich ging. Am besten, sagte ich mir, würde ich Boxer, Fußballstar oder Filmschauspieler.

Ich las Heftromane über Westernhelden und Comics wie »Tarzan« oder »Prinz Eisenherz«. Diese Lektüre machte einen nachhaltigen Eindruck auf mich. Immer ging es darin um einen Helden, der sich allen Widrigkeiten zum Trotz durchkämpfte. Half alles nichts, sprachen die Fäuste, der Colt oder das Schwert. Selten, und dann durch Zufall, stieß ich auf anderen Lesestoff.

Einmal kamen die Großeltern zu Besuch, und abends wurde viel von früher erzählt, von »Zuhause«. Mein Großvater berichtete, daß unsere Familie ursprünglich aus Franken stamme und, im zwölften oder dreizehnten Jahrhundert, nach Schlesien eingewandert sei. In einem alten Stammbuch lasse sich nachlesen, daß die Vorfahren im siebzehnten Jahrhundert einen Bauernhof in Niederschlesien bewirtschafteten und freie Erbsassen waren. Darauf legte mein Großvater Wert, darauf war er besonders stolz. Denn das bedeute, so erklärte er mir, daß der Hof vom Vater auf den ältesten Sohn weitervererbt werden konnte, daß unsere Vorfahren niemals leibeigen, sondern immer freie Bauern gewesen seien, später dann Förster oder Dorfschullehrer. Ich zog die Lehre daraus, daß wir uns also – bis auf weiteres – verschlechtert hatten.

Als Lehrling bei der Kreisverwaltung anzufangen, galt als eine Ehre. Denn von etwa fünfzig Bewerbern wurden nach einem mehrstündigen Test nur vier ausgewählt. Die Ausbildung bestand darin, für jeweils drei Monate einer Abteilung oder Dienststelle zugeordnet zu werden, wo vor allem Aktenvorgänge abzuheften, Briefe zu tippen und Botengänge zu erledigen waren. Mein Vater sagte: »Lehrjahre sind keine Herrenjahre.« Meine ersten Ausbilder, zwei Verwaltungsangestellte der Fürsorgeabteilung, hießen Siefken und Memminga; ich saß bei ihnen im Zimmer am Katzentisch. Am ersten Tag lernte ich ein Telefon bedienen, eine für mich völlig neuartige Erfahrung.

Es gibt Abschnitte im Leben, die sich mit vielen Einzelheiten unwiderruflich einprägen. Siefken war ein hagerer, sich vornehm gebender Mann mit pomadisiertem Haar und einem Siegelring am Finger. Er sprach in gezierten Wendungen, erwähnte oft, daß sein Vater Finanzinspektor gewesen war und behandelte die Fürsorgeempfänger wie Aussätzige. Memminga, der jeden Morgen eine halbe Stunde in der Zeitung las, machte einen behäbigen, gemütlichen Eindruck, hatte aber nichts zu sagen. Durch eine Kriegsverletzung war sein linker Arm verkrüppelt, und er trug einen schwarzen Lederhandschuh.

»Daß einer mit siebzehn Jahren noch nicht telefonieren kann, finde ich erstaunlich«, sagte Siefken und warf einen neugierigen Blick auf mich. »Haben Sie denn zu Hause kein Telefon?« Memminga sah von seinen Akten hoch und meinte: »Wenn ich mich nicht täusche, ist doch Ihr Vater Verwaltungsangestellter. Wohnen Sie nicht draußen in dem Barackenlager?« Das war zu Beginn.

Als Siefken Geburtstag hatte, gab er nachmittags für jeden eine Flasche Bier aus. Wir saßen um die Schreibtische herum und schwätzten. Ein Mädchen aus Memmingas Nachbarschaft hatte ein uneheliches Kind bekommen. »Das war vorherzusehen«, sagte er und berichtete: »Vor zwei Jahren wäre ich beinahe über sie gestolpert, da lag sie mit einem Kerl auf dem Feldweg hinter unserem Garten. Ich kam vom Angeln nach Hause, und es war schon dunkel. Aber nicht so dunkel, daß ich ihre Titten und ihren Busch nicht hätte sehen können, als sie aufsprang und weglief.« Er saugte an seiner Bierflasche.

»Hm – ja«, sagte Siefken. »Was es alles so gibt.« Grinsend berichtete er von einer Witwe, die in einem Haus ihm gegenüber wohnte. »Sie ist mit dem alten Cordes befreundet, und das in ihrem Alter. Ich glaube, sie ist schon Ende Fünfzig.«

»Mit dem früheren Postboten?« fragte Memminga. Siefken nickte und räkelte sich in seinem Sessel. »Wenn er abends kommt, gehe ich auf den Boden und gucke aus der Dachluke. Sie denken ja, sie brauchten die Gardinen nicht vorzuziehen, weil wir oben sonst keine Fenster haben.« An dieser Stelle brach er in wieherndes Gelächter aus, und Memminga schloß sich ihm an.

So verlief so eine Unterhaltung, bis die Reihe an mir war, aber mir fiel nichts ein. Die beiden beäugten mich erwartungsvoll, aber mir fiel nie etwas ein. Auch Witze konnte ich mir nicht merken. Einmal sagte ich kommentierend: »Das hilft dem Vater auf die Mutter«, nur um etwas zu sagen. Das kam nicht an. Überraschte Blicke, und Memminga schnaufte vor sich hin. Siefken brummte pikiert, als dächte er an seinen Finanzinspektorvater und dessen Gattin, die Mutter: »Wenn das Ihr Vater hören würde.« Am besten, man schwieg.

Der Abteilungsleiter, ein Oberinspektor, führte seine Machtvollkommenheit vor. Er befahl mir, das im Hof herumliegende Papier aufzusammeln. Scham, Unsicherheit, Wut, Verzweiflung. Er und mehrere Beamte standen an den Fenstern, sahen zu. Ich fühlte mich gedemütigt und dachte gleichzeitig, daß irgend jemand das Papier schließlich aufheben müsse. Ich beeilte mich. Befehl ausgeführt, der Vollzug wurde gemeldet. Ein Beamter sei kein gewöhnlicher Mensch, hieß es, er stehe in einem

Dienst- und Treueverhältnis zum Staat, er sei Träger besonderer Rechte und Pflichten. Ein Angestellter war so etwas ähnliches, und ein Lehrling war auf dem Wege dahin.

Jedes Jahr gab es einen Betriebsausflug in die nähere Umgebung. Man konnte dabei den Oberkreisdirektor kennenlernen, freilich nur aus der Entfernung. Eine göttliche Erscheinung, Akademiker. Er verfügte über unbeschränkte Herrschaftsgewalt. Sprach er mit unteren Dienstgraden, zum Beispiel über das Wetter, war das eine Auszeichnung, die mancher sein Leben lang nicht mehr vergaß.

Und noch eine Veranstaltung zur Förderung des Gemeinschaftsgefühls: ein Boßelwettkampf, jedes Jahr im Dezember oder Januar, zumeist mit einer benachbarten Kreisverwaltung. Bei diesem Boßeln, einem Nationalsport jener Gegend, kegelte man eine Holzkugel mit jedem Wurf so weit wie möglich die Landstraße entlang. Wer am Ende vorne lag, hatte gewonnen. Während des Spiels wurde kostenlos Schnaps ausgeschenkt; und es gab Mettwürste, dafür konnte ich mich am meisten begeistern.

Wer etwas Geld übrig hatte, baute sich ein Haus, wenn möglich im Sozialen Wohnungsbau. Aber auch wer kein Geld übrig hatte, baute, meine Eltern ebenfalls. Monatelang ging es hin und her, bis sie endlich von der Neuen Heimat ein Grundstück zugewiesen bekamen, auf dem inmitten einer Siedlung in einfachster Bauweise ein Ziegelhaus entstand, das haargenau so aussah, wie die zwanzig anderen, die zu gleicher Zeit errichtet wurden. Es bestand aus Wohnzimmer, Küche, Waschküche und Badezimmer, drei butzenartigen Schlafzimmern unter dem Dach und einem winzigen Keller. Es kostete 40.000 Mark, und das erforderliche Eigenkapital von 4.000 Mark wurde, entgegen den Bestimmungen, durch einen zusätzlichen Kredit beschafft. Wie denn sonst?

Das Grundstück war ziemlich groß und von Baufahrzeugen zerwühlt. Fast zwei Jahre dauerte es, bis Wege, Vorgarten und Garten richtig angelegt waren. Abends und an den Wochenenden wurden Sand und Steine gekarrt. Das trug mir schließlich einen Bandscheibenschaden ein, der mich davor bewahrte, die Kampfkraft und Verteidigungsbereitschaft einer neu entstandenen Armee eines neu entstandenen Vaterlandes zu erhöhen. Militär, wohin man blickte schon wieder Militär. Uniformen, Lastwagenkolonnen, Panzer, Düsenjäger, Manöver, großer Zapfenstreich auf dem Marktplatz. Wer beim Abspielen des Deutschlandliedes vergaß, seine Mütze abzunehmen, wurde von irgendeinem Oberlehrer angepfiffen.

Die Nachbarschaft in der Siedlung war herzlich. Frau Möbus und Frau

Sawatzki saßen jeden Tag zusammen, tranken Tee, paßten gemeinsam auf die Kinder auf und klatschten. Bis Jan Möbus sich einen Opel-Kadett kaufte und für dieses Juwel eine Garage anbaute. Durch ein Versehen des Bauunternehmers wurde die Garage sechs Zentimeter über die Grenze gebaut, was sein Nachbar erst nach Abschluß der Bauarbeiten entdeckte. Dafür verlangte Franz Sawatzki fünfhundert Mark, die Jan Möbus nicht zahlen wollte. Die Folgen: ein langwieriger Rechtsstreit, durchstochene Autoreifen, mit Benzin vergiftete Obstbäume und eine Todfeindschaft, in die andere Nachbarn hineingezogen wurden. »Dieser krummbeinige Torfkopf«, sagte der eine. »Dieser hergelaufene Kloßfresser«, sagte der andere.

Möbus war Angestellter beim Landkreis, leicht erregbar und trank gern einen über den Durst. Wir gingen nach dem Dienst oft zusammen nach Hause. Begann er auf Betriebsausflügen zu vorgerückter Stunde an den Lehrmädchen herumzufummeln, erhielt er – das war bekannt – von seiner Frau ein paar kräftige Maulschellen und wurde im Polizeigriff abgeführt. Dennoch war er beliebt, denn er konnte in noch nicht ganz so fortgeschrittenem Stadium der Alkoholisierung sehr spannend von seiner Zeit als Hitlerjunge und Flakhelfer berichten. »Wir lagen am Stadtrand von Wilhelmshaven«, so begann er, »gleich neben uns in den Baracken, nur durch einen Maschendrahtzaun getrennt, die Nachrichtenhelferinnen. Was meinst du, was da los war.« Im Erzählen war Jan Möbus ein Naturtalent, ein schmächtiger Pantoffelheld mit schütterem Haar und O-Beinen. Ich hörte immer sehr aufmerksam zu. Damals erfuhr ich, daß intime Beziehungen durch Maschendraht hindurch außerordentlich reizvoll sein sollen.

Ich wollte weg, dieser Gedanke setzte sich immer mehr bei mir fest, da halfen auch nicht die Wanderfahrten mit dem Fahrrad nach Süddeutschland und nach Schweden. Meine Freundschaft mit Henriette, der Tochter eines Zahnarztes, ging in die Brüche, noch ehe sie richtig begonnen hatte. Henriette wurde schwanger, aber nicht von mir. Sie trieb ab, indem sie Unmengen von Tabletten schluckte und im dritten Monat solange vom Heizöltank im Hof ihrer Eltern heruntersprang, bis sie eine Fehlgeburt hatte. Sie tat mir damals sehr leid.

Da hatte ich beim Landkreis schon gekündigt. Nur weg, raus aus diesen Verhältnissen, nach Aurich, Osnabrück, Hannover. Das war schon etwas. Ich arbeitete jetzt bei einer Landesbehörde, fuhr ein altes Auto, lernte reiten und ging manchmal tanzen oder ins Theater. Außerdem las ich viel, Hemingway, Gerstäcker, Traven, Balzac, Dickens, Dostojewski, mehr zufällig auch Schopenhauer und Freud. Heimlich schrieb ich Gedichte. Dann erfuhr ich, daß man das Abitur nachholen könne. Vielleicht gelingt es, dachte ich mir. Wenn nicht, kann ich mich immer noch aufhängen.

XI

Oft ist Gerold schon nachmittags betrunken. Sein Großvater, der in der Neujahrsnacht des beginnenden 20. Jahrhunderts angeblich an einem Furunkel, wahrscheinlich aber an Gift gestorben ist, sah das Leben als eine Krankheit zum Tode an. So etwas vererbt sich weiter. Bei Gerold sind es zeitweilige Anfälle von Trübsinn und Melancholie, deren Folgen jedoch durch einen noch immer sehr wachen Intellekt abgemildert werden. Obwohl er keineswegs für die Vergangenheit schwärmt, ist Gerold Kulturpessimist. Er sagt: »Sehen wir einmal von der technischen Entwicklung ab – wie immer man dazu steht –, so haben die Griechen, Ägypter, Babylonier und Chinesen vor 2.000 bis 5.000 Jahren das meiste, was es im und um den Menschen gibt, schon besser gewußt als wir Heutigen und im Zweifel auch besser formuliert.« Was ihn allerdings mit größter Hochachtung, geradezu mit Ehrfurcht erfüllt, ist die Psychoanalyse von Sigmund Freud. Der sei einer der wenigen wirklichen Pioniere gewesen, meint Gerold, analytisch und schöpferisch denkend, nahezu hellsichtig, aber richtig Fuß gefaßt hätten Freuds Erkenntnisse bis heute noch nicht. Obwohl die Psychoanalyse verblüffende, ja revolutionäre Einblicke in menschliche Verhaltensweisen ermögliche und damit im Grunde Konsequenzen für sämtliche Wissenschaften in sich berge. Verkürzt bedeute das: Wisse man zum Beispiel, daß Sexualität der Motor bestimmter sozialer Verhaltensweisen ist, eröffneten sich daraus Erkenntnisse für das gesamte Zusammenleben der Menschen, angefangen bei den Produktions- oder Wohnverhältnissen bis hin zum Autokauf. Gerold meint, vielleicht sei es bei der heutigen moralischen Qualität zur Vermeidung krassester Mißbräuche sogar gut, daß Freuds Theorien zwar bekannt, aber kaum fruchtbar gemacht worden sind.

Ich beobachte: Er sitzt zurückgelehnt in der Ecke des Sofas, eine Bierflasche in der Hand, mittelgroß mit leichtem Ansatz zu einem Bauch, aber dennoch schlank wirkend. Das Haar wird am Scheitel bereits dünn. Bekleidet ist er mit einem hellen Hemd aus derbem Leinenstoff, brauner Kordhose und Gesundheitssandalen. Das Gesicht schmal, blaue, etwas müde blickende Augen, die im Gespräch lebhaft werden können. Um die Mundwinkel tiefe, nach unten gezogene Falten. Er wirkt beherrscht. »Wer will Patrick einen Vorwurf daraus machen, daß er sich in Thailand eine Frau gekauft hat«, sagt er. »Früher war so etwas in den besten Kreisen üblich, sogar bei Professoren und Denkern.« Die Doppelmoral, wer wüßte das nicht. Zu Lasten der Besitzlosen, der Unmündigen und Unwissenden, der Schutzlosen. Der Naturwissenschaftler und Philosoph Georg Christoph Lichtenberg beispielsweise kaufte sich das dreizehnjährige Blumenmädchen Dorothea Stechard, das war im 18. Jahrhundert. Natürlich wurde es offiziell als Hausgehilfin angestellt, und die Eltern waren anscheinend froh, einen Esser weniger durchbringen zu müssen. Leider starb das Mädchen schon mit siebzehn, wie es heißt an Gürtelrose. Wenn man darüber nachdenkt: ein Drama. Der Herr Professor, dem man hinsichtlich seines regen Geistes nur Gutes nachsagt, der aber nicht nur bucklig und hypochondrisch, sondern überhaupt hochgradig neurotisch war und auf seine Umgebung unheimlich wirkte, soll unter dem Tod seiner jungen Geliebten arg gelitten haben. Es gibt heute Wissenschaftler, die in diesem Zusammenhang von einer Romanze mit tragischem Ausgang sprechen.

Eindrücke, Prägungen. Determination, das heißt Festlegung, so und nicht anders. Die Kindheit, das Elternhaus, die Jugend, die Schule, der Beruf. Vielleicht auch die Konstellation der Gestirne, die Veranlagung. Erziehung und Entwicklung, freie Entfaltung, aber wie frei? Das sind wir. Und was ist aus uns geworden, was wird aus uns?

Aufgewachsen ist Gerold in Verden an der Aller. Mit dreizehn Jahren wurde er Hordenführer beim nationalsozialistischen Jungvolk. Als er die Anordnung einer der zahlreichen Wochenendübungen mit den Worten »So eine Scheiße« kommentierte, wurde ihm vor versammelter Mannschaft das Messer abgenommen und damit der am Hemdsärmel festgenähte Winkel abgetrennt. Die darauffolgende Nacht verbrachte er auf Anweisung des Stammführers im Keller der Gestapo-Außenstelle, Herrlichkeit Nr. 2. Nach Intervention anderer NS-Ortsgrößen wurde er am anderen Morgen entlassen und konnte ab nächstem Tag wieder das althumanistische, bereits im 13. Jahrhundert gegründete Domgymnasium besuchen. Mehrere Monate hatte er hier allein auf einer Bank zu sitzen, und seinen Klassenkameraden war jeglicher Kontakt zu ihm verboten. Ein halbes Jahr später wurde er als tauglich zum Luftwaffenhelfer befunden; da lagen schon die Alliierten vor der Stadt, die sich, von drei Seiten eingeschlossen, zum Endkampf rüstete.

Er hat zarte, schmale Hände, die eher einer Frau gehören könnten. Wären nicht die faltigen Tränensäcke und die Lücke in der unteren

Zahnreihe, würde ich sein Gesicht ebenmäßig und gutaussehend nennen. Wären nicht der Ansatz zum Bauch und die leicht gebeugte, etwas schlaffe Haltung, könnte sein Körper als immer noch sportlich bezeichnet werden. Nach dem Krieg, berichtet Gerold, gehörte er der Deutschen Jungenschaft, »dj 1.11.«, an. Fahrten mit dem Fahrrad in die Lüneburger Heide, nach Schleswig-Holstein und in die Eifel. Wanderungen durch den Bayerischen Wald und das Hessische Bergland. Schwimmwettkämpfe in der Aller. 1950 das Abitur und anschließend das Jurastudium in Kiel und Göttingen. Als er seine Frau kennenlernte, war er dreiundzwanzig, sie achtzehn. Er sagt, sie sei sehr hübsch gewesen, er habe sie noch als Mädchen mit langen blonden Zöpfen gekannt. Als er sie wiedersah, trug sie die hellblonden Haare kurzgeschnitten. Er habe sich auf der Stelle in sie verliebt, nicht mehr rechts noch links geschaut. Während er von ihr spricht, beginnt sich sein Blick zu beleben, als sei ihm der Ausgang dieser Verbindung entfallen. »Die Tageswanderungen in die Heide sind mir bis heute unvergeßlich«, fährt er fort. »Wie lange doch solche Gefühle vorhalten können, auch wenn man jahrzehntelang nicht mehr daran gedacht hat. Anfangs war sie zurückhaltend und schüchtern, aber ich habe sie zu nichts gedrängt. Allerdings bemerkte ich bald, daß ihrer Mutter an einer ernsthaften Verbindung gelegen war, was ich heute darauf zurückführe, daß ich gerade mit gutem Erfolg mein erstes juristisches Staatsexamen abgelegt hatte. Hinzu kam wohl auch, daß ich aus einer angesehenen Familie stamme, die in Verden über einigen Einfluß verfügte. Du kennst die Gründe, die Eltern dazu veranlassen, einer Beziehung ihrer Kinder mit Sympathie oder auch Ablehnung zu begegnen. Ich jedenfalls hatte das Wohlwollen ihrer Mutter auf meiner Seite und konnte insofern in Ruhe abwarten. Schon eineinhalb Jahre später haben wir geheiratet.«

Sein Vater sei Diplomlandwirt gewesen, berichtet Gerold weiter, Dr. habil., auf einem großen Hof im Oldenburgischen aufgewachsen. Ein humanistisch gebildeter Mann mit einer umfangreichen Bibliothek, der abends im Familienwohnzimmer hinter seinem Schreibtisch wie auf der Brücke eines Dampfschiffes gesessen und gelesen oder geschrieben habe, während die Mutter handarbeitend auf dem Sofa saß. Sie habe aus einer hessischen Kaufmanns- und Gelehrtenfamilie gestammt und sich ihr Leben lang um Haushalt und Kinder gekümmert, eine ruhige, ausgleichende Frau. Seit 1930 sei der Vater Mitarbeiter der Deutschen Osthilfe gewesen, die zur Aufgabe hatte, den stark verschuldeten Großgrundbesitz in den deutschen Ostgebieten zu sanieren. Damit er nicht dem jüdischen Finanzkapital zufalle, hieß es damals; ein Vorwand ist in solchen Fällen immer zu finden. Um ihren feudalen Lebensstil aufrechterhalten zu können, hatten die Rittergutsbesitzer östlich der Elbe nach und nach erhebliche Fremdgelder aufgenommen, obwohl die Grundrenten lediglich noch bei zwei oder drei Prozent lagen. Nach der herrschenden Ideologie existierte aber das Deutsche Reich durch Preußen und Preußen durch seine Junker. Deren Sendungsbewußtsein, Verantwortung nicht nur für Preußen und Deutschland, sondern für die ganze Welt zu tragen, war ungebrochen, und ihr Einfluß ebenfalls. Vertreten durch den Gutsbesitzer Baron von Oldenburg-Januschau, ein ultrakonservatives Mitglied des Deutschen Reichstages, gelang es den ostelbischen Großgrundbesitzern, ein staatliches Hilfsprogramm durchzusetzen, das dem Reich riesige finanzielle Lasten aufbürdete und zu einer Entschuldung ihrer Besitztümer führte, während zum Beispiel für die staatliche Arbeitslosenhilfe nicht in ausreichendem Maße Gelder zur Verfügung standen. In der von Krisen geschüttelten Weimarer Republik flossen gewaltige Summen Steuergeldes in die Taschen derjenigen, die zumeist noch über recht gute anderweitige Einnahmequellen verfügten. Ein Skandal, gegen den die Sozialdemokraten im Reichstag vergeblich zu Felde zogen und der heute lange vergessen ist.

Knapp vierzig Jahre später ist der Sohn Rechtsanwalt, beteiligt an Demonstrationen gegen die Notstandsgesetze und an der APO-Bewegung, Präsident des örtlichen Republikanischen Clubs, einer Vereinigung zur Wahrung der Grundrechte, die sich in vielen Großstädten nach der Erschießung des Berliner Studenten Benno Ohnesorg gegründet hatte. Seine Mandanten sind überwiegend Studenten, Kriegsdienstverweigerer, Kaufhausdiebe, gekündigte Mieter, Angehörige von Randgruppen. Auch einige Firmen, die das Geld bringen, das ist wichtig. Da treffen sich (war es im Februar 1969?) die Innenminister der Länder, die bekanntlich zugleich Polizei- und Verfassungsschutzminister sind, zu einer geheimen Konferenz in Hangelar bei Bonn. Man hat festgestellt, daß es an zuverlässigen Informationen aus dem Bereich der Universitäten fehlt und daß sich dieses Defizit mit den altgedienten ehemaligen Gestapo-Beamten und Altnazipolizisten nicht beheben läßt; man entschließt sich, Informanten innerhalb der Universitäten, dieser Brutstätten staatsabträglicher Unruhe, anwerben zu lassen. Aber das ist nicht so einfach, die erste Bombe platzt in Gießen, zwei weitere Spitzelskandale gibt es in Kiel und Freiburg. Der Vater des in Gießen angesprochenen Studenten ist zufälligerweise Rektor der Universität und kennt den hessischen Ministerpräsidenten Zinn persönlich. Es folgen energische, öffentlichkeitswirksame Proteste der Universität und des Ministerpräsidenten gegen jede Form der Bespitzelung von Staatsbürgern durch staatliche Stellen. Verfassungsrechtler erklären, daß eine Verquickung von Verfassungsschutz und Kriminalpolizei nach geltendem Polizeirecht strikt verboten ist, was nach den bitteren Erfahrungen aus der Nazizeit mit ihrer Gestapo-Schreckensherrschaft nur zu begrüßen sei. Auch habe sich der Verfassungsschutz seine Informationen aus allgemein zugänglichen Quellen zu beschaffen, er dürfe nicht einmal sogenannte Undercoveragenten unterhalten. Die angegriffenen staatlichen Stellen dementieren: Erstens, so heißt es sinngemäß, sei alles gelogen, und zweitens hätten Polizei und Verfassungsschutz bei ihren Maßnahmen im Rahmen des geltenden Rechts gehandelt.

Und Gerold war als Anwalt schon nicht mehr ganz unbekannt, als zu ihm ein junger Mann kam, der als Pianist in einem Studentenlokal arbeitete. Der Mann erzählte folgendes: Er sei auf der Straße von einem ehemaligen Klassenkameraden angesprochen worden, der mit der mittleren Reife abgegangen sei und – offenbar mit viel Erfolg – die Beamtenlaufbahn bei einer Verfassungsschutzbehörde eingeschlagen habe. Dieser ehemalige Klassenkamerad habe gesagt, der Verfassungsschutz wie auch die Kriminalpolizei, die bekanntermaßen den Rechtsstaat verteidigten, benötigten Informationen über das Publikum des Studentenlokals. Es gehe selbstverständlich nicht darum, jemanden auszuhorchen oder gar auszuforschen, sondern allein um die Verhinderung eventuell in Vorbereitung befindlicher Straftaten, bei denen – wie man wisse – nicht selten der Osten seine Hände im Spiel habe. Dreihundert Mark Spesenvergütung stünden dafür monatlich zur Verfügung. Besonders interessiert sei man daran, welche Kontakte die Gäste des Lokals untereinander hätten und welchen Organisationen sie angehörten. Der mehr musisch ambitionierte Student war über die an ihn gerichtete Zumutung auf das tiefste erschüttert.

Gerold nahm, ohne einen Namen zu nennen, ein genaues Protokoll auf und übergab die Angelegenheit anläßlich einer Pressekonferenz, die der Allgmeine Studentenausschuß der Universität einberief, der Öffentlichkeit. Es gehe um das rechtswidrige Schnüffeln in Schlafzimmern, Hörsälen und an Biertheken, erklärte er. Zugleich stellte er die

Frage: »Und wer schützt uns vor dem Verfassungsschutz?« Zwei Tage danach meldete sich in Gerolds Anwaltspraxis ein Herr aus Hannover an, der einen auf den Namen Grundmann mit der Amtsbezeichnung Regierungsdirektor ausgestellten Dienstausweis vorlegte. Er stellte sich als Leiter der Grundsatzabteilung des Innenministeriums vor, erläuterte in einführenden Worten die Wichtigkeit, Rechtschaffenheit und Gesetzestreue der Polizei wie auch des Verfassungsschutzes und bat um weitere Auskünfte. Das Gespräch verlief ohne nennenswertes Ergebnis.

Eine Woche danach bemerkte Gerold bei seiner Rückkehr vom Gericht auf der Fensterbank einen Gegenstand, der wie eine flache Blechdose aussah. Bei genauerer Betrachtung stellte sich heraus, daß es sich um den Membraneinsatz eines Telefonhörers handelte. Die Sekretärin berichtete, daß jemand von der Störungsstelle des Fernmeldeamts dagewesen sei.

Wieder etwas später merkte Gerold, daß mit seinem Telefon etwas nicht stimmte. Zum Beispiel war die Leitung beim Abheben des Hörers des öfteren völlig tot, es gab häufige Fehlverbindungen oder Konferenzschaltungen zwischen mehreren Fernsprechteilnehmern. Ein Anruf bei der Störungsstelle ergab, daß man dort von keinem Auftrag wußte und auch niemanden geschickt hatte. Was man in solchen Fällen unternehmen kann, ist bekannt: gar nichts.

Ein halbes Jahr darauf hatte Gerold in seiner Eigenschaft als Anwalt einer Zwangsräumung beizuwohnen, die in Anwesenheit eines Gerichtsvollziehers gegen einen seiner Mandanten durchgeführt wurde. Der Anwalt des Vermieters war ebenfalls zugegen, ein stadtbekannter Altnazi, dessen Vater sich als Superintendent um die Ausbreitung des Nationalsozialismus auch in kirchlichen Kreisen der Stadt verdient gemacht hatte. Der Anwalt hieß Bruno Stratmann, und Gerold behauptete, ihm sei die SS-Uniform nur deswegen verweigert worden, weil er, obwohl blauäugig und blond, von zwergenhaftem Wuchs war.

Bei dem ausgeklagten Mieter handelte es sich um einen Studenten, Mitglied des MSB Spartakus, der mehrere seiner Studienkollegen eingeladen hatte, mit denen er den Auszug als Happening feierte. Es konnte nicht ausbleiben, daß Gerold bei dieser Gelegenheit zwei oder drei Schnäpse mittrank. Das allerdings führte zu einer Dienstaufsichtsbeschwerde des gegnerischen Rechtsanwalts, des zwerghaften Bruno Stratmann, bei der Disziplinarkammer am zuständigen

Oberlandesgericht. Ein Verfahren wegen »öffentlicher Herabsetzung der Würde des Anwaltsstandes« war die Folge. So nennt sich das alles in der Sprache der Juristen und Rechtsvertreter. Und obwohl die Beschwerde im Sande verlief, bleibt bei solchen Verfahren doch immer etwas hängen, wie jeder weiß.

Wieder ein halbes Jahr später saß Gerold, immer noch Anwalt, mit einigen Journalisten der örtlichen Presse um den runden Tisch der Gaststätte Sir Arno und berichtete beiläufig über den Kaufhausdiebstahl einer Schülerin. Dabei vertrat er die Ansicht, man müsse solche Fälle psychologisch sehen; eigentlich gehörten die Kaufhausdirektoren hinter Gitter, die in geschickt aufreizender Weise unter Zuhilfenahme sämtlicher Tricks der Verkaufspsychologie jugendliche Käufer zu Dieben werden lassen. Diese Auffassung, die heute in juristischen Fachzeitschriften nachgelesen werden kann, war seiner Zeit noch nicht allzu weit verbreitet. Auch der Chefredakteur des örtlichen Anzeigenblattes »Echo« war da und hörte zu.

Die Verhandlung vor dem Jugendgericht fand am folgenden Tage statt, und zwar entsprechend den Bestimmungen des Jugendgerichtsgesetzes unter Ausschluß der Öffentlichkeit. Dem Antrag der Verteidigung auf eine milde Strafe wurde stattgegeben.

Am Wochenende brachte das »Echo« einen Aufsehen erregenden Aufmacher unter der Balkenüberschrift »Anwalt will Kaufhausdirektoren hinter Gitter schicken«. In diesem Artikel hieß es, Gerold habe sich nicht gescheut, auf Freispruch für die von ihm vertretene Kaufhausdiebin und auf Haftstrafe für die Direktoren des Kaufhauses Karstadt zu plädieren. Noch am selben Tag zogen die ersten Firmen ihre Mandate zurück. Die Gegendarstellung, zwei Wochen später, änderte nichts an der überwiegenden öffentlichen Meinung, die ablehnend bis feindlich war. Ein Jahr darauf mußte die Anwaltskanzlei aufgegeben werden. Die Einnahmen deckten kaum noch die Unkosten.

Ich beobachte, daß dem mir gegenübersitzenden Mann mit dem schütteren Haar und den nach unten gezogenen Falten in den Mundwinkeln die Hände zittern. »Wenn man so etwas nicht durchzustehen vermag«, sagt er, »dann darf man sich eben nicht erst darauf einlassen.« Er trinkt, fast in einem Zug, die fünfte Flasche Bier aus und setzt hinzu: »Nach und nach das Wasser abgegraben, fertiggemacht.« Ich bemerke, daß auch seine Lippen zucken und daß er offensichtlich Mitleid mit sich selber hat; und ich nehme mit einer mir wiederum befremdlichen Nüchternheit wahr, daß mich seine Betroffenheit ärgert.

Auf dem Heimweg geht mir ein ähnlicher Fall durch den Kopf, der sich ebenfalls in dieser Stadt zugetragen hat: Zu dem griechischen Gastwirt K. kommt eines Tages ein Mann, der sich als Beamter des Verfassungsschutzes zu erkennen gibt und ausweist. Er bittet um eine Unterredung unter vier Augen. Der Grieche, seit Jahren in der Bundesrepublik ansässig und allgemein als aktiver Antifaschist während der griechischen Militärdiktatur bekannt, sträubt sich gegen dieses Gespräch. Daraufhin erklärt der Beamte, daß es zwar keine gesetzliche Handhabe gebe, jemanden zu einem solchen Gespräch zu zwingen, daß es aber für einen Gastwirt und Ausländer ratsam sein, darauf einzugehen, da er schließlich auf das Wohlwollen der Behörden, besonders des örtlichen Ordnungsamtes, angewiesen sei.

In dem sich nun anschließenden Gespräch wirft der Beamte dem Gastwirt vor, Kommunist zu sein. Als solcher habe er auch Verbindungen zu verfassungsfeindlichen Organisationen. Man habe darüber bereits mit anderen Griechen gesprochen, und es liege im eigenen wohlverstandenen Interesse des Gastwirts, über seine Verbindungen Auskunft zu erteilen und auch in Zukunft Informationen weiterzuleiten, wobei ihm strengste Vertraulichkeit zugesichert werden könne. Vor allem wolle man Auskünfte über Gäste, die linken Organisationen angehören und in dem Restaurant verkehren.

K. wehrt sich gegen die Unterstellungen und das Ansinnen, für den Verfassungsschutz tätig zu werden. Ihm wird angedeutet, daß dies ein Fehler sei, falls er weiterhin ungestört sein Geschäft führen und in der Bundesrepublik leben wolle. K. bekommt es mit der Angst zu tun. Er macht den Beamten darauf aufmerksam, daß er mit einer Deutschen verheiratet ist, ein Kind hat und selber die deutsche Staatsangehörigkeit beantragen wolle. Er sei nie an dem innerpolitischen Meinungsstreit in der Bundesrepublik beteiligt gewesen und gehöre auch keiner politischen Organisation an. Richtig sei lediglich, daß er sein Lokal gelegentlich für politisch motivierte Versammlungen, wie zum Beispiel die der Chile-Initiative, zur Verfügung gestellt habe. Die Reaktionen des Verfassungsschutzbeamten erbittern ihn, und er fordert ihn zum Verlassen seines Lokals auf.

Damit ist die Angelegenheit nicht beendet. Zwei Wochen später erscheint derselbe Beamte, der übrigens als Kontaktadresse das

Landesinnenministerium angegeben hatte, erneut in der Gastwirtschaft und versucht nochmals, K. zu einer Zusammenarbeit zu bewegen. Obwohl nervlich zermürbt, weist K. den Beamten diesmal auf die Verfassungswidrigkeit seines Handelns hin und droht, den Vorfall in die Öffentlichkeit zu bringen. Der Beamte verläßt wortlos das Lokal.

In der folgenden Zeit bemerkt K., daß in der Nähe seines Lokals des öfteren Autos parken, in denen jemand sitzt und wartet. Eines dieser Autos sieht er auch nachts auf dem Parkplatz vor seiner Wohnung. In derselben Nacht wird versucht, in den hinteren Teil des Restaurants einzubrechen, der getrennt von dem vorn an der Straße gelegenen Gastraum liegt und nur über einen langen Flur vom Treppenhaus her zu erreichen ist. Mehrere Schrauben der stählernen Zwischentür liegen morgens auf dem Fußboden, die Tür ist beschädigt.

Nach einem Vierteljahr geht die Geschichte dann weiter. Ein Mann kommt zu K. an die Theke und fragt, ob er für den nächsten Tag einen Tisch für acht Personen reservieren könne, man wolle einen Geburtstag feiern, und zwar bereits ab vier Uhr nachmittags. Der Grieche entgegnet, das Restaurant sei nachmittags erst ab fünf Uhr geöffnet. Daraufhin erklärt der Mann, er und seine Arbeitskollegen hätten bereits ab vier Uhr Feierabend. Der Gastwirt ist bereit, eine Stunde früher zu öffnen; er sei dann allerdings zunächst allein im Lokal, erklärt er noch, und könne das Essen erst ab sechs Uhr servieren.

Am nächsten Tag kommt derselbe Mann mit zwei Begleitern schon kurz vor vier ins Restaurant und sagt, die fünf weiteren Gäste kämen gleich nach. Die drei Männer stellen sich an die Theke und bestellen Bier. Einer sagt, er müsse dringend zur Toilette. Da die stählerne Zwischentür auf dem Flur abgeschlossen ist und die Toilette dahinter liegt, geht der Gastwirt mit hinaus die Tür öffnen. Dann beginnt er die Biere zu zapfen. Noch bevor sie fertig sind, kommt der dritte Mann zurück. Er wundert sich scheinbar, daß die anderen fünf Gäste noch nicht gekommen sind und sagt, man wolle sie rasch holen. K. steht hinter der Theke und findet das Weggehen seiner Gäste merkwürdig, da kommt eine Hausbewohnerin hereingestürzt und schreit, es brenne im Haus.

Feuerwehr und Polizei stellen fest, daß die Türverriegelung zum hinteren Raum aufgebrochen und an mehreren Stellen mit Spiritus Feuer gelegt wurde. Der Raum brennt vollständig aus, nur das schnelle Eingreifen der Feuerwehr verhindert eine weitere Ausbreitung des

Brandes. Ein Jahr später brennt es nochmal, jetzt im Keller. K. beschließt, sein Lokal zu verkaufen und wegzuziehen. »Ich kann diese dauernde Unsicherheit nicht mehr ertragen«, sagt er, »diese Bedrohung, die ständig wie ein Damoklesschwert über mir hängt. Das macht mich ganz krank.«

Der Fall wird von einem Journalisten aufgegriffen, der als freier Mitarbeiter bei Rundfunk und Zeitungen tätig ist. Über diesen Journalisten namens B. beschwert sich der Leiter des Verfassungsschutzamtes in einem fünf Seiten langen Brief bei dem Direktor des Funkhauses, das die Sendung ausgestrahlt hat. Der Leiter des Zeitfunks und sein Stellvertreter reisen an und recherchieren den Fall nach. Sie gelangen zu dem gleichen Ergebnis wie B., die Beschwerde wird zurückgewiesen.

Kurz darauf erfährt der Journalist nach einem Vortrag, den er während einer Tagung hält, daß ein Beamter des Verfassungsschutzes anwesend ist, der beim Tagungsleiter Erkundigungen eingezogen hat. B. stellt den Beamten, einen Oberregierungsrat, zur Rede, aber der läßt sich auf nichts ein, nennt seine Anwesenheit privat und der Fortbildung dienlich und zieht endlich eine dicke Akte aus der Tasche, in der er blättert. Er macht B. auf angebliche Fehler in seiner Berichterstattung der letzten Jahre aufmerksam. Auf der Akte erkennt B. seinen Namen.

Monate später treffe ich B. in der Stadt und frage ihn, wie es ihm geht. »Ganz gut«, sagt er, »ich bin gesund, die Kinder wachsen langsam heran. Nur Arbeit habe ich nicht, und meine Frau muß für den gesamten Familienunterhalt sorgen. Seit damals bekomme ich einfach keine Aufträge mehr. Biete ich etwas an, wird es abgelehnt, oft reagiert man gar nicht. Seltener bekomme ich auch freundliche, aber bestimmte Ablehnungsschreiben.«

Als Gerold am folgenden Abend bei mir vorbeischaut, berichte ich ihm von meinen Überlegungen und Schlußfolgerungen. Ihm sind die Geschehnisse bekannt. Er lehnt sich zurück und raucht eine Zigarette. Die Hand, mit der er sie hält, zittert. Vielleicht zittern seine Hände auch sonst immer, und es ist mir nur noch nicht aufgefallen. »Oder leiden wir vielleicht nur unter Verfolgungswahn?« fragt er, »unter einem mehr oder weniger ausgeprägten paranoiden Syndrom, entwickelt womöglich aus frühkindlichem Ödipuskomplex und spätpubertärer sadomasochistischer Lust?« Ich muß das erst entschlüsseln. Mir fällt vor allem auf, daß er »wir« sagt; wahrscheinlich blicke ich ihn etwas erstaunt an, aber er fährt fort: »So jedenfalls, mein Lieber, könnte es sich dem Außenstehenden darstellen, der uns beobachtet. Sozusagen aus sicherem Hafen, wobei natürlich eine einzige Sturmflut seine vermeintliche Sicherheit zunichte machen kann, woran er freilich nicht glaubt. Also: ein Persekutionstrauma oder auch -syndrom, sprich: Verfolgungswahn.«

Er zieht den Zigarettenrauch tief in seine Lungen und blickt mich ernst und forschend an, bevor er fortfährt: »Und wenn ich weiter darüber nachdenke, meine zeitweisen Erregungszustände, Euphorien und Depressionen betrachte, komme ich immer mehr zu dem Schluß, daß vielen Vertretern dieser freiheitlichen demokratischen rechtsstaatlichen Grundordnung am besten gedient wäre, wenn sie uns nicht erst in mühevoller Kleinarbeit unter Einsatz vielerlei strategischer Überlegungen die Existenz entziehen müßten, sondern wenn wir uns freiwillig, am besten noch heute, in die geschlossene Abteilung einer Heil- und Pflegeanstalt begäben. Falls wir zu feige sind, Selbstmord zu begehen. Der Gesellschaft würde mit Sicherheit viel Unruhe dadurch erspart bleiben, das ist doch eindeutig.«

Ich antworte: »Du widersprichst dir.«

»Also dann ein Fall von Schizophrenie«, sagt er.

An einem warmen, sonnigen Nachmittag im Frühsommer treffe ich B. wieder in der Stadt. Ich habe ihn vor einigen Jahren kennengelernt, als er eine Rundfunksendung über die paritätische Mitbestimmung an der Universität vorbereitete. Wir setzen uns in ein Straßencafé, und ich erfahre weitere Einzelheiten, wobei diesmal ein merkwürdiger ortsansässiger Verein und wiederum das Anzeigenblatt »Echo« eine Rolle spielen. »Man muß sich das so vorstellen«, fängt B. an, und ich bemerke, daß er Vertrauen zu mir hat. »Ein ehemaliger Student ohne Examen, aber aus wohlhabendem Hause, gründet einen Verein, der sich die Bewahrung der Menschenrechte ins Programm schreibt. Wer würde bei dieser Zielsetzung nicht spontan Beifall klatschen. Mehrere namhafte Persönlichkeiten des öffentlichen Lebens lassen sich für das Vorhaben gewinnen und werden als Schirmherren in den Briefkopf aufgenommen. Der Student und Gründer nennt sich jetzt Geschäftsführer, der Verein wird zur Organisation. Sie mietet eine ganze Etage in der Innenstadt als Büro, stellt Hilfskräfte ein, knüpft Kontakte in alle Welt, vor allem zu antisozialistischen Kräften, gibt sogar eine Zeitschrift heraus, in der manche Leute als Faschisten, andere als gute Demokraten bezeichnet werden, und kümmert sich nach Darstellung ihres Geschäftsführers allein um die Bewahrung der Menschenrechte.« So berichtet B., und ein Mosaik beginnt sich zusammenzufügen.

Denn B. fährt fort: »Als ich einen Artikel über die Gesellschaft schreiben will – ich hatte bei einer kleineren überregionalen Zeitung wieder Tritt gefaßt –, stoße ich auf die nicht ganz unwichtige Frage, woher das Geld für alle diese Aktivitäten kommt. ›Aus Mitgliedsbeiträgen, den Erlösen der Zeitschrift und Spenden‹, sagt der Geschäftsführer. Das will mir nach überschläglicher Berechnung nicht ganz einleuchten, und ich ziehe weitere Erkundigungen ein. Da bekomme ich einen Anruf des Geschäftsführers, eine Warnung. Das Gespräch endet mit einem Zerwürfnis und einer versteckten Drohung. Ich äußere im Anschluß daran mehreren Kollegen gegenüber meine Zweifel an den Arbeitsmethoden der Organisation. Daraufhin bekomme ich den Anruf eines Anwalts, der als Rechtsvertreter der Organisation auftritt und mit einer Klage wegen Verleumdung und übler Nachrede droht. Ich spreche wiederum im Kollegenkreis darüber und äußere noch stärkere Zweifel an der Integrität der Organisation und ihres Geschäftsführers. Noch habe ich kein einziges Wort darüber geschrieben. Da bekomme ich einen Anruf des Chefredakteurs der Anzeigenzeitung ›Echo‹. Ob ich Vorbehalte gegen die Organisation und ihren Geschäftsführer habe, wird gefragt. Und als ich das bestätige, liest er mir die Headline für die nächste Ausgabe vor: ›Die verleumderischen Machenschaften des Herrn B.‹ Als ich sofort einen Anwalt einschalte, um eine einstweilige Verfügung gegen die Auslieferung des Blatts zu erwirken, stellt sich heraus, daß der Aufmacher der nächsten Ausgabe absolut nichts mit mir oder der Organisation zu tun hat.«

B. ist sehr erregt und raucht eine Zigarette nach der anderen. Auch in den folgenden Ausgaben des »Echo«, erzählt er, die er mit von Mal zu Mal zunehmender Sorge erwartet habe, sei keine einzige Zeile über ihn erschienen. Eine Warnung, soviel steht fest. Sie hat ihren Zweck erreicht, denke ich mir.

»Du würdest mir einen großen Gefallen erweisen«, sagt B. auf einmal, »wenn du die Sache im Auge behalten könntest.« Ich sehe seinem Gesicht ganz deutlich an, daß er Angst hat. »Wir wollen nämlich für vier Wochen verreisen«, setzt er hinzu, als müsse er sich entschuldigen. »Sollte doch noch so ein Schmierartikel erscheinen, wäre ich dir dankbar, wenn du mal mit meinem Anwalt sprechen würdest.« Er schreibt Adresse und Telefonnummer auf einen Zettel, den er mir reicht, und blickt mich bekümmert an.

Ich stecke den Zettel ein. »Ja«, antworte ich, »gern.« Mir will nichts weiter einfallen, so sehr ich auch überlege. »Es wird schon nichts passieren«, sage ich schließlich in beruhigendem Ton. »Du hast recht«, erwidert er nach einer Weile des Schweigens. »Was soll schon noch passieren?«

XII

Der große russische Schriftsteller Alexej Maximowitsch Peschkow, der sich Maxim Gorki nannte, beschreibt in seinem Roman »Meine Universitäten«, wie er mittellos und ohne die erforderlichen Zertifikate an die Universität ging: »Ich fahre also nach Kasan, um an der Universität zu studieren – nicht mehr und nicht weniger... Ich wußte damals noch nicht, daß man der Wissenschaft auch als Kaninchen Dienste erweisen kann ...« Die Großmutter verabschiedete ihn mit den mir unvergeßlichen Worten: »Du mußt den Menschen nicht zürnen, du ärgerst dich immerfort über sie, bist hart und anmaßend geworden! Das hast du vom Großvater, aber wie weit hat er es denn gebracht? Da hat er gelebt und gelebt und ist zuletzt der Dumme, ein verbitterter alter Mann! Denk stets daran: Nicht Gott richtet die Menschen – das ist des Teufels Lust! Nun, leb wohl ...« Er wohnt zuerst bei den Jewrejinows, einer Mutter mit zwei Söhnen, die in einer engen Wohnung in ärmlichen Verhältnissen leben. Nachdem er den Studenten Gurij Pletnjow kennenlernt, siedelt er dann in die »Marussowka« über, die er ein seltsames, fröhliches Elendsasyl nennt, um sich zum Dorfschullehrer ausbilden zu lassen.

Als ich den Roman las, studierte ich schon, und zwar mit besseren Voraussetzungen und unter günstigeren Bedingungen. Mir war von vornherein klar gewesen, daß ich mich ohne Abitur an der Universität nicht würde einschreiben können. Deswegen hatte ich mir den Wissensstoff für diese wichtige Prüfung in drei Jahren erarbeitet und die Abiturprüfung nachgeholt. Das Ergebnis war zugleich eine wesentliche Erweiterung meiner Allgemeinbildung. Auch ließen sich die Verhältnisse in Mitteleuropa in der zweiten Hälfte des 20. Jahrhunderts nicht mit denen vor hundert Jahren in der halbtatarischen russischen Stadt Kasan vergleichen. Dennoch gab es viele Parallelen zu den Schilderungen in Gorkis Roman, der mich stark erschütterte, der mir aber auch dabei half, meine eigene Situation besser zu erfassen. Denn ich war ebenfalls auf mich allein gestellt, und die neue Umgebung wirkte nicht nur anziehend und erregend auf mich, sondern zu Anfang eher bedrohlich.

Wenn ich einen Professor nur von weitem sah, bekam ich schon feuchte Hände. Sprach mich einer an, begann ich zu stottern. Mit Akademikern hatte ich bis dahin kaum Kontakt gehabt, mit Professoren schon gar nicht. Sie waren für mich etwas Höheres, Erleuchtetes, und es dauerte mehrere Jahre, bis ich meine Ängste vor diesen erhabenen Vertretern des Geistes und der Wissenschaften einigermaßen abgebaut hatte. Ich studierte hauptsächlich Jura, sah mich aber nebenbei an fast sämtlichen anderen Fakultäten um, besonders bei den Soziologen und Philosophen.

Schon im zweiten Semester begann mich die Philosophie immer mehr zu interessieren, aber ich sah damals keinen Weg, damit später meinen Lebensunterhalt zu verdienen. Andererseits konnte ich mir nicht so recht vorstellen, als Richter, Staatsanwalt, Regierungsrat, Rechtsanwalt oder Syndikus zu arbeiten. Eigentlich bin ich reichlich naiv an das Studium herangegangen, mehr aus dem Bedürfnis heraus, weiterzukommen, sozial aufzusteigen. Aber auch aus Wissenshunger und in der Überzeugung, ich könne ebensoviel leisten wie andere, die studierten.

Professor W., eine Kapazität im öffentlichen Recht, sprach in seinen rechtsgeschichtlichen Vorlesungen über den heimatlosen Kaiser – es könnte Konrad II. oder Heinrich III. gewesen sein –, der im Lande herumzog, von Pfalz zu Pfalz, von Ort zu Ort. »Ein wahrer Grand Seigneur«, sagte W. und schritt ruhelos vorn auf dem Podest hin und her, vom Fenster zur Tür und von der Tür zum Fenster. Wirklich, ein großer Mann, sowohl der alte Kaiser als auch der Professor, der kurz darauf im Bundestag eine Rede hielt, zu der er vom damaligen Bundeskanzler Erhard eingeladen worden war. Ich hörte seine Ausführungen im Radio, aber an deren Inhalt kann ich mich nicht mehr erinnern. Nur an seine Stimme, die mir, wie sie aus dem Rundfunkgerät kam, noch würdiger und gescheiter erschien als im Hörsaal. Und wenn der Kaiser mit seinem Gefolge nach Monaten weiterzog, war alles leergefressen, und die Leute brauchten Jahre, um sich davon zu erholen. Darüber ein Wort zu verlieren, verbot die Achtung vor dem Kaiser.

Vorlesungen über Strafrecht hielt Professor Sch., ein schläfrig wirkender schwerfälliger Mann, der während der Nazizeit einen guten Ruf genoß, von dem er immer noch zehrte, wie übrigens viele seiner Kollegen. Er war im Umgang verhältnismäßig milde, nur nicht in seinen Noten. Auf Zwischenfragen reagierte er ungehalten bis gereizt. Berührten sie Probleme, die außerhalb seines Fachgebiets lagen, wußte er sowieso nie Bescheid. Und falls der Kandidat in der Prüfung das Gründungsjahr des ersten Amsterdamer Zuchthauses nicht kannte, das irgendwann einmal Modellcharakter hatte, war er so gut wie durchgefallen.

Dagegen waren die Vorlesungen des Professors R. im Strafverfahrensrecht, einer an sich eher trockenen Materie, ein Erlebnis. Wenn er von den »fruits of the poisoned tree« sprach, wonach beispielsweise erzwungene oder erschlichene Aussagen nicht verwertet werden dürfen, war es im überfüllten Hörsaal ganz still. Gern verdeutlichte er strafrechtliche Konsequenzen an Begebenheiten aus Büchern von Karl May, denn er war Vorstandsmitglied der Karl-May-Gesellschaft. »In seinen Büchern«, sagte er einmal, »tritt May auf Grund eigener bitterer Erfahrungen ständig für den Grundsatz ein, daß der Beschuldigte und anschließende Angeklagte bis zum Urteilsspruch als unschuldig zu gelten hat.« Er berichtete, daß May insgesamt sieben Jahre seines Lebens in Gefängnissen verbracht habe. »Dem Strafprozeßrecht«, erklärte er ein anderes Mal, »kommt symptomatische Bedeutung für den Geist einer Rechtsordnung zu.« Wie die Strafverfolgungsbehörden mit einem Beschuldigten oder Angeklagten umgehen, das sei sozusagen die Probe auf das Exempel des Rechtsstaates.

R.'s Ausführungen beeindruckten, sie regten mich an. Als ich selber einen wissenschaftlichen Aufsatz schrieb, verhalf er mir zu dessen Veröffentlichung in einer Fachzeitschrift. Immer noch war ich Student. Später schrieb ich dann bei R. meine Doktorarbeit. Aber sein Hauptassistent H. veröffentlichte wesentliche Teile daraus vorweg als Zeitschriftenabhandlung, und wir zerstritten uns. Womöglich nahm R. Plagiate, soweit sie ihn nicht selber betrafen, auf die leichte Schulter, hatte doch auch Karl May seitenweise vom alten Friedrich Gerstäcker abgeschrieben, dessen Bücher er während seiner Gefängnisaufenthalte studiert hatte. Auf denn, wir armen Sünder, auf ins Reich der Edelmenschen!

Ich wohnte in einem möblierten Zimmer bei der Witwe Illinger, deren verstorbener Mann ihr und zwei noch unverheirateten Töchtern am Stadtrand ein Einfamilienhaus hinterlassen hatte. Sie war Ende Vierzig und arbeitete als Verkäuferin in einem Warenhaus, eine gutgenährte, auf den ersten Blick zugänglich wirkende Frau mit rosigem Gesicht. Auf den zweiten Blick merkte man, daß ihre Offenheit nur vorgetäuscht war. Vor allem wenn sie über andere Menschen sprach, was sie gern tat, wurde sie gehässig und bösartig, so daß ich mir bei solchen Gelegenheiten immer vorstellte, wie sie anderen gegenüber von mir sprach.

Einmal, nachdem sie zwei Wochen wegen einer Unterleibsoperation im Krankenhaus verbracht hatte, beschwerte sie sich darüber, daß ihr ein Kollege Blumen gebracht habe. »Wie kann man nur Blumen schenken«, sagte sie erbost, »eine Flasche Wein oder eine Schachtel Pralinen wären mir lieber gewesen.« Ich hatte ihr mehr durch Zufall ein Buch statt Blumen mitgenommen; eigentlich hatte ich sie gar nicht besuchen wollen, aber den Worten ihrer Töchter war zu entnehmen gewesen, daß ich mir dadurch ihr Wohlwollen verscherzt hätte.

Ein anderes Mal kritisierte sie, daß mein Vorgänger in seinem Zimmer keine Ordnung gehalten habe; seine Briefschaften, sogar Liebesbriefe, hätten überall offen herumgelegen. »Ein schmuddeliger Mensch«, sagte sie, »auch in seinen persönlichen Beziehungen. Was meinen Sie, was in den Liebesbriefen alles gestanden hat. Ich werde schon rot, wenn ich nur daran denke.« Sie hatte einen Ordnungs- und Sauberkeitsfimmel, aber das störte mich nicht weiter, ich ging ihr so weit wie möglich aus dem Weg. Von ihrem Angebot, die Küche zu benutzen, machte ich keinen Gebrauch, statt dessen kaufte ich mir zum Wassererhitzen einen Tauchsieder, und mittags aß ich in der Mensa.

Das Illingersche Haus machte einen geleckten Eindruck, und auf der ständig frischgebohnerten Treppe mußte man sich in acht nehmen. Im Vorgarten gab es ein rechteckiges und ein rundes Blumenbeet, nach hinten einen großen Wäschetrockenplatz, der im Sommer – so wurde mir gesagt – von allen als Liegewiese zu benutzen sei. Damit sollte die überhöhte Miete gerechtfertigt werden. Mutter und Töchter bewohnten das Erdgeschoß und die erste Etage, in der noch ein weiterer Student namens Menzel sein Zimmer hatte. Ich zog in ein Mansardenzimmer neben dem Dachboden. Von Menzel, der bereits im sechsten Semester studierte, erfuhr ich, daß meinem Vorgänger fristlos gekündigt worden war, weil er weiblichen Besuch über Nacht bei sich behalten hatte.

Das war das erste, was mir die Witwe Illinger ans Herz legte: »Damenbesuch wünsche ich nicht.« Was sollte ich darauf antworten? Ich dachte, daß man sich gegebenenfalls würde verständigen können. Das Zimmer war häßlich, im Sommer sehr heiß und kostete 110 Mark, aber ich hatte nichts Besseres und erst recht nichts Billigeres finden können, obwohl ich eine Woche lang suchte und währenddessen 25 Mark täglich in einer Pension bezahlte. Die Tapete begann sich an mehreren Stellen von der Wand abzulösen, Schrank und Bett wirkten wurmstichig, die Matratze war durchgelegen. Über dem Bett hing ein Bild mit tanzenden Elfen, die nackten Körper in der Farbe von Frau Illingers Gesicht. Was mich für das Zimmer einnahm, waren ein Waschbecken mit Wasseranschluß und ein großer schwarzer Schreibtisch vor dem Fenster, das zum Garten hinausging. Daß sich die lappigen Übergardinen nicht ganz zuziehen ließen, merkte ich erst, nachdem ich eingezogen war.

Menzel, den ich am ersten Tag zum Kaffee einlud, weihte mich ein: »Sie ist manchmal etwas schwierig und furchtbar hinter dem Geld her.

Einmal baden kostet drei Mark, und wenn Sie die Küche benutzen, müssen Sie zehn Mark im Monat zusätzlich bezahlen. Dafür sind die Töchter ganz nett, wir feiern oft zusammen.« An der Art, wie er von der älteren Tochter sprach, merkte ich, daß er ein Auge auf sie geworfen hatte. Er studierte Deutsch und Geschichte, um Gymnasiallehrer zu werden, wie sein Vater. Die Abende verbrachte er gewöhnlich »auf dem Haus«, wie er sich ausdrückte. Das bedeutete: Er ging in das Haus einer studentischen Verbindung namens Teutonia, wo er mit anderen Studenten, die er Bundesbrüder nannte, zusammensaß und zumeist Bier trank. Als ich ihm vorschlug, das steife »Sie« fallenzulassen, guckte er zuerst etwas pikiert. »Wir sind etwa gleichalt und können uns doch duzen«, sagte ich. »Warum nicht«, erwiderte er zögernd und setzte hinzu: »Obwohl ich da meine Prinzipien habe. Aber ich will eine Ausnahme machen.« Dabei wiegte er gravitätisch seinen großen plumpen Schädel, der auf einem in den Schultern sehr schmalen und zur Mitte hin korpulenten birnenförmigen Körper saß, getragen von erstaunlich dünnen X-Beinen. Sympathisch machte ihn mir seine ruhige Ausgeglichenheit, die durch nichts zu erschüttern war und die man auch träge Gleichgültigkeit hätte nennen können, wäre nicht ein besonderer Lebensfunke hinzugekommen, etwas Genießerisches, ein in alkoholisiertem Zustand noch deutlicher werdender dionysischer Wesenszug.

Die älteste Tochter, eine pummelige zweiundzwanzigjährige Blondine, hieß Inge und war Telefonistin beim Fernmeldeamt. Sie redete viel und schnell und man fragte sich hinterher, was sie eigentlich gesagt hatte. Als wir einmal zusammen feierten, berichtete sie allerdings von Männern, die bei der Telefonauskunft anriefen, um sich sexuell abzureagieren – das war ungeheuer spannend. Obwohl sie sich nur auf vage Andeutungen beschränkte, hin- und hergerissen zwischen peinlicher Berührtheit und schwüler Geschwätzigkeit. Es gebe aber auch andere, wirklich nette Telefonkunden; von einem dieser Herren habe sie sich sogar, entgegen ihren Dienstvorschriften, zu einem Rendezvous überreden lassen. Er habe eine wunderbar weiche und doch sehr männliche Stimme gehabt und müsse ziemlich wohlhabend, wenn nicht sogar reich gewesen sein, wie sie seinen Andeutungen entnommen hatte. Jedenfalls besaß er einen Mercedes und ging gern auf die Jagd. Wer kann sich das schon leisten? Sie sei dann aber fürchterlich enttäuscht gewesen, als sie ihn in dem Restaurant, wo sie sich verabredet hatten, von weitem sah. Zu ihm hingegangen sei sie gar nicht erst, denn er habe dick und fett dagesessen und sich den Schweiß von der Glatze gewischt, da sei sie einfach wieder hinausgegangen.

Die jüngere Tochter, Heidi, war Lehrling bei einer Bank, was ihre Mutter ständig hervorhob. Bei einer Bank beschäftigt zu sein, mit Geld zu tun zu haben, mit Kontoauszügen, Schecks, Krediten und Sparguthaben, war für sie so gut wie ein Studium, fast gleichwertig. Auf jeden Fall war, wer bei der Bank arbeitete, etwas Besseres. »Stellen Sie sich vor, um Ihr Zimmer hatte sich tatsächlich auch ein Gastarbeiter beworben«, sagte Frau Illinger und schüttelte ihren graumelierten Dauerwellenkopf. »Was sich diese Leute so denken.« Daß sie keine weiblichen Untermieter aufnahm, sondern Studenten bevorzugte, hing offenbar mit der nicht ganz unbegründeten Hoffnung zusammen, daß Gelegenheit nicht nur Diebe mache, sondern manchmal auch Schwiegersöhne. Das wenigstens war die Erfahrung einer Nachbarsfamilie. Und obwohl Frau Illinger streng darauf achtete, daß ihre Töchter während der Woche um zehn Uhr und am Wochenende spätestens um zwölf zu Haus waren, konnte man sie abends oft in luftigen Nachthemden über den Flur huschen sehen. Sie billigte auch, daß sich ihre ältere Tochter stundenlang im Zimmer von Menzel aufhielt. Um mit ihm Musik zu hören, aber selbstverständlich nur tagsüber.

Menzel lud mich ein, an einer »Kneipe«, so nannte er das, seiner Verbindung als Gast teilzunehmen. »Das ist ein lustiger Abend«, erklärte er. »Es werden Reden gehalten, die Alten Herren sind da, wir trinken Bier, erzählen Witze und Anekdoten und singen unsere alten Studentenlieder. Der Abend läuft zwar zuerst nach bestimmten Ritualen ab, aber anschließend geht alles drunter und drüber, das ist das beste daran.« Dieses Beste bezeichnete er als Inoffizium. »Im offiziellen Teil darf man nicht austreten«, klärte er mich auf, »danach lautet die entsprechende Frage: ›Tempus peto.‹ Der Präside antwortet dann: ›Tempus habeas.‹« Dann durfte man sich erleichtern. Ich mußte also meinen dunklen Anzug aus dem Schrank holen, mir eine Krawatte umbinden, und zusammen gingen wir »auf das Haus«.

Menzels Bierzipfel, mehrfarbige am Hosenbund befestigte Schnüre mit gravierten silbernen Anhängern, kannte ich schon; zusätzlich hatte er diesmal eine silberbestickte flache Mütze aufgesetzt, ähnlich einem Barett, und ein schmales Band in den Verbindungsfarben unter der Jacke quer über die Brust gelegt. Unterwegs erzählte er, daß seine Verbindung bereits mehr als hundert Jahre existiere und namhafte Persönlichkeiten *des öffentlichen Lebens dazugehörten. Er nannte einen Minister, einen Bischof und zwei hohe Verwaltungsbeamte, die ich alle nicht kannte, sowie mehrere Namen aus Justiz und Wirtschaft, die mir ebenfalls unbekannt waren. »Wir haben das Lebensbundprinzip«, erläuterte er, »das bedeutet: man bleibt sein Leben lang Mitglied und fördert sich gegenseitig. Wir tragen zwar Farben, aber Mensuren schlägt nur wer will.« Er war wie ausgewechselt, regelrecht bemüht, und berichtete von Chargierten in Vollwichs, Kneipjacken oder Pekeschen, Kommersen, Fuxenkneipen, Keilgästen, Bierstrafen, Fidulitäten und so weiter. Ich verstand nur jeden zweiten Satz.*

Das Haus der Teutonen, ein villenartiges Gebäude in einem großen Garten, war in den Verbindungsfarben beflaggt und machte einen festlichen Eindruck. Vor der Tür standen mehrere große Limousinen. Am Eingang empfingen uns zwei Studenten und führten uns durch eine holzgetäfelte Halle in den sogenannten Kneipsaal, einen ebenfalls in dunklem Holz gehaltenen Raum mit altem Mobiliar, zwei riesigen Kronleuchtern und einem Klavier im Hintergrund. Bevor wir uns an einen der langen Tische setzten, zeigte mir Menzel noch schnell die Toilette. »Das ist mit das wichtigste«, sagte er ganz ernsthaft, »denn irgendwo muß das Bier ja bleiben.« Aus dem Augenwinkel bemerkte ich in der Ecke ein Spuckbecken. Dann begann die Veranstaltung.

Ein Kommando: »Silentium für den Einzug der Chargen! – Omnes surgite!« Marschmusik. Vier Chargierte in silberbetreßten Uniformen mit Schärpen, weißen Stulpenhandschuhen und bis über die Knie heraufreichenden schwarzen Stulpenstiefeln, mit säbelartigen Hiebwaffen in den Händen, marschierten einer hinter dem anderen im Gleichschritt ein. Drei stellten sich am Kopfende der hufeisenförmigen Tafel auf, der vierte marschierte an das Ende des einen Längstisches. Dieser vierte Chargierte trug einen echten Fuchsschwanz an seiner Mütze, was ihm etwa das Aussehen eines martialisch verkleideten kanadischen Trappers gab.

Menzel flüsterte: »Der Fuxmajor, er ist zuständig für die Erziehung der Neuen, der Füxe.«

Alle standen aufrecht da. In dunklen Anzügen, mit Käppis, Bändern, Bierzipfeln. Viele mit Schmissen im Gesicht, Studenten und würdige ältere Herren.

Menzel flüsterte: »Das Kontrarium ist dem Präsidium gegenüber für die Ordnung im Fuxenstall verantwortlich.«

Der Erstchargierte, in der Mitte, schlug zweimal mit dem Blatt seiner

Waffe vor sich auf den Tisch zwischen Bierkrug und Liederbuch, beim dritten Mal schlugen donnernd auch die drei übrigen zu.

Menzel flüsterte: »Fux ist man während der ersten zwei Semester, ich gehöre schon zur Aktivitas.«

Der Erstchargierte sprach mit lauter Stimme, er eröffne die Semesterantrittskneipe und trinke mit seinen Conchargen auf deren würdigen Verlauf. Wieder ein Kommando: »Omnes ad sedes!« Man setzte sich, und der Erstchargierte hielt eine kurze belanglose Ansprache und begrüßte die Anwesenden, wobei er einzelne Namen nannte. Jedesmal trank er, wie er sagte, einen geziemenden Streifen auf das Wohl der Genannten, die kurz aufstanden und sich verbeugten. Der Gast ebenfalls, also ich. Anschließend das Lied »O alte Burschenherrlichkeit«.

Danach erneut eine Rede, ein Alter Herr. Beklagenswert, daß es an der Universität wieder einmal unruhig zu werden beginne. Man habe sich mehr denn je auf die alten Werte zu besinnen. Vaterlandsliebe, Streben nach wissenschaftlicher Erkenntnis, Pflichterfüllung, Treue und Disziplin. »In Zeiten politischer Stagnation haben wir in unserem Bund stets zu den Fortschrittlichen gehört.« Und, mit Leidenschaft in der Stimme: »Jetzt, wo es zu gären beginnt, müssen wir konservativ sein.« Volk, Vaterland, Deutschtum, Tradition. Wie solche Begriffe ausgesprochen werden, ist bekannt. Neu war: »Chaoten, Revoluzzer, Berufsdemonstranten.«

Folgte ein geziemender Streifen auf das Wohl aller ordentlichen, vernünftigen Studenten, die sich nicht von wildgewordenen Schreihälsen und linken Aufwieglern verunsichern und unterdrücken lassen. Menzel, flüsternd: »Er ist Staatssekretär im Justizministerium.« Da ertönte ein neues Kommando: »... singen das Lied auf Pagina ... Bierorgel präpariert eine halbe Weise voraus – Silentium – das Lied steigt mit seiner ersten, ad primam.« Aus vollen Kehlen: »Als noch Arkadiens goldne Tage ...«

Die Ausführungen des Redners erschienen sibyllinisch. Mir war zwar bekannt, daß in letzter Zeit Demonstrationen stattgefunden hatten, zum Beispiel gegen den Krieg in Vietnam. Aber von Chaoten und linken Revolutionären hatte ich an der Universität nichts bemerkt. Im Gegenteil, so dachte ich. Gefragt, sagte Menzel: »Kommunisten, Spartakisten, SDSler.« Ich war so klug wie zuvor. »Wie in der Weimarer Republik«, sagte Menzel, »aber wir halten die Fahne hoch. Prost!«

Während ich versuchte, meine Gedanken zu ordnen, begann ein älterer Student eine sogenannte Biermimik vorzutragen, in der es um einen

Freiherrn Prunz zu Prunzenschütz ging, der von seinem Rittersitz aus die Feinde mit gewaltigen Fürzen in die Flucht schlug. Danach wurde weiter getrunken, gesungen und getrunken, immer weiter. Und alles endete lange nach Mitternacht – »Bierdorf«, sagte Menzel –, nachdem mehrere Stühle zu Bruch gegangen, ein Kronleuchter heruntergerissen und das Klavier mit Bier übergossen waren. Als wir gegen Morgen nach Hause schwankten, sangen die Amseln, und Menzel lallte etwas von einem gelungenen Abend. In einer Toreinfahrt erleichterten wir uns um mehrere Liter Bier, ordentliche Studenten.

Am Wochenende fuhren wir zu viert zum Baden an einen kleinen See in der Nähe. Menzel hatte von seinem Großvater Geld geerbt und sich einen Volkswagen gekauft. Inge glühte vor Begeisterung. Sie redete ununterbrochen, während Heidi, mit der ich hinten saß, wohltuend stumm blieb. Beim Baden zeigte sie viel Haut – sie trug einen knappen Bikini – und eine gutgeformte Figur. Als sie sich zum Sonnen neben mich auf die Decke legte, merkte ich, daß ich immer mehr in eine Zwickmühle geriet. Ich mochte sie nicht, sie war so hochnäsig, und fast alles, was sie sagte, erschien mir töricht. Andererseits sah sie gut aus, und ich mochte sie nicht beleidigen, zumal ihre Mutter meine Vermieterin war.

Die Situation wurde noch schwieriger. Auf der Rückfahrt kamen wir durch ein Dorf, in dem Schützenfest gefeiert wurde. Beim Tanzen im Festzelt schmiegte sich Heidi an, und der Kopf wurde mir immer benebelter; Menzel und Inge engumschlungen. Etwas mußte geschehen, das war mir klar, bevor es weiterging. Der Vorschlag, in einer Gastwirtschaft zu Abend zu essen, wurde ungnädig angenommen.

Auf der Heimfahrt kostete es große Mühe, Menzel in eine Unterhaltung über seine Verbindung zu verwickeln. Aber schließlich klärte er mich dann doch darüber auf, wie man Burschenschaften, Corps, Turnbünde, Sängerschaften und Landsmannschaften zu unterscheiden hatte. Ihr Einfluß sei nicht zu unterschätzen, sagte er bedeutungsschwer. »Gehörst du einmal dazu, hast du überall Freunde und Förderer.« Das sehe nach außen vielleicht alles etwas belanglos aus, aber in Wirklichkeit sei das eine sehr ernste Sache. »Viele der Alten Herren sitzen in hohen Positionen, sie vergeben Ämter und Aufträge, sie haben beste Beziehungen, sogar ins Ausland.«

So geht das also, dachte ich. Die erweiterte Akademikerfamilie. Eine Hand wäscht die andere, und jeder sorgt für die eigene Brut. Das war zwar nichts Neues, aber in dieser unverblümten Deutlichkeit überraschend, erstaunlich. Man ist ein Bauer, der in die Stadt kommt. Ein kleiner Bauer, von früher vielleicht, der noch nicht die chemischen und pharmazeutischen Möglichkeiten seiner Branche entdeckt hat. Zu Hause hat man die Ernte noch mit eigener Hand eingebracht. Man ist naiv und gutgläubig, man vertraut auf die eigene Kraft. Und man wundert sich, daß Überleben so schwer ist.

Die Mädchen sahen sich voller Ehrfurcht Menzels Bierzipfel an, während er das Verhältnis von Leibbursch zu Leibfux und die Bedeutung des großen Verbindungszipfels und der kleineren Fuxen- und Freundschaftszipfel erklärte. Langsam kristallisierten sich zwei Fragen heraus: Was für eine Gesellschaft? Und wie da wieder herauskommen? Zum Schluß lud Menzel mich zu einem festlichen sonntäglichen Umtrunk seiner Verbindung auf dem Rathausplatz ein. »Aber nur, falls schönes Wetter ist«, sagte er. »Wir feiern nämlich zusammen mit zwei befreundeten Verbindungen unser Stiftungsfest.« Ich erwiderte: »Vielleicht komme ich.« Inge und Heidi bedauerten lebhaft, daß der Umtrunk ohne Frauen geplant war. Allerdings sollte Inge beim Verbindungsball Menzels Tischdame sein, worüber sie so glücklich war, daß sie endlich schwieg.

An der Universität begann es jetzt spürbar zu knistern. Einige Tage später wurden das erstemal Vorlesungen von demonstrierenden Studenten gesprengt. Die Losungen hatten schon vorher an den Wänden gestanden. DIE UNI, EIN HISTORISCHER LEICHNAM – UNTER DEN TALAREN STINKT ES – VIETNAM IST ÜBERALL – ENTEIGNET SPRINGER. Wandaufschriften, das war neu, für Bürger- wie Kleinbürgerkinder zuerst ganz ungewohnt. Mein erster Gedanke: Die können doch nicht die Wände beschmieren. Mein zweiter Gedanke: Warum eigentlich nicht. Diese riesigen leeren Betonwände, hellgrau, die sich geradezu anboten. Auch eine Mischung aus Schadenfreude und Neugier: Jetzt weiß man wenigstens Bescheid, jetzt weiß es jeder.

Konkret läuft so etwas zum Beispiel an der philosophischen Fakultät wie folgt ab: Die Gruppe kommt kurz nach Beginn der Vorlesung herein und geht nach vorn. Sie will eine Durchsage machen und diskutieren. Aber der Professor verweigert ihr das Mikrophon, er beruft sich auf sein Hausrecht: »Was in meiner Vorlesung geschieht, bestimme immer noch ich.« Einige Studenten lachen. »Damit sind wir ja bereits beim Thema!« sagt einer. »Abstimmen!«

Auch eine Abstimmung wird verweigert. Es gibt ein kurzes Handgemenge, der Professor schreit mit hochrotem Kopf: »Das ist Gewalt! Ich *lasse die Polizei rufen!«* Er und seine beiden Assistenten werden zur Tür hinausgedrängt.

Dann steht einer hinter dem Mikrophon und sagt: *»Kommilitonen, heute nachmittag findet eine Demonstration gegen den Vietnamkrieg statt. Ich fordere euch auf, daran teilzunehmen...«* Murren und Beifall. *»Das ist ja nicht nur eine Sache der Vietnamesen«*, fährt der Redner fort, *»wir werden doch hier genauso verarscht und verheizt. Dort begehen sie ganz offen brutalen Völkermord und erzählen uns, es gehe um die Freiheit. Und was passiert mit uns? Hier töten sie unser Bewußtsein, wir werden geistig und seelisch verstümmelt und gleichgeschaltet. Wir werden zu Handlangern einer Kapitalistenklasse erzogen, und wer sich dagegen zu wehren versucht, wird fertiggemacht. Hier werfen sie die Leute von der Uni, die für Mitbestimmung eintreten. Kommilitonen, Genossen, dagegen müssen wir uns wehren, gemeinsam sind wir stark, gemeinsam können wir ...«* Seine letzten Worte gehen in Gejohle, Mißfallensrufen und Beifallsbekundungen unter. Rhythmisches Klatschen, der Ruf: *»Er soll weiterreden!«*

Ein anderer Demonstrant ergreift das Mikrophon. *»Es geht nicht nur um Vietnam!«* ruft er. *»Es geht nicht nur um längere Studienzeiten, Mitbestimmung und bessere Studienförderung. Engels sprach von einem Sprung aus dem Reich der Notwendigkeit in das Reich der Freiheit. Aber dieser Sprung liegt noch immer vor uns, obwohl seit langem die materiellen und intellektuellen Voraussetzungen vorhanden sind. Was machen wir damit? Wir produzieren Vernichtungswaffen, Wohlstandsmüll, Unterdrückung und Hunger in der dritten Welt. Und wer verdient daran? Die Bonzen und Profitgeier! Das ist unsere Industriezivilisation! Wir sind manipulierte und verwaltete Objekte, wir werden benutzt. In der Schule, am Arbeitsplatz, auf der Universität. Von den Medien, der Werbung, den Grundbesitzern, Fabrikanten und Politikern. Diese Gesellschaft ist autoritär, totalitär und undemokratisch, diese Verhältnisse sind unwürdig, sie müssen daher im Namen einer radikaldemokratischen Freiheit bekämpft werden ... «*

Ich sitze da und höre zu. Viele hören zu. Allerdings begreife ich nicht immer, worum es geht. Aber bei einigen Sätzen denke ich: ›Die haben ja recht, so etwas ähnliches ist mir auch schon durch den Kopf gegangen.‹ Noch ein anderes Gefühl stellt sich ein, Unsicherheit. ›Die können doch einen Dozenten nicht einfach hinausschubsen.‹ Und dann denke ich, mit wachsendem Unbehagen: ›Was geschieht, wenn die Polizei kommt?‹ Aber zum Glück kommt die Polizei nicht.

Auch draußen gab es Auftritte. Am Sonntagvormittag ging ich, mehr aus Neugier und Langeweile, zum Umtrunk der Verbindungsstudenten auf dem Rathausplatz. Ein warmer, sonniger Tag. Über den Platz verteilt, standen in langen Reihen Tische, an denen die Mitglieder mehrerer Verbindungen saßen, Bier tranken und Studentenlieder sangen. Von der Balustrade des historischen alten Rathauses flatterten ihre Fahnen herab. Schon von weitem war zu hören: »Vom hoh'n Olymp herab ward uns die Freude...« Aus der gegenüberliegenden Straße marschierte ein bunter Zug heran, dem ein großes Pappschild vorangetragen wurde: **Corps Aluminia**. *Eine Parodie, das war klar. Die Corpsbrüder trugen als Kopfbedeckung Aluminiumkochtöpfe, in den Händen hielten sie Schöpfkellen und Bratengabeln, einige musizierten mit Topfdeckeln und Trillerpfeifen. Bis ein Kommando über den Platz schallte: »Sizilium!«*

Plötzlich war es ganz still auf dieser Bühne, mehrere Sekunden lang. Dann schlagartig Tumult. Über ein Megaphon wurden die inhaltsschweren Worte über den Platz gerufen, die tags darauf der Kommentator der Lokalzeitung als symptomatisch für den Sittenverfall bestimmter Kreise an den Universitäten brandmarkte und die später in leicht verfremdeter Form Eingang in die satirische Kunst finden sollten: »Meine Damen und Herren, Magnifizenzen, Spektabilitäten und Exzellenzen, liebe Bundesbrüder! Herr Goethe, ja Herr Goethe, der hatt' auch eine Flöte! Herr Schiller, ja Herr Schiller, der blies darauf 'nen Triller!« Und die Aluminia-Korporierten stimmten das Lied an: »Wohlauf Kameraden, aufs Rad, aufs Rad... «

Der staccatoartige Gesang wurde begleitet von dem Scheppern der Topfdeckel, Schöpfkellen, Bratengabeln und dem Schrillen der Trillerpfeifen. Die birnenförmige Gestalt Menzels flog an der Seite eines fuchsschwanztragenden schwarzgestiefelten Korporierten, eines echten natürlich, inmitten einer Schar von Bundesbrüdern und zu den Anfeuerungsrufen »Gebt es ihnen! Packzeug! Draufschlagen!« der Alten Herren über den Platz. Ein Sturm brach los, akademische Jugend, Biergläser und -flaschen in den Händen. Topfdeckel und Glas prallten aufeinander. Es knallte und brüllte, das Publikum zog sich zurück. Mittags kam Menzel dann mit ramponiertem Anzug und einem blauen Auge nach Hause. Er berichtete, die Polizei habe einen Teil der Demonstranten schließlich festnehmen können.

Das akademische Leben. Die Würde des Geistes. Die Weihe der Wissenschaften. Ich ging zur Studienberatung, besuchte Einführungsvorträge, Anfängervorlesungen und nahm im vorgeschriebenen dunklen An-

zug an einer Immatrikulationsfeier teil; im folgenden Semester wurde sie gesprengt. Jeder ging am anderen vorbei. Das juristische Studium war ein Paukstudium, die juristische Wissenschaft eine auf Theorien, Lehrsätzen und Grundsatzentscheidungen basierende Weltanschauung, angeblich streng objektiv. Man mußte auswendiglernen, speichern, Wissen anreichern. Wer am meisten speicherte, lag vorn. Aber was lernt man nicht alles im Laufe seines Lebens.

Überleben ist nicht einfach. Nebenbei machte ich den Taxiführerschein, denn das Geld ging zur Neige, und Studienförderung nach dem Honnefer Modell gab es nur während des Semesters, knapp zweihundert Mark im Monat. In den Semesterferien wollte ich als Taxifahrer arbeiten, hatte ich mir vorgenommen. Das behielt ich vorerst für mich. Denn eingeschätzt wird man nach Geld, beruflicher Stellung, Titeln. Frau Illinger glaubte, Eltern von Studenten seien grundsätzlich vermögend, jedenfalls nicht unvermögend. Dann fiel ich beim erstenmal durch die behördliche Prüfung, weil meine Ortskenntnisse nicht ausreichten, und besorgte mir kurzfristig eine Arbeit im Tiefbau.

Drei Monate wurden Wasserleitungsrohre und Kabel verlegt, bei Sonne und Regen. Das tägliche Leben in einer Arbeitskolonne, einem Sammelbecken unterschiedlichster Existenzen. ›Da wird auf der Universität von Revolution gesprochen‹, dachte ich immer wieder. Aber die Tiefbauarbeiter malochten bis zu zwölf Stunden am Tag für ihre Abzahlungsraten, für das Bier und die Miete. Ihr Traum, dem sie in Schweiß und Dreck nachhingen, war ein eigenes Auto. Ein Kapitel für sich: Das revolutionäre Bewußtsein der Arbeiterschaft im blühenden Nachkriegswirtschaftswunderland.

Auch mit meinen Eltern verstand ich mich immer weniger. Häufig bekamen wir Streit, weil sie meine Ansichten für extrem hielten. Ich merkte, daß ich aus einer Schicht, der ich lange Zeit angehört hatte, dem Kleinbürgertum noch dazu deutscher Prägung, herauswuchs. Wohin, das war mir unklar.

Ein neues Semester. Das ich abgearbeitet, aber braungebrannt und guter Dinge begann. Überall Parolen, Sprüche, Wandaufschriften: AMIS RAUS AUS VIETNAM – HÖRSÄLE STATT STARFIGHTER – NOTSTANDSGESETZE FÜHREN ZUM FASCHISMUS – BONZEN-BULLEN-BILDZEITUNGS-STAAT.

Der Allgemeine Studentenausschuß veranstaltete ein Sit-in im Auditorium maximum. Die Studienbedingungen sollten diskutiert werden, das interessiert mich. »Wir haben keine Lust«, sagte gleich der erste Redner, »uns von professoralen Fachidioten zu Handlangern eines Systems ausbilden zu lassen, das wir nicht akzeptieren können. Wir wenden uns gegen eine immer stärkere Verschulung des Studiums, gegen eine Verkürzung der Regelstudienzeiten und gegen eine geplante Verschärfung des Disziplinarrechts. Über die Möglichkeiten von Boykottmaßnahmen und Streiks, von Vorlesungsstörungen und weiteren Aktionen zur Durchsetzung unserer Forderungen müssen wir uns noch unterhalten.« Vor allem aber sollten die Studieninhalte mitgestaltet, die sofortige Mitbestimmung in allen akademischen Gremien gefordert werden. Eigentlich sei das eine Selbstverständlichkeit, wurde gesagt, noch dazu unter Wissenschaftlern.

Der Redner bekam viel Beifall. Die Diskussion wurde eröffnet; und wenn man zufällig in der Nähe eines Mikrophons steht, kann es vorkommen, daß man sich spontan zu Wort meldet und es sogar erhält. Zuerst wußte ich nicht, was ich sagen wollte. Die Gedanken, die gerade noch im Kopf waren, hatten sich verflüchtigt. Ins Blickfeld rückte ein Hörsaal, riesig groß, voll bis auf den letzten Platz. Viele saßen auf Fensterbänken und Treppenstufen oder standen in den Gängen, und vor mir befand sich plötzlich dieses Mikrophon, das mir zur Verfügung stand. Da fiel mir wieder etwas ein. »Als ich an die Universität kam«, begann ich, »war ich der Meinung, daß sich der Mensch durch die Wissenschaft weiterentwickeln könne. Jetzt studiere ich Jura, und mir ist klargeworden, daß vor allem Faktenwissen und Auswendiglernen gefragt sind, damit man am Ende eine Prüfung besteht und Akademiker wird. Was ist daran wissenschaftlich?«

Der folgende Beifall riß den Gedankenfaden ab, und nichts ließ sich mehr anknüpfen. Ebenso spontan, wie ich meine Rede begonnen hatte, brach ich sie ab und ging beiseite. Neben mir nickten einige zustimmend. Einer legte die Hand auf meine Schulter und sagte: »Genau. Ich studiere auch Jura.« *Nach der Veranstaltung gingen wir in eine Kneipe und diskutierten uns bis in die Nacht hinein die Köpfe heiß. Im Jahre 1968, später genannt das Jahr der Studentenrevolte.*

Diese Kluft zwischen dem, was ich will, und dem, was ist. An der Art wie ich lebte, wurde es mir am deutlichsten. Überall Zugeständnisse und sogar Lügen. Dazu Ahnungen, Vermutungen. Aber nicht einmal ausreichendes Wissen, um frei von Unsicherheit zu urteilen. Alles so verworren, undurchsichtig, vielschichtig und kompliziert. Jedes Ding hat eine Vorder- und eine Rückseite; dazu kommen rechts und links, oben und unten, dann noch die Innenseiten und nicht zuletzt der Inhalt. Auch das ist noch nicht alles. Der Blick zum Horizont, aber was liegt dahinter. ›Man müßte mit den kleinen Dingen anfangen‹, dachte ich, ›und dann langsam, Schritt für Schritt, weitergehen.‹ Sich, sein Leben, seine Umgebung, seine Verhältnisse, Beziehungen und Verhaltensweisen entwikkeln. Ganz unten anfangen, bei den kleinen Dingen, die wir in der Hand haben, und nach und nach aufbauen. Grundlagen schaffen, sich bilden, konsequent sein. Ich nahm mir vor, damit zu beginnen. Irgendwann nahm ich mir das vor.

Dagegen nahmen die Witwe Illinger und ihre Töchter immer unverhohlener Anteil an meinem Leben, besitzergreifend. Die Luft zum Durchatmen wird immer dünner in solcher Umgebung. Wie aber sich wehren? Und ist es inkonsequent, Einladungen zum Abendessen anzunehmen oder zum Sonntagnachmittagskaffee? Sogar neue Gardinen bekam ich, und ich empfand das als eine Art Sieg über diese berechnende, selbstsüchtige Kleinbürgerlichkeit. Dann wieder Ärger, Wut, wenn Briefe geöffnet wurden, versehentlich, wie es hieß. Und dennoch wieder Zugeständnisse. Denn Studentenbuden sind immer knapp gewesen, und wer weiß schon, wie die nächste aussieht.

Die Vorfälle gleichen sich immer wieder: Man kehrt eines Abends, nachdem man fortgegangen ist, noch einmal zurück. Man hat etwas vergessen und will es holen, geht die Treppe hinauf, hört die Zimmertür klappen, die Bodentür knarren. Die Witwe Illinger steht also hinter der Bodentür, und sie kann nicht herauskommen, ohne sich zu verraten. Man wartet eine ganze Stunde, zuerst wütend, dann mit hämischem Vergnügen. Während der Vorsatz reift, zum Semesterende zu kündigen.

Einige Tage später sollte eine »Hausfete« stattfinden, Menzel und Inge luden dazu ein. Der Unkostenbeitrag von zehn Mark für Getränke und Essen wurde sofort erhoben, so daß sich weitere Überlegungen erübrigten. Beginn der Feierlichkeiten: Samstag, 18.00 Uhr, im Wohnzimmer. Der Samstagabend kam. Mit Kartoffelsalat, warmen Würstchen, Käse, Frikadellen, belegten Broten, Bier und Wein. Der Kartoffelsalat schmeckte wirklich gut.

Wie sich in solcher Runde behaupten? Was tun, außer essen und trinken? Frau Illinger und Inge verspeisten Unmengen Salat, Würstchen, Frikadellen, Käse, während sie ununterbrochen klagten, sie hätten auf ihre Figur zu achten. Heidi erzählte. Daß sie mit der Frau des Oberstadtdirektors bekannt sei und mit der Frau des Superintendenten. Die holten sich immer ihre Kontoauszüge am Schalter ab. Menzel blödelte *herum, das tat er gern bei solchen Gelegenheiten. Vor allem war er in Kleinfritzchen- und Kleinerna-Witzen ganz groß, in Ärzte-Witzen noch größer. Kommt eine Frau zum Arzt und soll den Oberkörper freimachen. »Warum ziehen Sie sich denn völlig aus?« fragt der Arzt auf einmal. »Ach, entschuldigen Sie, Herr Doktor«, antwortet sie, »ich war ganz in Gedanken und dachte, ich sei bei meinem Anwalt.« Den Frauen zuprostend, rief Menzel wie ein Stier: »Auf daß die edle Jauche Wellen schlage in eurem Bauche!« Der Erfolg war umwerfend, die Atmosphäre eine Mischung aus Nonnenkloster und Freudenhaus.*

Da saß die Witwe Illinger mit ihren beiden unverheirateten Töchtern und zwei Studenten, die ebenfalls unverheiratet waren. Sie schlug vor, etwas zu tanzen und legte die Platte »Tanzmusik nach Mitternacht« auf. Und hinter allem steckte eine Strategie. Wie sich entfernen? Ein sofort nach der Sättigung aufgetauchter Gedanke, der in die Tat umgesetzt werden mußte und wurde. Wie gut.

In einer der folgenden Nächte gab es ein mordsmäßiges Gekreische unten im Haus. »Sie ziehen sofort aus!« war die sich überschlagende Stimme der Witwe Illinger zu vernehmen. »Unter meinen Augen! In meinem eigenen Haus! Sofort, sage ich, oder ich rufe die Polizei!« Dazu das Gebrummel von Menzel und dann die beschwichtigende Stimme der älteren Tochter, deutlich vernehmbar: »Aber wir wollten doch sowieso heiraten. Ich weiß gar nicht, was du eigentlich hast.« Nach diesen Worten legte sich der Aufruhr ziemlich schnell, und ich schlief wieder ein. Erwartungsgemäß wurde in der Woche darauf bekanntgegeben, daß sich Menzel mit Inge verloben wolle. Aber das berührte mich schon kaum noch, denn ich hatte gekündigt.

Das Studium ging weiter. Zum Semesterende ein Wochenendseminar auf der Burg Ludwigstein im Hessischen. Wir fuhren zuerst mit der Bahn und gingen anschließend etwa drei Kilometer zu Fuß, immer bergauf. Professor Sch. trug Kniebundhose, rote Wollstrümpfe, eine Lodenjacke, dazu derbe Bergschuhe und Jägerhut. Mit der einen Hand bewegte er seinen Wanderstock, in der anderen hielt er ein Päckchen von der Größe eines Schuhkartons. Auf dem Rücken der Rucksack mit Büchern und Manuskripten. Nachdem alle ihre Zimmer bezogen hatten, begann das Seminar unter dem Thema: »Das Schuldprinzip im Strafrecht.« Dazu gab es Kaffee und Streuselkuchen, den Sch. in seinem Schuhkarton mitgebracht hatte. Und es erschien abwegig, zu erwägen, das Schuldprinzip fallenzulassen. »Das Maß der Strafe bemißt sich nach der Höhe der

Schuld.« Das stand nun einmal fest, und außerdem stand es im Gesetz. Aber wie hoch ist das Maß einer Schuld, ganz gleich, welchen Täters?

Abends beim Bier sagte Sch.'s Assistent (Kniebundhose, grüne Wollstrümpfe): »Alles Wirrköpfe, Chaoten. Wir lassen uns doch nicht durch eine kleine radikale Minderheit die Universität kaputtmachen.« Im Radio sagte ein Innenminister namens Benda, der später Präsident des Bundesverfassungsgerichts wurde, er führe die Ursachen für die studentischen Unruhen auf einen bedauerlichen Autoritätsverlust althergebrachter Institutionen wie Staat, Elternhaus, Schule und Kirche zurück. Dazu Professor Sch. vor dem Schlafengehen: »Wissen Sie, ich kenne diesen Herrn persönlich, und ich schätze ihn sehr.«

Auch wieder Erfreuliches. Ich lernte Lore kennen, die kurz darauf das Studienfach wechselte und Medizin zu studieren begann. »Mich regt diese Borniertheit furchtbar auf«, sagte sie, »ich mag damit nicht mein Leben lang zu tun haben. Diese Scheintoleranz, die immer im Recht ist, dieses Vernagelte, das sich selber laufend bestätigt.«

Gedanken, die auch mich beschäftigten. Wie groß ist denn zum Beispiel die Schuld einer Mutter, die ihre drei Kinder in der Badewanne ertränkt, damit sie der geschiedene Mann nicht mehr abholen kann? Wie groß ist die Schuld der Verkäuferin, die einen Scheck fälscht? Wie groß ist die Schuld des KZ-Wärters, der Juden vergast hat, wie groß die des Politikers, der einen Krieg befürwortet hat? Und wielange muß eine Frau eingesperrt werden, die ihr unehelich geborenes Kind erstickt, um dem Gerede der Dorfbewohner zu entgehen?

»Das ist im Prinzip ganz einfach«, sagte Sch. »Der Richter hat sich zunächst einmal nach den gesetzlich vorgegebenen Straftatbeständen zu richten. Sind objektiver und subjektiver Tatbestand erfüllt und liegen weder Rechtfertigungs- noch Schuldausschließungsgründe vor, haben wir den festgelegten Strafrahmen. Jetzt wägen wir Beweggründe, Gesinnung, Art der Tatausführung, Vorleben des Täters und so weiter ab und gehen dann mit der Strafe mehr an die obere oder untere Grenze, je nachdem.« Alles im Prinzip ganz einfach, logisch. Wenn man nicht der Meinung ist, daß unter Berücksichtigung des angerichteten Schadens und der Gefährlichkeit des Täters für die Gesellschaft Maßnahmen zu seiner sozialen Wiedereingliederung vorgesehen werden sollten. So weit war man noch nicht. »Alles unwissenschaftliches Wunschdenken.«

Lore, ein herber Typ mit langen blonden Haaren, sehr empfindsam und bewußt – ich fand sie schön. »Meinst du, daß es bei den Medizinern besser ist?« fragte ich sie. »Da weiß ich wenigstens, was ich tue und stehe dahinter«, erwiderte sie. »Weißt du, ich könnte nicht mit dieser künstlichen Bewußtseinsspaltung leben: hier die Arbeit streng nach den Gesetzen, und dort meine Reflexionen darüber. Ich möchte das, was ich mache, wirklich vertreten können.« »Und wenn jeder so dächte?« fragte ich. »Das wäre gut«, sagte sie. »Dann könnte man noch hoffen.«

Sie war in Sao Paulo aufgewachsen, wo ihr Vater lange als Ingenieur gearbeitet hatte. Der Gedanke, nach Brasilien zurückzukehren, um den Menschen in den Elendsvierteln zu helfen, gewann immer mehr an Raum. Sie sah das ganz einfach, und vielleicht war es das ja auch. »Ich mache meine Prüfungen«, sagte sie, »dann melde ich mich beim Entwicklungsdienst.«

Wir verabredeten uns in einer Studentenkneipe und unterhielten uns den ganzen Abend. In dieser ersten Nacht saßen wir, nachdem die Kneipen und Restaurants geschlossen hatten, in der Küche des Studentenwohnheims. Wir machten uns Tee. Wir saßen am Tisch, vor uns das Panoramafenster zum Garten, und sahen schweigend hinaus, bis es über den Bäumen immer heller wurde, die Vögel zu singen anfingen und die Sonne aufging. Solche stillen Nächte, in denen man beieinandersitzt und es genügt, zu schweigen, weil man sich ganz nah ist.

Einige Tage später erzählte sie mir, daß sie als zwölfjähriges Mädchen vergewaltigt worden sei, von einem Freund ihres Bruders. Welche Bilder sich da festsetzen, welche Sprachlosigkeit und welche Not. Ein Alptraum, sagte sie, der ständig wiederkehre, eine Zertrümmerung der Gefühle, eine zunehmende Vereisung des Körpers, besonders des Unterleibs. Sich mit niemandem aussprechen können. Sie sei den Gedanken daran erst losgeworden, seit wir uns liebten.

Zum Semesterende fuhren wir zusammen in den Harz, wo wir uns in einer Pension einmieteten, lange Wanderungen unternahmen und nachts stundenlang miteinander sprachen. Morgens ein liebevoll gedeckter Kaffeetisch, die Sonne auf den Wiesen, schattige Waldwege, es war Sommer. Erinnerungen, von denen man lange zehrt, Wärme, eine arglose Fröhlichkeit, die zu Herzen geht. Eine Ahnung, wie es hätte weitergehen können, oder mehr eine sich langsam verflüchtigende Wunschvorstellung. Wir verloren uns, nachdem sie die Universität gewechselt hatte. Einige Briefe noch, eine Postkarte aus Paris. Kurz darauf lernte ich Ruth kennen. Mit ihr habe ich merkwürdigerweise nie über Lore gesprochen. Es gibt viele Dinge, über die ich mit Ruth noch nie gesprochen habe. Womöglich liegt es daran, daß ich es nie versucht habe.

Später das Praktikum beim Amtsgericht in der Kleinstadt, wo ich aufgewachsen war. Alles war jetzt anders. Während der Verhandlungen saß ich am Richtertisch neben dem Vorsitzenden, einem vernünftigen und fähigen Mann, der sich intensiv mit Psychologie und Soziologie beschäftigt hatte. »Wir lernen dadurch das, was eigentlich selbstverständlich ist und was wir vorher vielleicht schon geahnt haben«, sagte er einmal. Er faßte sein Amt als eine Möglichkeit auf, anderen Menschen zu helfen. Dabei war ich auf dem Wege gewesen, die Juristen über einen Kamm zu scheren.

An den Reaktionen der Umwelt ist abzulesen, ob man etwas gilt. Das mag sich mit der Zeit ändern, aber seinerzeit galt ein Student und Praktikant schon etwas. Die Beamten des einfachen und mittleren Dienstes begegneten mir mit Ehrerbietung, und für die Beamten des gehobenen Dienstes war ich immerhin eine Respektsperson. Eines Morgens befand sich unter den Schöffen ein Amtmann des Landkreises, der Abteilungsleiter, der mich während meiner Lehrzeit im Hof hatte Papier aufsammeln lassen. So ändern sich manchmal die Verhältnisse. Seine Unterwürfigkeit, die mich an die Demutshaltung eines schwächeren Hundes erinnerte, war mir peinlich. Und ähnliche Erlebnisse, wenn auch weniger deutlich, gab es fast jeden Tag: Menschen, die in Gewaltverhältnissen denken, Über- und Unterordnung. Überall Spuren aus der Vergangenheit, bekannte Gesichter, Lebensläufe, Fortsetzungen aus anderem Blickwinkel. Das Gefühl zunehmender Macht, das Erschrecken darüber.

Fanden keine Verhandlungen statt, konnte ich kommen und gehen, wann ich wollte, Akten lesen, mich unterhalten. Einmal der Fall einer inzestuösen Beziehung: Ein älterer verwitweter Mann hatte jahrelang ein sexuelles Verhältnis zu seiner Enkelin unterhalten und war, nachdem sie heiratete, von deren Ehemann angezeigt worden. Ein Polizeibeamter hatte mehrere Seiten engbeschriebener Protokolle aufgenommen, die sich vorn in der Akte befanden. Der Fall war klar, auch ohne die Einzelheiten dieser akribischen Vernehmungsniederschriften, in denen Geschlechtsteil als GT und Geschlechtsverkehr als GV bezeichnet wurden.

Der Täter: Er habe seine Enkelin zu sich genommen, als sie sechs Jahre alt war, nachdem der Vater tödlich verunglückte, die Mutter, seine Schwiegertochter, sich herumtrieb und das Kind sich selber überließ. Die Kleine sei völlig verwahrlost gewesen, halb verhungert, und habe in ein Heim gesollt.

Der Polizist: Will wissen, wie oft er es hinter dem Feld am Wall, in der Waschküche auf dem Tisch oder auf der Küchenbank mit ihr getrieben, ob sie jeweils ein Höschen angehabt habe oder nicht, ob es beim ersten Mal wehgetan, wielange es gedauert, ob er Verhütungsmittel angewandt habe, in welchen Stellungen man sich nahegekommen, wohin der Samen geflossen, wie ihr Gefühl dabei gewesen sei.

Der alte Mann sagt, er habe sie geliebt wie seine eigene Tochter, sie habe es gut bei ihm gehabt, sie sei sehr frühreif gewesen, und als sie zwölf Jahre alt war, habe sie einmal ohne Höschen vor ihm auf dem Waschküchentisch gesessen, da habe er sich vergessen und seit der Zeit sei das alles nicht nur von ihm, sondern auch von ihr ausgegangen.

Die Protokolle sind viele Seiten lang, der Polizist hat die geringsten Einzelheiten notiert, denn darauf könnte es in dem Verfahren ankommen. Bei den Beamten des Gerichts kursieren Fotokopien davon. Erstaunlich, wozu Menschen fähig sind. Auch der Angeklagte war übrigens Beamter gewesen, Bundesbahnoberassistent. Als er vor Gericht stand, ein dürrer kleiner Mann von fast siebzig Jahren, zitterten seine Hände die ganze Zeit. Der Polizist, ein biederer fünfzigjähriger Familienvater, wurde nur kurz hinzugezogen.

Diese Verhandlung dauerte einen Vormittag. Das halbe Dorf hatte kommen wollen, um zuzuhören, aber der Vorsitzende hatte die Öffentlichkeit ausgeschlossen. Das Gutachten eines angesehenen Psychologen fiel überaus positiv zugunsten des Angeklagten aus, was der Vorsitzende, der den Psychologen gut kannte, nicht anders erwartet hatte. In einer Verhandlungspause sagte er: »Damit sind wir gegenüber der nächsten Instanz abgesichert.« Als ich ihn fragend anblickte, setzte er hinzu: »Solche Prozesse ziehen sich bedauerlicherweise oft über Jahre und durch mehrere Instanzen hin.«

Das Gericht erkannte auf die geringstmögliche Strafe, ein Jahr Freiheitsentzug, ausgesetzt zur Bewährung. Wäre nicht ein Staatsanwalt gewesen, dem das Urteil zu milde war, hätte es damit sein Bewenden gehabt. Wer weiß, wie alles endete.

Warum schreibe ich das auf, gerade diesen Fall und nicht einen anderen, den eines Ladendiebes beispielsweise oder eines betrunkenen Autofahrers. Wenn ich mich überprüfe, stelle ich fest, daß mich diese Geschichte am meisten berührt hat. Alles andere ist undeutlich geworden, verschwommen, in Vergessenheit geraten. Aber hier sind noch die Einzelheiten vorhanden, wie bei einer gestochen scharfen Fotografie. Der Sachverhalt überraschte mich damals, die Art und Weise der Ermittlungen, das Gerichtsverfahren und auch das Urteil. Jedem ist alles zuzutrauen, dachte ich, obwohl ich das schon längst geahnt hatte. Keiner *kann sich seiner eigenen Handlungen sicher sein, seiner Gedanken schon gar nicht. Und: der Ausgang ist immer ungewiß. Nebel über einer Landschaft voller Schatten, in der ich hier und da einzelne Gestalten unterscheide, die sich zeitlupenhaft auf mich zu bewegen.*

XIII

Trüffel, auch Tuber melanosporum, eine zur Gattung der Schlauchpilze gehörende kartoffelähnliche Frucht, deren Hauptverbreitungsgebiete heute in Frankreich und Italien liegen. Gebraten oder gekocht, aber auch als Zutat von Pasteten, Fleischspeisen, Suppen und Soßen, sind sie eine Delikatesse. Das Kilogramm kostet 1.500 Mark und mehr. Geschätzt an den Höfen des hohen Adels, wurden die unterirdisch wachsenden Knollen früher von fachkundigen Jägern mit besonders dressierten Trüffelhunden gesammelt. Auch Schweine dienten der Suche, da der Pilz ihrem Sexualhormon ähnelnde Duftstoffe enthält. Daß noch bis Ende des vergangenen Jahrhunderts Trüffel in Thüringen, Baden und in der Gegend von Hannover gesammelt wurden, ist heute kaum mehr bekannt.

Nachdem Gerold bei einem Antiquar auf ein altes Buch der Trüffeljägerei gestoßen war, hat er sich aus dem Tierheim einen Hund geholt, den richtet er ab. Ein Stück Trüffel, für viel Geld beim Delikatessenhändler erstanden, wird im Zimmer oder im Wald versteckt. Der Hund bekommt erst zu fressen, wenn er das Stück gefunden hat. »Es klappt hervorragend«, freut sich Gerold, »in einigen Wochen werde ich anfangen und das Geschäft meines Lebens machen.« Drei Monate intensive Arbeit im Jahr, aber ein Verdienst, der sich sehen lassen kann. So stellt er sich das vor. Er geht davon aus, daß der Pilz in den heimischen Wäldern immer noch verbreitet ist und nur nicht mehr gesucht wird. Es spricht tatsächlich einiges für seine Annahme. Denn warum sollten die Trüffel, die es vorher hier gab, plötzlich verschwunden sein.

Inzwischen hat sich Gerold eine kleine Bibliothek zu diesem Thema zusammengekauft und dafür das zurückgelegte Urlaubsgeld verwendet. »Ohne mich zu fragen«, beschwert sich Helga. »Er ist einfach zur Bank gegangen und hat, was er brauchte, von unserem gemeinsamen Konto abgehoben.« An Einnahmen, so sagt Helga, verfügten sie in letzter Zeit ohnehin nur noch über ihren monatlichen Arbeitsverdienst als Laborantin. »Und alles für seinen Trüffel-Spleen.« Sie halte das für geradezu kriminell, ein erneuter schwerwiegender Vertrauensbruch. »Nun hör' doch endlich auf damit!« fährt Gerold sie an. »Die Sache ist ja wohl wichtiger, als zum Wandern nach Österreich zu fahren. Dazu hätte ich sowieso keine Lust und auch gar keine Zeit.«

Gerold berichtet: Um 1880 verdiente ein Revierförster im Hannoverschen etwa 40 Reichstaler im Monat, was 120 Mark entsprach. Ein vierpfündiges Roggenbrot kostete damals 50 Pfennige, ein Kilogramm Trüffel fünf bis zehn Reichstaler. Es soll seiner Zeit Sammler gegeben haben, die das kostbare Gewächs, obwohl oberirdisch nichts davon zu sehen ist, nur mit Hilfe ihrer Augen ebenso sicher wie Hund oder Schwein aufzuspüren verstanden. Das klingt unwahrscheinlich, wird aber verständlich, wenn man weiß, daß der Pilz in Nachbarschaft zu bestimmten Pflanzen zu finden ist und sein Myzel mit den Wurzeln besonders von Eichen und Buchen eine von den Biologen Mykorrhiza genannte Lebensgemeinschaft bildet. Man müsse sich genauestens vorbereiten, erklärt Gerold, Lebensbedingungen, Bodenarten und Pflanzenwuchs studieren, sich mit den verschiedenen Waldkräutern vertraut machen. Zum Beispiel habe er schon herausgefunden, daß kalkhaltige Böden bevorzugte Standorte seien, was wiederum eine wichtige Eingrenzung bedeute. Auch der Hund solle sich sehr anstellig zeigen.

Helga sitzt daneben und schüttelt von Zeit zu Zeit ihren Kopf. »Wieder so eine Schnapsidee«, sagt sie, als Gerold in den Keller geht, um eine Flasche Wein zu holen. »Er entwickelt sich immer mehr zu einem kaum noch genießbaren Egozentriker und Thekenstrategen. Ganze Nächte lang hockt er in der Kneipe, wirft das Geld zum Fenster hinaus und hält seinen Saufkumpanen hochtrabende Vorträge. Du müßtest das mal erleben!«

Ich vermag ihr nicht zuzustimmen. »Er ist ganz begeistert und scheint seiner Sache sicher«, gebe ich zu bedenken.

»Vor zwei Jahren«, erwidert sie, »war es naturreiner Qualitätswein, vor einem Jahr antike Keramik, jetzt sind es Pilze. Jedes Jahr etwas Neues, immer solcher Firlefanz, und jedesmal gibt er unser letztes Geld dafür aus.« Sie überlege, fügt sie hinzu, ob sie sich nicht von Gerold trennen solle, weil es so für sie nicht mehr weitergehe, sie könne das einfach nicht mehr verkraften. Diese Exzentrik und Selbstsucht, dieses Sichauslebenwollen auf Kosten anderer Menschen, eine Unduldsamkeit und Rücksichtslosigkeit, die keine Grenzen kenne. Ein ins Auge fallendes Beispiel: Wenn sich ein normaler Mensch etwas merken wolle, mache er sich manchmal einen Knoten ins Taschentuch – Gerold dagegen mache in solchen Fällen einen Knoten in die

Gardine. Sie zeigt auf die Fenster, und ich bemerke einen dicken Knoten in einem der Seitenschals.

Der Alkoholismus, eine Krankheit psychischen Ursprungs. Das wird mir immer klarer. »Wo hast du wieder den Wein versteckt?« schreit Gerold aufgebracht, mit leeren Händen aus dem Keller kommend. Er ist ganz rot im Gesicht und sieht aus, als wolle er sich jeden Augenblick auf sie stürzen. Der Trüffelhund, eine Brackenart, schießt aus seinem Korb in der Ecke hervor und fängt wie wild an zu bellen. »Schnauze!« brüllt Gerold ihn mit überschnappender Stimme an. »Marsch, auf deinen Platz!« Der Hund zieht sich mit eingezogenem Schwanz zurück.

»Was geht mich dein Wein an«, sagt Helga. »Ich habe es dir schon ein paarmal gesagt: Sauf dich ruhig tot, dann bin ich dich endlich los.«

Eine Frau wie sie finde er jeden Tag wieder, schreit Gerold, nur nicht so einen Wein. »Ein 87er Kerner Kabinett, noch dazu trockener Qualitätswein mit Prädikat, der ist unersetzbar!«

Helga steht auf und geht in die Küche, während Gerold eine Schnapsflasche hinter dem Fernseher hervorholt und uns einschenkt. »Prost«, sagt er, »auf die Trüffeljägerei.«

Er überlege, erklärt er mir mit fast denselben Worten, die ich von Helga gehört habe, ob er sich nicht von ihr trennen solle. Sie gehe ihm auf die Nerven, er könne so ein Zusammenleben nicht länger ertragen. »Sei froh, daß du sie hast«, wende ich ein, »schließlich lebst du von ihrem Geld.« Das gibt er zu. Aber ihre Nachlässigkeit in jeglicher Hinsicht sei unglaublich, dazu ihre Trampelhaftigkeit und die kleinbürgerliche primitive Art, schlampig bis dorthinaus, alles liege herum. Sie könne weder schmackhaft kochen noch einen Knopf so annähen, daß er wenigstens einige Tage halte. Eine typische Oberstudienratstochter, man brauche sich nur die Eltern anzusehen. Der Vater seit einigen Jahren pensioniert, die Mutter eine verfettete Matrone, die sich schwerhörig stelle, sobald der Mann in der Nähe sei, sonst jedoch ein überaus feines Gehör für Gespräche habe, die sie gar nichts angingen. Für ihn sei das auf die Dauer kein Verhältnis; gut, daß er Helga damals nicht geheiratet habe. Unterhalten könne man sich kaum mit ihr, wirklich geistreiche Gespräche seien unmöglich. Er leide regelrecht darunter, und dieses Gefühl verstärke sich von Monat zu Monat.

»So eine Beziehung hat immer ihre zwei Seiten«, sage ich.

»Ja, ja«, erwidert er. »Aber aus einer Flasche läßt sich keine Quelle machen. Was meinst du, was gestern wieder bei uns los war: Sie hat nämlich ausnahmsweise einmal gekocht. Das Gemüse versalzen und verpfeffert, die Kartoffeln zerfallen, der Braten angebrannt. Und die Küche sah hinterher aus, als habe eine Bombe eingeschlagen. Ich war heute den ganzen Vormittag damit beschäftigt, alles wieder sauber zu bekommen und in Ordnung zu bringen.«

Helga kommt mit zwei leeren Weinflaschen aus der Küche, sie zeigt auf die Etiketts. »Kerner Kabinett«, liest sie vor, »trockener Qualitätswein mit Prädikat. Die lagen draußen im Mülleimer.« Sie knallt die Flaschen auf den Tisch und geht wieder hinaus, die Tür hinter sich zuschlagend, daß der Putz von der Decke rieselt.

»Diesen Herbst muß ich noch überstehen«, sagt Gerold und holt tief Atem. »Wenn ich tatsächlich Trüffel finde, was ich als sicher annehme, höre ich zum Winter auf zu trinken. Das schwöre ich dir bei unserer Freundschaft.«

Unsere Freundschaft. Ich weiß nicht, ob ich mein Verhältnis zu Gerold, wie es sich in den letzten Monaten entwickelt hat, noch als Freundschaft bezeichnen kann. Manchmal kommt er angetrunken bei mir zur Tür herein, holt sich ohne viel Worte eine Flasche Bier aus dem Keller, setzt sich einen Moment hin, sagt ein paar belanglose Sätze, und geht mit der noch halbvollen Flasche wieder hinaus. Auch mein Bestand an Büchern, vor allem der antiquarisch erworbenen, hat merklich abgenommen. Und seine Schulden bei mir belaufen sich auf mehrere hundert Mark. Versuche ich ihn darauf anzusprechen oder überhaupt ein grundsätzliches Gespräch mit ihm über seine Lebensweise zu führen, reagiert er gereizt und unverschämt. Als sei man ein Statist und er der Regisseur. Ruth ist der Meinung, daß wir den Kontakt abbrechen sollten, aber ich kann mich nicht dazu entschließen.

XIV

Meine Angst, nicht so gut zu sein, wie es von mir erwartet werden könnte. Das Bedürfnis, Lebenssachverhalte zu erfassen und zu durchdringen, Menschen in verzweifelten oder gar ausweglosen Situationen zu helfen. Die Abneigung gegen diese Art von Ritualen, die zumeist dazu dienen, jemanden einzuschüchtern; der wachsende Widerwille gegen Zeremonien, die den ohnehin Unterlegenen noch hilfloser machen, den Überlegenen noch dominierender. Die Vorstellung, selber zu unterliegen, solchen Autoritäten ausgeliefert zu sein, und gleichzeitig der Wunsch, nicht anzuecken, mir nicht durch unbedachte Äußerungen und Handlungen den Unwillen solcher Autoritäten zuzuziehen, von denen ich abhängig bin oder auf deren Wohlwollen ich noch angewiesen sein könnte. Dieses Lavieren, manchmal sogar das Gefühl, sich zu prostituieren und daraus folgend der zunehmende Verlust an Selbstachtung. Die Furcht, sich dadurch in eine Richtung zu verändern, die man selber nicht billigt. Dann diese Sprachlosigkeit. Und nachts die Träume, dunkel und bedrohlich. Aber nach außen hin war alles geordnet und eigentlich erfreulich.

Morgens ging ich also ins Gericht. Es roch nach Bohnerwachs und Putzmitteln, wenigstens schien es mir immer so. Zugleich meinte ich in den Gängen den Angstschweiß der Rechtsuchenden wahrzunehmen, die auf ihre Verhandlung warteten. Mich könne diese Atmosphäre kalt lassen, sagte ich mir, ich gehörte ja jetzt zu den Amtspersonen, die zu bestimmen hatten, mir konnte nichts passieren. Diese Selbstbeschwichtigung gelang vorübergehend. Nur manchmal tauchten in Sekundenschnelle gleich einem Film die Bilder von Schul- und Behördenfluren vor meinem inneren Auge auf, und mit ihnen kam regelmäßig dieses furchtbare, Schweißausbrüche hervorrufende Gefühl des Ausgeliefertseins an irgendwelche unberechenbaren Institutionen.

Die ständig wiederkehrende Frage, immer noch: Was war oder ist Ihr Vater von Beruf? Durchleuchtungsversuche, Demütigungen. Der Gedanke etwa, die kürzeste Verbindung zwischen zwei Punkten könne unmöglich eine Gerade sein. Das Gefühl von Haß. Gründungsjahr des ersten Amsterdamer Zuchthauses? »Wissen Sie nicht?!« La défense sociale? »Kennen Sie nicht?!« Der Körper ist bedeckt von kaltem, klebrigem Schweiß. Unter den Achseln rinnt es. Der Geruch von Reinigungsmitteln, Körperausdünstungen, Tränen, Blut und Sperma. Wie kann ich mich verständlich machen? Und wozu? Neben sich stehen, zuschauen.

Aber das bedeutet: Bewußtseinsspaltung, angeblich eine Geisteskrankheit.

Der Richter, dem ich als Referendar zugewiesen war, behandelte mich mit der freundlichen Herablassung, die ältere, erfahrene Juristen ihren jüngeren Kollegen schuldig zu sein glauben, falls sie von deren Qualifikation überzeugt sind. Ein hagerer älterer Mann mit grauem Haar und Hornbrille, Mitglied des Deutschen Alpenvereins. In der schwarzen Robe, das Barett auf dem Kopf (das zu seinem Leidwesen abgeschafft werden sollte), sah er sehr würdig aus; ohne Robe, im etwas zu weiten grauen Anzug, wirkte er eher unscheinbar. Er litt unter Waschzwang; etwa zehnmal am Tag wusch er sich die Hände. Auf seinem Schreibtisch lag als Briefbeschwerer ein faustgroßer ungeschliffener Bergkristall, den er bei Vernehmungen in seiner Eigenschaft als Untersuchungsrichter manchmal in der Hand wog. Daß er damit die Beschuldigten beunruhigte, schien ihm nie aufgefallen zu sein. »Herr Verteidiger«, unterbrach er mit leiser aber deutlicher Stimme einen als links verschrieenen jungen Rechtsanwalt, »Sie plädieren jetzt schon seit zehn Minuten.« Um sich über die Persönlichkeit eines Angeklagten näheren Aufschluß zu verschaffen, stellte er gern die Fragen: »Haben Sie gedient? Letzter Dienstgrad? Auszeichnungen?« Während der Plädoyers des Staatsanwalts und des Verteidigers schrieb er bereits den Urteilstenor auf die Innenseite des Aktendeckels. Mißfiel ihm etwas an den Angeklagten, waren seine Urteile, je nach dem Grad des Mißfallens, gesalzen bis drastisch. Im Beratungszimmer wusch er sich dann gründlich die Hände.

Er wirkte nicht ungebildet. Fast täglich ergaben sich neue Anknüpfungspunkte für Gespräche abseits der eigentlichen juristischen Arbeit, denn er betrieb, wie er sagte, philosophische und theologische Studien. Überraschenderweise kannte er sowohl die Schriften von Swedenborg als auch die Hauptwerke Kants, Schlegels, Fichtes, Schellings und Nietzsches. Darüber hinaus bewies er durch häufige Zitate bei jeder Gelegenheit seine Bibelfestigkeit. »Sie gehören zu den wenigen«, sagte er eines Tages in der ihm eigenen Art, »die sich strebend um Aufschluß über die Grundfragen des menschlichen Seins bemühen, das habe ich gleich gemerkt, und deswegen will ich Ihnen etwas anvertrauen.« Seiner Ankündigung folgte das Bekenntnis zu einer mir bis dahin völlig unbekannten sogenannten Geistlehre. Dabei, so betonte er, gehe es nicht um den Geist in intellektuellem Sinne, sondern um die Vergeistigung als ein unablässiges ernstes Streben nach innerer Vervollkommnung.

Der Richter und die Geistlehre. Oder auch: Die Krähe und die

Theognosie – so kam es mir vor. Eine erstaunliche Kombination. Verblüfft folgte ich seinen Ausführungen, wonach das ganze Weltall von Geistern bevölkert werde, die nur zu einem geringen Teil als körperliche Wesen in Erscheinung träten. »Einen grundsätzlichen Unterschied zwischen Menschen und diesen Geistern gibt es nicht«, erklärte er mir voller Überzeugung, die Körperlosigkeit ist lediglich eine andere Daseinsphase, und das Jenseits ist kein anderer Ort, sondern nur ein anderer Zustand.«

Ich muß zugeben, daß er mir, wenn wir uns so unterhielten, nicht unsympathisch war. Während er sprach, nahmen seine hinter den Brillengläsern zurückweichenden Augen einen lebhaften Ausdruck an, und mit den Bewegungen seiner schmalen Hände schien er jeden Satz unterstreichen zu wollen. Ich hörte ihm aufmerksam zu, insgeheim immer an Krähen denkend, wo er von Geistern sprach. Es war wie verhext, ich vermochte die Verschränkungen in meinem Kopf beim besten Willen nicht aufzuheben. Andererseits gewannen seine sophistischen Vorträge dadurch für mich außerordentlich an Brillanz, und diesen Erfolg spürte er, freilich ohne die eigentliche Ursache zu kennen. Denn ich hütete mich, meine Gedanken zur Krähenlehre zu äußern. »Erstaunlich«, sagte ich, als er das erstemal damit begann, »als Junge habe ich einmal davon gehört, aber die Zusammenhänge damals nicht begreifen können.«

»Sehen Sie«, fuhr er eifrig fort, »das ist alles sehr einfach: Wir Menschen sind geschaffen von Gott, und unser höchstes Ziel ist die Rückkehr zu Gott. Da wir nun als Geistwesen mit freiem Willen, Erkenntnis- und Liebesfähigkeit begabt sind, hängt es allein von uns ab, wielange wir in unserem glücklosen Zustand dieser Entfernung zu Gott verharren. Entwickeln wir uns in diesem und anderen Leben zu einer immer vollkommeneren Persönlichkeit, steigen wir damit auch als Geist von Stufe zu Stufe auf, schließlich bis in die höchsten Sphären des Glanzes und der Herrlichkeit.«

Eine seltsam faszinierende Konstruktion und Heilslehre. Sie hinderte ihren Anhänger keineswegs daran, sich in seinen Verhandlungen geradezu teuflisch zu benehmen. »Eine ewige Verdammnis oder einen Teufel gibt es nicht«, erklärte er mir, »nur das Absinken in eine so große Entfernung von Gott, daß wir uns vor Verzweiflung in der Hölle fühlen.« Kurz darauf fuhr er einen angeklagten Bauarbeiter an, der aus Verlegenheit vor dem hohen Gericht die Hände in die Hosentaschen gesteckt hatte: »Nehmen Sie gefälligst die Pfoten aus der Tasche und *benehmen Sie sich wie ein gesitteter Mensch, wenn Sie schon meinen, hier im Pullover erscheinen zu können.«*

Also doch eine Krähenlehre, das wurde immer deutlicher. Ich zwang mir während der Verhandlungen einen stoischen Gesichtsausdruck ab, der nach außen hin neutrale Gelassenheit auszudrücken hatte, überprüft zu Hause vor dem Spiegel, morgens beim Binden der Krawatte. ›Nur nicht aus der Rolle fallen, lieber schweigen‹, sagte ich mir jedesmal aufs neue. Dabei half mir die Einnahme von dämpfenden Psychopharmaka. Sich in einer schwarzen Robe wie zum Kaspertheater verkleidet vorzukommen, und daraus die Konsequenz zu ziehen, das ist zweierlei. In den Beratungen beschränkte ich mich auf juristische Argumentationen, mit denen sich manches doch noch hinbiegen ließ. Auch ich begann, mir mehrmals am Tag die Hände zu waschen. Nicht selten geplagt von körperlichem Unwohlsein, saß ich ansonsten neben dem Richter zu Gericht.

Eines Tages berichtete mein Ausbilder von einer Wochenendfahrt nach Braunschweig zur Geburtstagsfeier eines Juristenkollegen. »Ein überragender Geist und praktizierender Christ«, sagte er voller Hochachtung, »der es, was Bibelkenntnisse angeht, mit jedem Theologen aufnehmen kann.« Dr. L. oder auch Walter. Und noch ein weiterer Name fiel, der eines offenbar hohen Richters, »solche aufrechten Leute können Sie heute mit der Lupe suchen.« Dr. M. oder auch Hans. Ich merkte mir die beiden Namen.

Am folgenden Tag saß ich beim Mittagessen in der Kantine zufällig einem jungen Assessor aus Braunschweig gegenüber, den ich beiläufig nach Dr. L. und Dr. M. fragte. Nachdem er sich vergewissert hatte, daß uns niemand zuhörte, erzählte er mir mit gedämpfter Stimme und immer wieder besorgt um sich blickend, eine Geschichte, die ich seither nicht mehr vergessen habe. Sie begann in den letzten Kriegsmonaten und reichte bis in die Gegenwart, belegt durch umfangreiche Aktenvorgänge.

Braunschweig, Oktober 1944, nach einem schweren Bombenangriff. Brennende, qualmende und zusammengestürzte Häuser, einige Leichen werden abtransportiert. Eine junge Arbeiterin, die selber am Vortag zum drittenmal ausgebombt worden war, hilft nachts nach der Entwarnung bei Aufräumungsarbeiten in den Nachbarhäusern. Überall liegen Einrichtungsgegenstände, Kleidungsstücke, Haushaltsgeräte, auseinandergebrochene Schränke und Koffer herum. »Uns hat es gestern nacht er-

wischt«, sagt Erna W. zu einer alten Frau und hilft ihr, den Inhalt einer Kommode zusammenzusuchen; es beginnt bereits zu dämmern. In einer Badewanne bringen sie alles hinunter in den Keller. Das Mädchen, es ist neunzehn Jahre alt, steigt anschließend durch die Trümmer einer Wohnung auf die Straße, und dabei bemerkt es mehrere unverschlossene Koffer. Erna W. entnimmt ihnen ein paar Kleidungsstücke und ein versilbertes Kästchen mit billigem Schmuck. ›Das braucht dort sowieso keiner mehr‹, denkt sie auf dem Weg zurück zu ihrer Mutter in die Notunterkunft. Hier legt sie sich noch zwei Stunden schlafen, bis es Zeit wird, zur Arbeit in eine Rüstungsfabrik zu gehen.

Vier Tage später geht die Geschichte damit weiter, daß Erna W. von der Polizei verhaftet wird. Sie gibt sofort alles zu. Kleidungsstücke und Schmuck werden sichergestellt, der Fall liegt klar.

Erwähnenswert ist aber in diesem Zusammenhang vielleicht doch noch, daß Erna W. vaterlos aufgewachsen und zeitweise in Heimerziehung war. Sie ist ein geeignetes Opfer. Schon am nächsten Tag findet das Verfahren wegen Plünderei vor einem Sondergericht statt, das in der Untersuchungshaftanstalt tagt, weil das Landgerichtsgebäude zerbombt ist. Das Gericht verhängt nach kurzer Verhandlung die Todesstrafe, die einen Monat später durch Enthauptung des Mädchens vollstreckt wird (ein Gnadengesuch wird abgelehnt). Der vorsitzende Richter des Sondergerichts heißt Dr. Walter L.

Das war nur der erste Teil dieser Geschichte. Denn bald nach dem Krieg bekleidet Dr. L. schon wieder ein hohes Amt: als Oberlandeskirchenrat in der braunschweigischen evangelisch-lutherischen Landeskirche. Und nicht weit entfernt von seiner neuen Dienststelle bemüht sich die Mutter des hingerichteten Mädchens um deren Rehabilitierung, die jedoch unter dem Vorsitz des bereits erwähnten Dr. Hans M. mehrmals abgelehnt wird. Das ist leicht erklärlich.

Dr. M. gehört nämlich auch zu den Leuten, denen ein Menschenleben – es sei denn, es handelte sich um ihr eigenes – nicht viel gilt, und die sich subjektiv immer im Recht befinden, objektiv sowieso. Er begann seine Juristenkarriere im Jahre 1932 als Amtsgerichtsrat in einer Kleinstadt. 1935 wurde er in den Heeresjustizdienst eingestellt und zum Kriegsgerichtsrat ernannt. Bis 1945 stieg er dann ständig auf, zum »Fliegenden Armeerichter«, zum Ministerialrat im Reichsjustizministerium, zum Oberstrichter, zuletzt noch 1944 in das zweithöchste Beförderungsamt als Oberstkriegsgerichtsrat. Damit aber nicht genug. Schon im Herbst 1945 ist Dr. M. – weil Recht angeblich immer Recht bleibt –

wieder Richter in Braunschweig. Er wird kurz darauf zum Oberlandesgerichtsrat und 1950 zum Senatspräsidenten des Strafsenats am Braunschweiger Oberlandesgericht befördert, wo er nach dem Verbot der KPD ab 1956 mit Staatsschutzsachen und Prozessen gegen Kommunisten befaßt ist. Vor seinem hohen Richterstuhl erscheinen jetzt unter anderem kommunistische Angeklagte, die schon vor 1945 vor solchen Stühlen standen; sie werden zum Teil zu langen Freiheitsstrafen verurteilt, und zwar lediglich wegen ihrer politischen Überzeugung. Später tritt Dr. M. dann aus »ethisch-moralischen Gründen« öffentlich gegen eine Liberalisierung des Sexualstrafrechts ein, vor allem gegen die Abschaffung des Abtreibungsparagraphen. Und als er während einer öffentlichen Diskussion auf seine nationalsozialistische Vergangenheit angesprochen wird, bezeichnet er seinen Wechsel zur Wehrmachtsjustiz im Jahre 1935 als einen Akt der »inneren Emigration«.

Aber Dr. M. war natürlich kein Einzelfall. Ich informierte mich damals aus jedermann zugänglichen Quellen und erfuhr nach und nach, überrascht und nicht ohne Erschütterung: Der Verfasser eines Kommentars zu den Nürnberger Rassegesetzen wurde nach dem Krieg Staatssekretär im Bundeskanzleramt; ein Befürworter der Euthanasie wurde Landesjustizminister; ein KZ-Arzt, an dem vorbei man Tausende von Opfern nackt in die Gaskammern trieb, wurde vom Bundesgerichtshof freigesprochen; ein Gestapo-Chef wurde Unternehmensprokurist; ein anderer Gestapo-Chef wurde Kriminalhauptkommissar; ein SS-Hauptsturmführer, der Lidice zerstört hatte, wurde Kriminalrat im Bundeskriminalamt; ein anderer SS-Hauptsturmführer, seinerzeit »Schlächter« genannt, wurde Geheimdienstagent bei den Amerikanern; zahlreiche weitere SS-Führer wurden leitende Beamte des Bundesnachrichtendienstes; ein Oberregierungsrat im Reichspropagandaministerium wurde Bundesrichter; ein Polizeichef wurde ebenfalls Bundesrichter; ein Ministerialrat aus dem Reichsinnenministerium wurde Senatspräsident; ein Marinekriegsrichter wurde Ministerpräsident; ein Senatspräsident des Volksgerichtshofs wurde Pensionär und so weiter.

Wie einfach es ist, zu verurteilen, und wie schwer, zu begreifen. Wo haben wir uns jemals erprobt, daß wir unserer Handlungen sicher sein könnten. Auch ich, das merke ich immer wieder, neige zu Verurteilungen. Zum Beispiel habe ich nie begreifen können, wie diese vielen Todesurteile in der Zeit des Nationalsozialismus zustande kommen konnten. Erst recht habe ich nie begreifen können, daß keiner dieser schwer belasteten Blutrichter jemals verurteilt worden ist.

In einem in der DDR herausgekommenen »Braunbuch« las ich die Namen der Juristen, Beamten, Offiziere, Wissenschaftler und Wirtschaftsbosse, die vor 1945 und wieder danach in der Bundesrepublik Deutschland in Amt und Würden standen; Listen, die ein ganzes Buch füllen. Ein Bekannter hatte es von einem Verwandtenbesuch mitgebracht, das heißt geschmuggelt. Denn nach Ansicht sogenannter staatstragender Kräfte können manche Bücher staatsgefährdend und damit »verfassungswidrig« sein; sie werden amtlich gelesen, gewissenhaft aufgelistet und verboten, sie dürfen nicht eingeführt werden. »Verbringungsverbot« wird so etwas im Amtsdeutsch genannt, und kaum ein Bürger weiß überhaupt davon. Jedenfalls entnahm ich diesem Buch, daß mein Ausbilder bis 1945 Reichskriegsgerichtsrat bei einer Infanteriedivision war. Auch er hatte Todesurteile wegen politischer Witze, Fahnenflucht und Feigheit vor dem Feind noch bei Kriegsende unterschrieben und konnte seine Juristenkarriere nach 1945 problemlos fortsetzen.

Manchmal sehe ich den Richter, der das Todesurteil des Pfarrers Dietrich Bonhoeffer noch im April 1945 vollstrecken ließ, auf einem Fahrrad über die zerbombte Landstraße nach Flossenbürg ins KZ fahren. Die öffentlichen Verkehrsmittel waren schon nicht mehr in Betrieb. Aber das Todesurteil durfte ohne die Unterschrift des Richters nicht vollstreckt werden, deshalb mühte er sich auf dem Fahrrad ab, so daß Dietrich Bonhoeffer doch noch gehenkt werden konnte. Wenige Stunden später waren schon die Amerikaner da. Und ich würde gern wissen wollen, was aus diesem Richter geworden ist, dem seine Amtpflicht allem vorging. Wahrscheinlich hat auch er bald nach Kriegsende wieder irgendwo trocken und ohne Gewissensbisse in einem Amt gesessen.

Träume voller Entsetzen, als befänden wir uns in einem Roman von Kafka oder Edgar Allan Poe, ja noch viel schlimmer. Bis wir auf einmal merken, daß wir wach sind und jemand, der eine schwarze Robe trägt, von seinem Podest herabwettert. Aber dieses ständige Zwielicht!

Eine angeklagte Verkäuferin wird, nachdem sie zusammengebrochen war, auf einer Rotekreuzliege wieder hereingetragen. Ein angeklagter Gewalttäter geht auf das Gericht los, weil er sich beleidigt fühlt, und wird von zwei Justizbeamten mit Knebelketten gefesselt. Durch entsprechende Verteilung der Beweislast gerät ein Kläger in Beweisnot und verliert seinen Prozeß.

Ein vorsitzender Richter sagt mit schneidender Stimme: »Errare humanum est.« Ein Geistlicher, ebenfalls in schwarzem Talar, antwortet in liturgischem Sprechgesang: »Ad maiorem Dei gloriam.« Ein ehe-

maliger KZ-Wärter wird verhandlungsunfähig erklärt. Ein Student tritt mit Schiebermütze und in langen Unterhosen vor den Richtertisch. Ich lache und werde streng gemaßregelt.
Wie ist das alles auszuhalten? Dem langjährigen Freund und Lebensgefährten der Mutter von Erna W. wird schließlich vorgeworfen, er habe schon 1944 im Verdacht der Zuhälterei gestanden; außerdem dürfte er Frau W. nicht vor Gericht unterstützen, weil er kein Anwalt sei. Gegen ihn wird von der Staatsanwaltschaft ein Verfahren nach dem Rechtsberatungsmißbrauchgesetz eingeleitet. Nach einer unbedachten Äußerung wird er wegen Richterbeleidigung verurteilt.
Mir fällt noch die Begründung der Staatsanwaltschaft aus dem Jahre 1944 ein, mit der die Vollstreckung des Todesurteils gegen Erna W. befürwortet wurde: »Die W. ist mit einer Arbeiterin befreundet, die ebenso wie die Mutter der Freundin wegen Abtreibung vorbestraft worden ist; deshalb verdient die Angeklagte, trotz ihrer Jugend, keine Nachsicht.« In dem Beschluß des Oberlandesgerichts, mit dem die Rehabilitierung von Erna W. abgelehnt wird, heißt es: das Todesurteil von 1944 sei durchaus gerecht und unter den damaligen Umständen sogar zwingend geboten gewesen; auch sei die »Volksschädlings-Verordnung« mit den rechtsstaatlichen Grundsätzen aller zivilisierten Länder vereinbar.
Ich stelle mir vor, wie die neunzehnjährige Erna W. an einem trüben Novembermorgen des Jahres 1944 im Richthaus des Strafgefängnisses Wolfenbüttel nach vierwöchiger Haft hingerichtet wird. Wie schon erwähnt, wurde sie geköpft. Und mir wird endgültig klar, daß unsere Phantasie nur ein blasses Abbild dessen ist, was uns als Realität umgibt.
Dann sehe ich einen ganzseitigen Nachruf des Landeskirchenamtes zum Tode von Dr. Walter L., der selbstverständlich »natürlich« war, und lese mit heißem Kopf: »Sein Gedenken wird uns allen ein gesegnetes bleiben.«
Dann erfahre ich, daß der Frankfurter Generalstaatsanwalt Fritz Bauer, einer der wenigen von den Nazis verfolgten und deswegen emigrierten Juristen, plötzlich und unerwartet verstorben ist. Er wurde tot in seiner Badewanne gefunden. Bauer hatte gegen die ranghohen Teilnehmer einer juristischen Geheimkonferenz von 1941 im »Haus der Flieger« in Berlin, wo die Zustimmung zur heimlichen Tötung von etwa 150.000 Geisteskranken gegeben wurde, trotz stärkster Widerstände ein Strafverfolgungsverfahren wegen Beihilfe zum Mord eingeleitet. Kurz nach Bauers Tod beantragt die Staatsanwaltschaft Frankfurt von sich

aus die Einstellung dieses Verfahrens, über das die Medien nie berichteten.

Eine Ansammlung von Merkwürdigkeiten, skandalösen Ereignissen und Entsetzlichkeiten. Blutrünstige Geschichten, die sich so und nicht anders ereignet haben, die noch in die Gegenwart fortwirken, sich zum Teil immer noch ereignen.

Damals entschloß ich mich, nicht Jurist zu werden, sondern an die Universität zurückzugehen, um mein Philosophiestudium fortzusetzen.

XV

Um sechs Uhr erwache ich. Das Zimmer ist dämmrig wie eine Höhle, sehr weit entfernt die an- und abschwellenden Fahrgeräusche von Lastwagen, Bussen, Motorrädern, das Pochen eines Anlassers. Im Traum, der mir noch ganz nahe ist, habe ich einen Garten angelegt und bearbeitet, Gemüse und Suppengrün gesät, Zwiebeln gesteckt, Kartoffeln gepflanzt, Beerensträucher und Bäume gesetzt, einen Fischteich angelegt. Zuerst war es der Acker, den ich als Junge hatte, allmählich wurde ein großer Gemüse- und Obstgarten daraus, zum Schluß eine richtige Gartenanlage. Etwas Sinnvolles tun, das hat sich in meinen Gedanken festgesetzt. Und sei es Kartoffeln pflanzen, um im Winter zu essen zu haben.

Im Zug traf ich einmal einen Mann, der als Werbegrafiker in einem Zigarettenkonzern arbeitete. Er war noch sehr jung und stolz auf seine Tätigkeit, die er als eine künstlerische ansah. Als ich fragte, worin er deren Sinn sehe, erwiderte er: »Die Leute sollen unser Produkt kaufen und nicht das der Konkurrenz.« Eine logische Antwort, die zu vielem paßt, was wir tagtäglich tun und ohne weiteres für uns und andere zu begründen vermögen.

Nebenan im Badezimmer rauscht die Toilettenspülung. Die Kinder kommen über den Flur gelaufen und stürmen herein. Es fällt schwer aufzustehen, aber sie lassen nicht locker. Ich helfe ihnen beim Waschen und Anziehen, dann gehen wir in die Küche. Während des Frühstücks fragt Felix: »Wann fahren wir zu Mama?« Eine täglich unzählige Male wiederkehrende Frage. »In vier Tagen«, antworte ich, und Julia zeigt auf dem Kalender, wann das ist. Wir haben den Tag rot angestrichen.

Ruths Mutter ist gestorben, für uns völlig überraschend. Sie war mit Brustkrebs auf die Intensivstation eingeliefert worden. Der Arzt rief an und berichtete, die Karzinome seien bereits so weit fortgeschritten, daß eine Operation zwecklos sei, sie müsse das schon seit längerem gewußt haben. Drei Tage lag sie unter einem Sauerstoffzelt und an verschiedene Apparaturen angeschlossen, bis sie starb, ohne das Bewußtsein wiedererlangt zu haben. »Warum hat sie nichts gesagt?« fragt Ruth immer wieder. »Warum haben wir nichts gewußt?«

Die Beerdigung fand in der vergangenen Woche statt, und wir waren alle dort. Jetzt sind noch die Formalitäten zu erledigen, der Haushalt muß aufgelöst werden. Ruth ist allein in der Wohnung geblieben, sie bestand darauf, obwohl sie im sechsten Monat schwanger ist. In der nächsten Woche werden wir hinfahren, ich werde einen Kleinlaster mieten und die Bücher und restlichen Möbelstücke abholen. Dann gibt es nur noch die Spuren hier und da, Eindrücke, auch Narben, die sich mehr und mehr verlieren. Jemand ist fort und nicht mehr erreichbar. Die Kinder haben das bis jetzt noch gar nicht begriffen. Der Vierjährige summt manchmal beim Spielen vor sich hin, wovon er hat sprechen hören: »Todesfall-Todesfall-Todesfall.«

In Demut sterben – und in Hoffahrt. Ich weiß nicht, ob das wirklich ein Widerspruch ist, sind doch unsere Gefühle, Einstellungen und Verhaltensweisen nur selten eindeutig und in jeder Beziehung auf einen Nenner zu bringen. Jedenfalls war meine Schwiegermutter eine gläubige Frau. Nach dem Tod ihres Mannes, der Beamter war, reiste sie viel. Besuchte sie nicht Verwandte, fuhr sie zu religiösen Veranstaltungen oder zu den Marienschwestern in ein Kloster. In ihrem Wohnzimmer hatte sie einen Altar aufgebaut, auf dem eine Klappkarte stand, darauf die Worte: »Wenn mir gleich Leib und Seele verschmachtet, so bist du doch, Gott, allezeit meines Herzens Trost und mein Teil.« Seit sie uns eine Einkommensbescheinigung verweigert hatte, als Ruth nach ihrem Studium arbeitslos war und Unterstützung beantragen wollte, verstanden wir uns nicht mehr. »Was geht euch mein Einkommen an?«, das habe ich noch im Ohr. Alles vorbei jetzt. Und doch nicht vergessen.

Erst nachdem die Kinder geboren waren, kam sie zweimal im Jahr für mehrere Wochen zu Besuch. Ich kann nicht sagen, daß sie mir herzlich willkommen war. Aber sie hatte ein gutes Verhältnis zu den Kindern, die sie liebten. Den letzten Streit hatte es gegeben, als sie Julia aus einem Buch vorlas, das ich militaristisch nannte. Die übliche Feriengeschichte mit Schloßgespenstern, Lagerfeuern und Tieren, aber auch einem Oberst a.D., der mehreren Jungen bei Schießübungen und nächtlichen Spähtrupps das Gefühl von Kameradschaft, Mannesmut und Vaterlandsliebe vermittelte. Sie fand das ganz in Ordnung.

Viele Auseinandersetzungen wegen ihr, immer wieder, viele Tränen. Der Tod läßt alles was war nebensächlich erscheinen. Und wieder neue Schuldzuweisungen, Auseinandersetzungen, Selbstvorwürfe, neue Tränen. Unter ihren Kontoauszügen fanden wir zahlreiche Überweisungen, auch größerer Beträge, an kirchliche und karitative Organisationen.

Die Nacht, in der sie starb, verbrachten wir in ihrer Wohnung, Ruth mit den Kindern im Schlafzimmer, ich auf dem Sofa im Wohnzimmer. Bis drei Uhr konnten wir nicht einschlafen, weil in der Nachbarwohnung Videofilme liefen, die deutlich als Sado-Pornos identifizierbar waren. Eine furchtbare Nacht, ein einziger Alptraum voller Schreie, Stöhnen und Röcheln. Es roch nach Bienenwachskerzen und kaltem Zigarettenrauch. Gegen sechs Uhr morgens rief das Krankenhaus an und teilte mit, daß Ruths Mutter gestorben sei.

Aber das Leben, unser Leben! Was wir tun, uns vornehmen, wie wir miteinander umgehen, wie wir unsere Kinder erziehen, falls wir sie erziehen. Die Frage, warum der Junge unbedingt mit Autos, das Mädchen mit Puppen spielen will. Eines Tages liegt im Kinderzimmer eine Spielzeugpistole. Mein Sohn sagt: »Du alter blöder Vater.« Was macht man falsch, was könnte man besser machen? Und wie? Und woher die Energie dazu nehmen? »Du darfst den Kindern nicht alles durchgehen lassen!« / »Und du kümmerst dich zu wenig um sie!« Die täglichen Verpflichtungen. Geldsorgen. Die Arbeit. Wie schwer es ist, dazu eine Einstellung zu finden.

Um Viertel vor acht muß Julia zur Schule gebracht werden, um halb elf hole ich sie wieder ab. In der Zwischenzeit bringe ich Felix in den Kindergarten, räume auf und kaufe ein. Der Briefträger kommt, Flur und Küche müssen gesaugt, die Blumen gegossen, die Abfälle weggebracht, der Vogel muß gefüttert werden, das Telefon klingelt. Das Geschirr steht herum und der Rasen müßte gemäht werden. Auf dem Schreibtisch warten Examensarbeiten und Klausuren; wie gut, daß Semesterferien sind. Um halb zwölf hole ich Felix vom Kindergarten und bereite das Mittagessen vor. Zwischendurch wieder das Telefon, und die Kinder brüllen, weil sie denken, Ruth habe angerufen. Aber Ruth hat sich noch nicht gemeldet.

Die Kinder sind sehr unruhig, zanken sich häufig und bleiben nicht allein in ihrem Zimmer. Am Nachmittag gehe ich mit ihnen am Bahndamm spazieren, anschließend spielen wir zusammen. Gegen sechs mache ich Abendbrot und bin froh, als ich sie eine Stunde später endlich im Bett habe. Ich verspreche ihnen: »Morgen nachmittag fahren wir in den Zoo«, da wird es langsam ruhig. Eine trostlose Ruhe. Ich gehe vom Wohnzimmer in die Küche, von der Küche ins Arbeitszimmer. Eigentlich müßte ich nachholen, was ich versäumt habe. Es geht nicht, es reicht nicht einmal mehr für einen Brief.

Kaum habe ich den Fernseher eingeschaltet, der seit Monaten nicht mehr in Benutzung war, erfahre ich aus der Tagesschau, daß die Schweizer Regierung den Kauf von 420 deutschen Kampfpanzern vom Typ »Leopard 2« beschlossen habe. Ein Auftrag für die deutsche Wirtschaft, genau gesagt für die Münchner Rüstungsfirma Kraus-Maffei, in Höhe von rund 5,3 Milliarden Mark, und Verhandlungen mit anderen Ländern laufen noch. Ein Grund zu unverhohlenem Optimismus. Made in Germany oder (noch einmal): »Der Tod, ein Meister aus Deutschland.«

Im Wettbewerb mit dem amerikanischen »M-1 Abrams« habe der Leopard deutlich besser abgeschnitten, vor allem was den Schutz vor atomaren und chemischen Waffen betrifft. Eine neue Kampfpanzergeneration, mit der wir uns sehen lassen können. Ein Kopf-an-Kopf-Rennen der Bewerber. Ein Gegenstück zum russischen T-72. Eine Waffe, die dem militärischen Pflichtenheft nahezu vollständig entspricht. Eine waffenstarrende, aber dennoch elegante Kriegsmaschine im Wert von vierzig bis fünfzig Schulen, die vor mir auf dem Bildschirm durch das Gelände jagt, daß der Dreck hoch aufspritzt und ich mir unwillkürlich und mit angehaltenem Atem über die Augen wische. Handflächen und Achselhöhlen sind schweißnaß wie nach einem dieser Kriminalserienfilme, die ich mir seit Jahren schon nicht mehr ansehen kann. Danach die Politikerrunde.

Als Kontrast dazu schneit plötzlich Manfred zur Tür herein, den ich seit mehr als einem Jahr nicht mehr gesehen habe, setzt sich, steht wieder auf, setzt sich wieder und zündet sich hastig eine Zigarette an. Sein heller modischer Anzug ist zerknittert, das dunkle Hemd läßt den Blick auf einen Ausschnitt seiner schwarzbehaarten Brust frei. Die ausdrucksvollen Lippen, die ebenmäßige Nase und die dichten Haarlocken über der geraden Stirn geben seinem Gesicht etwas Südländisch-Apollinisches. Mir fällt ein leidender Ausdruck seiner Augen auf, den ich sonst nie bemerkt habe, und ein deutlich resignativer Zug um die Mundwinkel. Ich kenne ihn noch vom Jurastudium her, das er jedoch nicht abgeschlossen hat. Nach meiner Kenntnis besitzt er zwei oder drei Gaststätten.

»Ich bin in einer Notlage«, sagt er, »und brauche deinen Rat. Kurz der Sachverhalt.« Er redet nicht um den heißen Brei herum, sondern kommt sofort zum Wesentlichen: »Du weißt, daß ich schwul bin. Das heißt, eigentlich bin ich bisexuell, aber wir wollen jetzt nicht in die Einzelheiten gehen. Seit einigen Monaten kenne ich einen Jungen, den ich sehr mag. Vor etwa einer Woche – du hast über den Vorfall vielleicht in der Zeitung gelesen – klingelt er mitten in der Nacht und erzählt, er habe gerade jemanden ermordet. Er machte einen stark angetrunkenen und verwirrten Eindruck, stand vielleicht sogar unter Drogen. Ich habe ihm zuerst nicht geglaubt, nahm ihn aber zu mir herein, was ich anfangs nicht wollte, weil wir uns tags zuvor heftig gestritten hatten. Ich kochte ihm Kaffee, und er begann zusammenhanglos zu berichten. Seinen Worten entnahm ich, daß er den Abend mit einem Typen verbracht hatte, den ich ebenfalls kannte und in äußerst unangenehmer Erinnerung hatte; er neigte zu masochistischen Sexualpraktiken. Der Typ hat den Jungen mit in seine Wohnung genommen und, nachdem sie zusammen eine Flasche Weinbrand ausgetrunken haben, mehrfach aufgefordert: ›Würg mich!‹, um sich sexuell stimulieren zu lassen. Er ist hinterher wie tot liegengeblieben. Als es dem Jungen nicht gelang, ihn wiederzubeleben, hat er die Wohnung in Panik verlassen, dummerweise aber noch Geld mitgenommen, das auf dem Tisch lag. Er ist in der Stadt herumgeirrt, in mehreren Kneipen gewesen und dann zu mir gekommen.«

Manfred schaut mich ruhig an. Er wirkt beherrscht, aber die fahrigen Bewegungen der Hände und das blasse Gesicht wie auch die Schweißtropfen auf seiner Stirn lassen auf eine starke innere Erregung schließen. Nachdem er sich eine neue Zigarette angezündet und einen kurzen Blick auf die »Aphorismen« von Lichtenberg geworfen hat, die auf dem Tisch liegen und worin ich in den letzten Tagen manchmal gelesen habe, ein hübsches, antiquarisch erworbenes Exemplar, fährt er fort: »Obwohl mir die Geschichte, als ich sie bruchstückweise hörte, in ihrer letzten Konsequenz immer noch unwahrscheinlich vorkam, habe ich vorsichtshalber anonym die Telefonseelsorge angerufen und gebeten, Klarheit zu schaffen. Gegen vier Uhr morgens wurde mir bei einem nochmaligen Anruf bestätigt, daß tatsächlich ein Todesfall vorliege, wahrscheinlich ein Raubmord. Daraufhin habe ich versucht, mit dem Jungen vernünftig zu sprechen; er war aber noch immer so betrunken, daß er mir kaum zuhören konnte. Deswegen habe ich ihn erstmal ins Bett gebracht und mich ebenfalls schlafen gelegt. Gegen Mittag des folgenden Tages, nachdem wir aufgestanden waren und gefrühstückt hatten, habe ich ihm dann längere Zeit zugeredet, sich der Polizei zu stellen und angeboten, ihn hinzufahren. Er wollte aber nicht und machte einen vollkommen verzweifelten Eindruck, sprach auch von Selbstmord. Ich war ratlos. Angst kam in mir hoch, ein Gefühl völliger Einsamkeit und Hoffnungslosigkeit. Als sei ich selber in der vergangenen Nacht in einer fremden Wohnung gewesen und hätte dort einen Toten zurückgelassen. Ich fühlte mich hilflos, von allen Menschen verlassen.«

Er springt auf und beginnt im Zimmer hin und her zu gehen. »Du hast das vielleicht nie erlebt«, stößt er mit gepreßter Stimme hervor, »aber mir kam meine ganze Existenz plötzlich widerlich und sinnlos vor, die Kaffeeflecke auf dem Tischtuch ekelten mich an, vom Fenster drängte das Licht herein wie Gestank, der Geruch meines eigenen Körpers verursachte mir Übelkeit, ich mußte ins Badezimmer, um mich zu übergeben. Die Luft erschien mir erfüllt von Gestank und Wahnsinn, das ganze Zimmer wie eine von Jauche und Mist durchtränkte Bühnendekoration.« Er atmet mehrmals tief durch, bleibt eine Weile vor einer Radierung stehen und liest vorgebeugt mit halblauter Stimme: »Kleine fette Birne mit Sattel«. Er schaut das Bild lange an, als vermittele es ihm irgendwelche Einsichten, murmelt dann, bevor er sich wieder setzt: »Ja, so ähnlich« und: »Weißt du, ich liebe den Jungen, er ist noch nicht einmal zwanzig und kommt aus einer ziemlich kaputten Familie.«

Ich antworte nicht, um seinen Gedankengang nicht zu unterbrechen. »Also setzte ich mich telefonisch mit einem Rechtsanwalt in Verbindung«, berichtet er weiter, »der am späten Nachmittag zu uns in die Wohnung kam. Auch er empfahl, möglichst bald zur Polizei zu gehen, zumal wahrscheinlich ein Unglücksfall vorliege. Ich versprach ihm, darauf hinzuwirken. Aber kaum hatte er die Wohnung verlassen, begann der Junge zu weinen, daß man es kaum ertragen konnte. Er bat mich, ihn nicht zu verraten. Inzwischen hatte die Polizei von einem Freund des Toten Einzelheit über dessen Bekanntenkreis erfahren und stand gegen Abend bei uns vor der Tür. – Das ist der Sachverhalt, soweit ich ihn kenne.«

Er lehnt sich weit zurück, die Arme über die Brust verschränkt, den Blick schräg nach oben gerichtet. Nach einer Weile, in der nichts als die Geräusche der in einiger Entfernung auf der Straße vorbeifahrenden Autos zu hören ist, sage ich: »Eine unangenehme Geschichte. Aber was könnte ich für dich tun?« Er nickt, ohne seine Haltung zu verändern. »Es geht darum, daß ich so ein Gefühl habe, als wolle man mich hereinlegen. Heute morgen erhielt ich nämlich die Vorladung zu einer Zeugenvernehmung bei der Staatsanwaltschaft, und daraus geht hervor, daß wegen Raubmordes ermittelt wird. Beiläufig habe ich aber auch erfahren, man beabsichtige gegen mich ein Verfahren wegen Strafvereitelung einzuleiten. Das rutschte einem Kriminalbeamten heraus, der mich während einer Durchsuchung meiner Wohnung in übelster Weise beschimpft und mir gesagt hat, ich könne mit einer Freiheitsstrafe bis zu fünf Jahren rechnen.«

Das alles will überlegt sein. Manfred steht wieder vor der Radierung und betrachtet sie, als wolle er sich die Einzelheiten genau einprägen, mit vorgebeugtem Oberkörper. »Ich glaube, die wollen dich tatsächlich aufs Kreuz legen«, sage ich. »Du bekommst jetzt Papier von mir, und wir schreiben zusammen den Sachverhalt auf, so wie du ihn mir erzählt hast, wobei wir unter juristischem Aspekt einiges mehr hervorheben und anderes mehr zurücknehmen werden.« Ich gebe ihm Schreibpapier und Bleistift.

Er setzt sich erwartungsvoll mir gegenüber. Ich muß nachdenken, denke ich, vor allem über die juristischen Fragen. Über seinen Bericht, der ein Geschehen wiedergegeben hat, aus dem ein juristischer Fall geworden ist. Es will mir nicht gelingen, mich darauf zu konzentrieren. Ob er Zeuge, ob er Beschuldigter ist. Der Sachverhalt, der Straftatbestand, Rechtfertigungs- oder Schuldausschließungsgründe. Wie schwierig das ist, mitten in so einer Nacht und nach solchen Tagen. Die Gedanken haben sich schon verwirrt, werden überlagert von einem zunehmenden körperlichen Unwohlsein und ständig heftiger werdenden Kopfschmerzen.

»Ich glaube, du wirst nicht so behandelt, wie es sein müßte«, sage ich, und Manfred wartet, in der Hand den Bleistift. »Falls du nämlich als Zeuge vernommen wirst«, füge ich, mit großer Anstrengung die Nebelwände in meinem Kopf beiseite schiebend, hinzu, »kannst du die Aussage nicht verweigern und mußt die Wahrheit sagen. Wirst du dagegen als Beschuldigter vorgeladen, kannst du zu deinem eigenen Vorteil lügen oder auch die Aussage verweigern.« Er pfeift durch die Zähne und führt den Gedankengang weiter: »Ich soll also zuerst als Zeuge vernommen werden, um später, unter Berufung auf das Vernehmungsprotokoll, angeklagt zu werden.«

»So stelle ich mir das vor. Wenngleich das nicht der Strafprozeßordnung entspricht.«

»Und wie beurteilst du meine Chancen?« höre ich ihn fragen. Seine Stimme ist etwas leiser oder zu weit entfernt oder das Brummen in meinem Kopf ist zu laut, und ich denke, daß es besser wäre, endlich ins Bett zu gehen und überwinde mich zur Frage: »Kannst du nicht lieber morgen abend wiederkommen?«

Er blickt mich erschrocken an, vielleicht denkt er, ich wolle mich drücken.

»Du mußt vor allem auf den Gesichtspunkt der Selbstmordgefahr hinweisen«, sage ich. »Dann kannst du nach meiner Einschätzung nicht verurteilt werden, selbst wenn man darauf aus wäre, weil das höherwertige Rechtsgut Vorrang hat.« Ein wichtiger juristischer Aspekt, den ich noch genauer durchdenken muß. Ich stehe schon an der Tür und gebe ihm die Hand.

»Zunächst einmal vielen Dank«, sagt er, wie es scheint enttäuscht.

»Morgen schreiben wir eine Schutzschrift!« rufe ich ihm nach, »die kannst du an die Staatsanwaltschaft schicken und dich dann bei der Vernehmung darauf berufen.«

Er winkt mir zu und geht über den Parkplatz. Es ist inzwischen halb eins. Im Schlafzimmer, und nachdem ich zwei Gelonida genommen habe, höre ich nur noch das gleichmäßige Klopfen meines Herzens. Als sei ich von Watte umgeben, in die ich immer tiefer hineinsinke.

XVI

Die Stadt liegt am Rande der Mittelgebirge in einem langgestreckten weiten Tal, durch das, fast unbemerkt, ein kleiner Fluß seinen Lauf nimmt. Sie wirkt auf den ersten Blick überschaubar, und es lebt sich immer noch ruhig hier. Ihre früher von Kirchtürmen geprägte Silhouette wird seit einigen Jahren beherrscht von den Neubauten der Versicherungen, Behörden, Banken und Universitätsinstitute.

Gehe ich am späten Nachmittag durch die Weender Straße, die Haupteinkaufsstraße, auf der sich zeitweise Nobelpreisträger im Vorübergehen begrüßen konnten, treffe ich auf Schritt und Tritt bekannte Gesichter. »Was macht die Arbeit? Wie geht's deiner Frau und den Kindern? Hast du schon gehört: Der Fahlberg will das Fachwerkhaus in der Weender Landstraße abreißen lassen, die Hamburger-Farm verkauft keinen Kaffee mehr an Ausländer.«

Auf dem Weg vom Fotokopierladen zur Stadtbücherei und von dort zur Buchhandlung komme ich vorbei an den alten Fachwerkhäusern, die noch immer der Stadt ihr Gesicht geben und mir so etwas wie Heimatgefühl vermitteln. Ende der sechziger, Anfang der siebziger Jahre wurden viele solcher Häuser abgerissen, ganze Straßenzüge in der Innenstadt, um für die Neubauten aus Beton, Glas und Metall Platz zu schaffen. 1974 gab es dagegen eine Initiative von Schriftstellern und Fotografen; der Titel einer von ihnen herausgegebenen Streitschrift hieß: »Wem gehört die Stadt?« Wer so etwas herausgab, mußte sich als Nestbeschmutzer beschimpfen lassen.

Weil die Einstellungen sich gewandelt haben wie das Stadtbild, sind einzelne der damaligen Thesen heute modern geworden und kommen vielen so glatt von der Zunge, als seien sie im eigenen Kopf entstanden. Die Bauplaner gehen sogar dazu über, neue Fachwerkhäuser mit fabrikgehobelten Balken und Betonfüllungen in Auftrag zu geben. Wem nichts einfällt, wer sich an Äußerlichkeiten, Moden und Eitelkeiten orientiert, dem fällt vieles sehr leicht. Hier und da auch guter Wille und Fachwissen. Aber maßgebend sind nicht Ideen, sondern Interessen, wer wüßte das nicht. Viel Gerede, nicht nur in diesen Fragen, akrobatische Selbstbespiegelung, pseudophilosophisch verbrämtes Wortgeklingel, das niemanden trifft, Kumpanei, Taschenspielertricks und Roßtäuscherei. Gewinnabsichten lassen sich noch am ehesten erkennen.

Das Iduna-Hochhaus zählt 20, der Rathausneubau 18, der Philosophen-

turm 14 Stockwerke. Das deutet bereits eine Rangordnung an. Banken und Kaufhäuser verteilen sich mehr im Stadtbild, wenn auch nicht unauffällig Der Oetker-Konzern kaufte heimlich ein ganzes Viertel auf. Bezahlt von uns, und wir zahlen weiter.

Der aus der Bevölkerung gekommene Vorschlag, den Universitätsreitstall als Markthalle oder Kommunikationszentrum zu nutzen, wurde verworfen, das historische Gebäude abgerissen. Sein Barockportal aus dem Jahre 1735 steht heute wie ein Triumphbogen betongestützt zwischen den Autos auf dem Universitätsparkplatz. Auf dem freigewordenen Innenstadtgrundstück errichtete der Hertie-Konzern ein Kaufhaus von beachtenswerter Häßlichkeit; die Fassade zur Weender Straße ist eine einzige graue Steinfläche, an der ein paar Fahnen herunterhängen. Daneben und gegenüber die Zweckbauten der Städtischen Sparkasse und der Gothaer Versicherung. So lassen sich auf dem Reißbrett »Konsumoberzentren« entwickeln, und diesem Ziel und den sich daraus ergebenden »Sachzwängen« hat sich alles andere unterzuordnen. Die Bevölkerung: ausgesiedelt in Satellitenstädte, abgespeist mit Altstadtfesten, Supermärkten, Händelfestspielen. Und man ist verblüfft, wenn es plötzlich ein »Radio Pflasterstein« gibt, einen Schwarzsender, oder wenn in besetzten Häusern Kulturprogramme angeboten werden. Man ist entsetzt und aufgebracht, wenn bei Demonstrationen Schaufensterscheiben zu Bruch gehen.

Nachdem man die umliegenden Dörfer eingemeindet, die Dorfbehörden aufgelöst, die Zentralverwaltung vergrößert und die Besoldung der leitenden Beamten um ein beträchtliches angehoben hat, beginnt man jetzt in den neu entstandenen Ortsteilen städtische Behörden neu einzurichten und spricht heute von »bürgernaher Verwaltung«. Vielleicht hat auf diese Weise jeder Bürger die Chance, irgendwann doch noch einmal Beamter zu werden. Es hat jedenfalls den Anschein, als hätten nicht wenige einzig und allein dieses hohe Lebensziel vor Augen.

Auch Kultur. Es gibt 26.000 Studenten, Hunderte von Professoren, ein großes und ein kleines Theater, eine akademische Orchestervereinigung, eine Kammermusikgesellschaft, ein Kultur- und Aktionszentrum, ein Künstlerhaus, mehrere kleine Galerien, einige Kellerlokale mit kulturellem Programm, gelegentlich einen Kunstmarkt. Heinrich Heine, der hier Jura studierte, teilte die Bewohner der Stadt in seiner »Harzreise« ein in Studenten, Professoren, Philister und Vieh, vier streng voneinander getrennt lebende Stände, von denen er den Viehstand als den bedeutendsten ansah. Lessing, nach einem Besuch gefragt, wann er *wiederkomme*, antwortete: »*Was soll ich da machen? Mich verachten lassen?*«

Bittere Worte, die ihre Bedeutung nicht dadurch verloren haben, daß sie vor 200 Jahren gesagt wurden. Wer hier kein Amt hat, und sei es Oberst bei der Bundeswehr, gilt nichts. Allerdings gehört, wer ein Amt hat und sich nicht anpaßt, auch nicht dazu. 1837 wurden sieben Professoren, darunter die Gebrüder Grimm, ihres Amtes enthoben und des Landes verwiesen, nachdem sie gegen den Verfassungsbruch des Königs von Hannover protestiert hatten. Wie nah das alles ist. Wie wenig sich doch ändert in hundert oder zweihundert Jahren. Und wieviel sich verändert.

In der Fußgängerzone treffe ich manchmal Peter, der mit einer Rotweinflasche in der Nähe des Gänseliesel-Brunnens oder auf dem kleinen Platz vor der Jacobikirche sitzt, schon von weitem erkennbar an seinem weißen Vollbart. Kennengelernt habe ich ihn durch Gerold, der mit ihm befreundet ist und bei dem er von Zeit zu Zeit übernachtet und badet. Er ist Anfang Fünfzig, Dr. phil., und war Ägyptologe. Jetzt ist er Stadtstreicher mit wechselndem Aufenthalt: Heilsarmee, Landeskrankenhaus, Trinkerheilanstalt, Stadtwald. Die Kinder mögen ihn, Felix sagt jedesmal: »*Onkel Weihnachtsmann.*« *Peter darauf:* »*Der hat's erfaßt.*«

Setz ich mich zu ihm, erzählt er von seiner letzten Flucht über eine Mauer, von einer Witwe, der er gelegentlich den Garten besorgt, oder von einer Laubhütte im Wald. Immer noch liest er – wenn möglich – jeden Tag die Zeitung, zumeist gegen Mittag im Lesesaal der Stadtbücherei, und unterrichtet sich über die Kommunalpolitik. »*Diese Stadt gefällt mir schon lange nicht mehr*«*, sagt er, und ich nicke bestätigend.* »*Aber ich weiß nicht, wo es besser sein könnte*«*, fügt er hinzu und spricht mir ein zweitesmal aus der Seele.*

Im Grunde bleibt alles beim alten. Häuser werden abgerissen, Bäume gefällt, Straßen und Kaufhäuser gebaut, eine Fußgängerzone wird eingerichtet, die sich kaum von denen in Wilhelmshaven, Bielefeld, Gießen oder Kaiserslautern unterscheidet. In den Abbruchhäusern leben Türken, Griechen, Spanier und Jugoslawen, die Studentenzahlen verdoppeln oder verdreifachen sich. Aber ich werde das Gefühl nicht los, daß die Zeit steht. Depressionen, Tage, an denen die Umnebelung des Kopfes zunimmt und es schwerfällt, die nötigen Briefe zu schreiben. Wir sagen: das Wetter, der Südwestwind. Dann wieder Tage, an denen der Geist klar ist, die Gedanken sich häufen und doch nicht erdrücken. Ein seltsamer Zustand zwischen Schwermut und Glücksgefühl. Immer aber kostet es Mühe, den Zeitablauf nicht aus den Augen zu verlieren.

Vor einiger Zeit wurden auf dem Bartholomäus-Friedhof, vermutlich subventioniert aus Mitteln verschiedener öffentlicher Institutionen, Ausgrabungen vorgenommen. Man suchte die Gebeine Lichtenbergs, der dort vor fast 200 Jahren begraben wurde. Bekanntlich litt er an einer Verkrümmung der Wirbelsäule. Der in Tages- und Nachtarbeit tätige Ausgrabungsleiter, ein Mediziner, war der Meinung: »Eine Exhumierung, die mit dazu dienen soll, einen Verstorbenen in ein richtigeres, positives Licht zu rücken, ist ein Akt der Pietät. Eine schwere Skoliose ist mehr als nur ein Schönheitsfehler, sondern hat erhebliche Auswirkungen auf die inneren Organe.« Er wollte, unterstützt von literaturwissenschaftlichen und medizinischen Fachleuten, ein angeblich schiefes Bild von dem buckligen Wissenschaftler und Schriftsteller durch genauere Untersuchungen am Knochengerüst beseitigen, Vorurteile aus dem Weg räumen. Eine ungewöhnliche Form der Literaturforschung.

Man stieß unter dem Grabstein auf acht Skelette, sieben mit und eins ohne Kopf. »Eine dicke Packung von Skeletten«, sagt einer der beteiligten Archäologen. »Es bereitet uns erhebliche Schwierigkeiten, das verbogene Rückgrat des Gelehrten zu finden.« Das wunderte niemanden, denn über zwei Jahrhunderte war der Bartholomäus-Friedhof die öffentliche Begräbnisstätte der Stadt, und im Mittelalter befand sich dort ein Leprösenhospital. Das Gelände wurde bereits vor Jahrzehnten eingeebnet, so daß keiner der übriggebliebenen Grabsteine mehr an seinem ursprünglichen Platz steht.

Die Zeitung berichtete auf einer ganzen Sonderseite: »Während die stockdunkle Nacht von batteriegespeisten Lampen spärlich erhellt wurde, verpackten die Wissenschaftler Knochen, bei denen es sich um die von Lichtenberg handeln könnte.« Auf diese Weise erfuhr die Bevölkerung doch noch, daß es in dieser Stadt einmal einen Dichter gegeben hat, der freilich lange tot ist. Er dreht sich im Grabe um und sagt: »O ihr einfältigen Tröpfe. Hört, seid so gut und sagt mir, was ist es für Wetter in Amerika? Soll ich's statt eurer sagen? Gut. Es blitzt, hagelt, es ist dreckig, es ist schwül, es ist nicht auszustehn, es schneit, friert, wehet und die Sonne scheint.« Auf der wenige Kilometer entfernten Autobahn ziehen die Fahrzeugkolonnen von Norden nach Süden und von Süden nach Norden, von hier nach dort und von dort nach hier.

Vor wenigen Jahren haben die Mehrheitsverhältnisse im Stadtrat gewechselt, ohne daß sich merklich etwas geändert hätte. Nachdem die FDP während der Legislaturperiode plötzlich mit der CDU koalierte, *befand sich die vorher tonangebende SPD in der Opposition. Der starke Mann und Initiator dieses Kurswechsels bei der FDP wurde Oberstadtdirektor. Er war Stadtkämmerer und hatte gerade auf einem am Stadtwald gelegenen schönen Grundstück, das er zu einem ungewöhnlich günstigen Preis von der Stadt erwerben konnte, ein Haus gebaut, das nun – aus Angst vor Anschlägen – monatelang von der Polizei rund um die Uhr bewacht werden mußte. Der Fraktionsvorsitzende der CDU wurde Oberbürgermeister. Diesen hier ehrenamtlichen und nur mit einer Aufwandsentschädigung abgegoltenen Posten gab er jedoch nach drei Monaten zugunsten der gerade freigewordenen gutdotierten Kulturdezernentenstelle wieder auf. Der erwähnte Herr Fahlberg wurde neuer Fraktionsvorsitzender der FDP, Mitglied verschiedener Ausschüsse und ist Hauptanteilseigner einer Baufirma, die sich unter anderem dem Abriß alter Häuser und der Grundstücksspekulation widmet.*

Alle arbeiten Hand in Hand, und wer widerspricht, ist ein Unruhestifter oder gehört in die Klapsmühle. Wird das Fachwerkhaus in der Weender Landstraße von Studenten besetzt, rückt unverzüglich die Polizei an, um es zu räumen. Angeblich ist es baufällig, obwohl es erst ein Jahr zuvor ein neues Dach und neue Heizungen bekommen hat und obwohl ein Sachverständigengutachten der Hausbesetzer das Gegenteil beweist. Bei der Räumung von Hausbesetzern werden die noch von einer alten Frau bewohnten Zimmer gleich mit durchsucht. Daß dafür ein richterlicher Durchsuchungsbefehl nicht vorliegt – wen kümmert das schon.

Das Altstadtfest wird ausgeweitet, das Stadttheater für 23 Millionen um- und ausgebaut, das alte Rathaus aus Natursteinen mit einem Farbanstrich versehen. Die Weender Straße, die vor 1945 vorübergehend »Straße der SA« hieß, hat wieder ihren alten Namen, ebenso wie der Albaniplatz, der vorher »Adolf-Hitler-Platz« hieß. In einer zum fünfzigsten Jahrestag der nationalsozialistischen »Machtergreifung« herausgegebenen Broschüre erscheinen die Menschenschlächtervisagen der damaligen Herren Bürgermeister, Kreisleiter, Senatoren und so weiter. Man bedauert offiziell die schlimmen Jahre, in denen von Staats wegen Jagd auf jeden gemacht wurde, der sich nicht in die braunen Reihen einordnete. Man bedauert vor allem die zahlreichen Inhaftierten und Ermordeten, von denen viele in Konzentrationslagern umgekommen sind. Man bedauert weiter, daß jemand nicht Zugschaffner werden konnte, ein anderer keinen Gewerbeschein bekam, weil sie – vor 1933 – gesinnungsmäßig der SPD nahegestanden hatten.

Und dann liest der aufmerksame Bürger in einer kleinen Zeitungsnotiz, daß 23 im öffentlichen Dienst beschäftigte Kandidaten der DKP für die letzten Kommunalwahlen im Lande Anhörungsverfahren unterzogen werden. Von ihren Dienststellen sind sie gemäß den gesetzlichen Bestimmungen zuerst für Wahlkampfzwecke beurlaubt worden, denn die DKP ist eine zugelassene Partei und darf somit Kandidaten aufstellen, die ihr passives Wahlrecht wahrnehmen. Anschließend sollen diese Kandidaten dann aus dem öffentlichen Dienst entfernt werden, obwohl sie und ihre Partei – theoretisch – den Schutz des Grundgesetzes für sich beanspruchen dürfen. Kommt, wer so etwas sagt, in Verdacht? Hat er mit Maßnahmen zu rechnen? Muß jemand eine Vorliebe für oder eine Abneigung gegen eine bestimmte politische Richtung haben, um zu bemerken, daß eine derartige Vorgehensweise undemokratisch ist?

Auch hier die Frage: Wen kümmert das? Fragen über Fragen – keine Antworten. Man weiß nicht einmal genau, wer für solche Lumpereien verantwortlich zeichnet. Eigentlich, so wird es später vielleicht wieder einmal heißen, sei niemand direkt dafür zuständig gewesen. Der ausgestreckte Finger, der nach »drüben« zeigt und sich im nächsten Augenblick zu krümmen scheint. Mir flößt er Grauen ein, solange ich hier lebe. Ich komme damit nicht mehr zurecht. Und ich glaube auch nicht, daß sich etwas ändern wird, wenn man das hier und da einmal sagt oder schreibt. Empörung, Wut, Haß – sie wandeln sich nicht selten mit der Zeit in Achselzucken. Was tun?

In einer Nachbarstadt ist am Gymnasium immer noch ein Oberstudienrat tätig, der an seine Schüler die Bücher »Grundgedanken der nationalsozialistischen Weltanschauung« und »Kurzer Abriß der Rassenkunde« verteilte. Er war SS-Offizier und ist Mitglied der HIAG, einer Hilfsgemeinschaft der ehemaligen Angehörigen der Waffen-SS. Ein anderer Lehrer brachte seinen Schülern eine »Legende von den sechs Millionen vergaster Juden« nahe und gründete eine rechtsextreme Jungenschaft »Zugvogel«. Als sich Schüler, Eltern und andere Lehrer über solche Vorgänge empörten, erhielten die beiden Lehrer Unterstützung von dem Leiter des Gymnasiums, einem Oberstudiendirektor, der ebenfalls SS-Angehöriger war und Mitglied der HIAG ist. Der wiederum stellte seine hervorragende Qualifikation als Deutsch-, Latein- und Ethiklehrer, wie auch seine besondere Eignung als Schulleiter dadurch unter Beweis, daß er zum Beispiel ein lobendes Vorwort zu dem Buch »Ein anderer Hitler – Bericht seines Architekten Hermann Giesler« schrieb: »Ein monumentales Symbol menschlichen Lebens auf dieser Welt.«

Soweit ist alles eindeutig. Wie aber reagieren Verwaltung, Polizei und Justiz auf solche Umtriebe, die – wie jeder weiß – nach den blutigen Erfahrungen der Vergangenheit verboten und unter Strafe gestellt sind? Erstmal tut sich gar nichts. Dann steht alles in einer überregionalen Zeitung und es gibt einen öffentlichen Skandal. Die Lehrer werden vorübergehend beurlaubt, die Staatsanwaltschaft leitet Ermittlungen ein. Kurz darauf ist im Gespräch, der Oberstudiendirektor solle Leiter eines wissenschaftlichen Prüfungsamtes werden. Dann stellt die Staatsanwaltschaft die Ermittlungsverfahren gegen die Lehrer wieder ein und klagt stattdessen den Stadtdirektor an. Was, so fragt man sich, hat dieser nun verbrochen, außer daß er Sozialdemokrat ist? Er hat die Stirn besessen zu behaupten, die da ans Tageslicht gekommenen Vorgänge seien »braune Soße« und wer das verschleiern wolle, der lüge. Nicht mehr und nicht weniger. Das ist – so stellt die Staatsanwaltschaft fest – üble Nachrede und muß verfolgt werden. Jetzt dürfen die Lehrer weiter unterrichten, der Schulleiter übernimmt einen gutdotierten Posten bei der Landesbibliothek, die ärgsten Widersacher sind versetzt oder mundtot gemacht worden.

Polizei und Staatsanwaltschaft kann jedenfalls nicht der Vorwurf gemacht werden, sie seien untätig. Das Gegenteil ist der Fall. Der Buchladen »Rote Straße« wird morgens von der Polizei aufgebrochen und durchwühlt, gestöbert wird auch in den Wohnungen der Inhaber und in zahlreichen Studentenbuden. Man fahndet, sucht Beweismaterial, gefährliches Gedankengut, beschlagnahmt Bücher. Längst ist die sogenannte linke Szene bei der Polizei in einem geheimen Spezialcomputersystem, das sich Spudok nennt, erfaßt worden. Ein besonderes Aufklärungs- und Festnahmekommando sorgt auf seine Art für die Sicherheit der Bürger. Liest man von Studenten aufgezeichnete Funksprüche dieses Sonderkommandos, das seine Gegner als »Schweinsgesichter« und »Chaotentypen« bezeichnet, so kann einem schlecht werden. Alles Beamte, ein neuer, zuverlässiger Staatsschutz. Worte wie: »Hau ihm welche«, »aufmischen«, »kleines Loch hacken, reinschmeißen...« Und wird bei der Eröffnung einer Ausstellung politischer Kunst im Künstlerhaus gesagt, daß vor dem Gesetz offenbar doch nicht alle gleich seien, erhebt sich der Oberbürgermeister, emeritierter Professor der Rechtsgelehrsamkeit und Jäger, und erklärt den Redner zum Lügner. »Die zerstören unseren Staat.«

Auf der ersten Lokalseite des Tageblatts lautet eine Anzeige gleich neben dem Titelkopf: »Das deutsche Volk gedenkt seiner tapferen Soldaten.« Aber die Gegenanzeige einer Friedensinitiative »Solange es Ar-

meen gibt, gibt es auch Kriege. Nie wieder Krieg!« darf nicht erscheinen, wie auch eine Anzeige gegen Berufsverbote zurückgewiesen wurde. Blättern wir zurück, lesen wir in derselben Zeitung schon unter dem 25. April 1925, daß sich bedauerlicherweise noch niemand gefunden habe, der dem »hebräischen Schmutzfinken« Kurt Tucholsky »den Davidstern mit der Reitpeitsche ins Gesicht gezeichnet hätte«. Oder wir erfahren, wie jüdische Geschäfte seit 1933 »arisiert«, wie unter Einsatz von Zwangsarbeitern Firmen aufgebaut wurden und wer für die NSDAP Propaganda gemacht hat. Und nach 1945 stoßen wir in Wirtschaft und Politik nicht selten auf dieselben Namen, die noch in der folgenden Generation bis heute für Besitz und Einfluß stehen.

Auf Schritt und Tritt die Erkenntnis: In diesem Land hat nie eine Revolution stattgefunden. Dagegen sind über Jahrzehnte und Jahrhunderte hinweg die Besten eines Volkes im wahrsten Sinne des Wortes einen Kopf kürzer gemacht worden. Was ist geblieben? Gewalt, Lüge, Dreck. Der Mief dringt durch die Wände auf die Straßen, und wer ihn nicht atmen will, muß ersticken. In seinem »Handorakel« sagte Gracian: »Viele verlieren den Verstand deshalb nicht, weil sie keinen haben«.

XVII

Irgendwo biegen wir von der Autobahn ab, die Landstraße führt durch Wald, vorbei an Wiesen und Äckern, bis wir vor uns die ersten zwei- und dreistöckigen Häuser und den Kirchturm sehen. Mit Max fahre ich in die Nachbarstadt M. zu einer öffentlichen Ratssitzung und Bürgeranhörung. Auf der Hauptstraße gelangen wir bis zu einem Platz, an dem und in dessen Nähe Sparkasse, einige Gaststätten, die Stadtverwaltung und die Stadthalle liegen, dort parken wir das Auto.

Die Presse hat über einen Skandal berichtet, und zwar steht in der gerade zur Tausendjahrfeier herausgekommenen Stadtchronik neben anderen Ungeheuerlichkeiten, der Zweite Weltkrieg sei ein Selbstbehauptungskampf des deutschen Volkes für Freiheit, Familie und Vaterland gewesen, die Judenverfolgung eine Reaktion auf die Herausforderungen durch das Judentum.

Ob in Soltau in der Lüneburger Heide oder in Hannoversch Münden an der Weser oder in Wittmund in Ostfriesland oder in Moringen bei Göttingen – die Verhältnisse gleichen sich fast aufs Haar. Man könnte viele, eine Unzahl solcher Orte nennen, auf die Namen kommt es gar nicht an. Hier hat der später stellvertretende Stadtdirektor 1938 die Fensterscheiben jüdischer Geschäftsleute eingeschlagen, Regimegegner wurden im Rathauskeller mit Schweißbrennern gefoltert, Antifaschisten auf der Straße erschlagen, im Fluß vor der Stadt ertränkt oder in Vernichtungslager abtransportiert. Dort hat die Frau des Bürgermeisters damals als Sekretärin im Konzentrationslager gearbeitet, der Vater eines Schreinermeisters und Ratsherren den SS-Kommandanten beherbergt, der Vater eines anderen Ratsherren die im Nachthemd auf die Straße gejagten jüdischen Frauen mit der Reitpeitsche geprügelt.

Aber hinterher hat selbstverständlich niemand etwas gewußt. Und in den Kneipen hört man dann zu vorgerückter Stunde, daß ja damals alles gar nicht so schlimm gewesen sei, wie es teilweise heute dargestellt werde, von diesen Spinnern und Chaoten, von diesem ganzen linken Gesocks, das man am besten kastrieren oder wenigstens in Arbeitslager stecken sollte.

Der Chronist meldet, schon 1848 seien durch außerdeutsche Mächte vermehrt von außen subversive Kräfte in die Freiheitsbewegung eingeschleust worden, um unter deren Deckmantel radikale Unruhestiftung zu betreiben. Der König aber habe gewußt, daß er sich auf seine niedersächsischen Bauern verlassen und seinen Landeskindern getrost Waffen in die Hand geben konnte. Mit Adlerblicken habe er die Entwicklung der Lage beobachtet. Als sich in M. 24 Aufsässige zusammenrotteten, in Klosterhof und Amtsgebäude eindrangen und dort die Fensterscheiben und das Inventar zerschlugen, wurde eine Bürgerwehr gebildet, wie es den Anordnungen des Königs entsprach. Zu unserer Überraschung erfahren wir (und solche Sätze kann man nur zitieren): »Damit war aber die Bürgerwehr nicht, wie heute landläufig so gern und häufig verbreitet, ein bewaffneter Zusammenschluß revolutionierender Bürgerhaufen, sondern eine vom hannoverschen König angeregte, von der Bevölkerung freigewählte Selbstschutzorganisation zum Schutze von Volk und Staat und zur Aufrechterhaltung der staatlichen und kommunalen Ordnung!«

Jetzt wissen wir alles über die deutsche Freiheitsbewegung und können uns getrost der nationalsozialistischen Vergangenheit zuwenden, für die offenbar wichtig und kennzeichnend war, daß 1943 mit dem Bau von eingedeckten Splittergräben begonnen wurde, woran auch 240 Zöglinge des Jugendschutzlagers beteiligt waren.

Hier stutzt der informierte Zeitgenosse zum soundsovielten Male, weiß er doch, daß es sich dabei um die Insassen eines Jugend-KZs gehandelt hat, und wie mit ihnen in Wirklichkeit umgegangen wurde, ist ebenfalls bekannt. Jedenfalls gelang es 700 Gefangenen, zum Teil Kinder von Widerstandskämpfern, im April 1945 gerade noch mit letzter Kraft, sich aus einer brennenden Scheune zu befreien, in die sie von den SS-Wachmannschaften eingeschlossen worden waren. Kein Wort darüber in so einem Buch. Statt dessen läßt sich nachlesen: »Eifrig schaufelten die Jungvolk-Pimpfe vom Fähnlein 11 des Jungbanns 256 mit.«

Über die Juden ist zu erfahren, daß im Herbst 1938 Boykottmaßnahmen gegen deutsche Geschäfte im Ausland die unter nationalsozialistischer Herrschaft bestehenden deutsch-jüdischen Spannungen verschärft hätten. In einigen Großstädten der USA seien auf jüdische Anstiftung hin deutschen Geschäften die Schaufenster eingeworfen worden; auf Repräsentanten des Reichs seien Mordanschläge verübt und in Paris der deutsche Gesandtschaftsrat Ernst vom Rath von einem polnischen Juden erschossen worden. Derartige Pogrome habe sich das deutsche Volk nicht bieten lassen wollen, worauf es zur Reichskristallnacht gekommen sei, in deren Verlauf einige radikale Elemente in SS und SA bedauerlicherweise die notwendige Selbstbeherrschung verloren. Weiter weiß der Chronist zu berichten, daß 25 Jahre nach Ausbruch des ersten großen Selbstbehauptungskrieges unseres Jahrhunderts, in den das deutsche Kaiserreich hineinmanövriert wurde, die Söhne der Stadt erneut in einen Selbstbehauptungskrieg ziehen mußten, in dem die Nachfolgeprobleme ausgekämpft wurden. Kennen wir diese Ansichten nicht schon aus Gesprächen am heimischen Mittagstisch, in Kneipen oder mit Arbeitskollegen?

Die Ratsherren in M. tun sich schwer damit, eine solche sogenannte Chronik, als deren Herausgeber die Stadt zeichnet, nach vehementen Protesten nicht nur aus der eigenen Bevölkerung, aus dem Verkehr zu ziehen. Verblüfft und erschrocken, zum Teil aber auch Beifall klatschend, vernehmen die Zuhörer in der Stadthalle die zahlreichen bösartigen, mittelalterlichen Sätze: »Haben denn die anderen keine Kriegsverbrechen begangen? – Linke Chaoten, die ihr Süppchen an unserem Feuer kochen wollen! – Nur unsere Pflicht fürs Vaterland getan, als Soldat die Welt kennengelernt. – Die wollen uns nur in den Dreck ziehen. – Wer im KZ saß, brauchte wenigstens nicht an die Front.«

Man ist aber auch für Liberalität, für die Freiheit des Andersdenkenden, für sachliche Auseinandersetzung. In solchen Fällen. Und der Chronist, »der wird jetzt in den Schmutz gezerrt«. Promovierter Biologe und Hobbyhistoriker, 64 Jahre alt. In einer Erklärung, die verlesen wird, wendet er sich gegen die »Rufmordkampagne« und besteht darauf: »Mein Buch ist ein rein geschichtliches Werk und völlig unpolitisch.« Vor allem verwahrt er sich. Nur Böswillige, das ist seine feste Überzeugung, können in so eine Festschrift politische Aspekte hineininterpretieren. Verdient das etwa keine Entrüstung, keinen Protest? Ihm, dem Chronisten und Schriftsteller, soll ein Einheitsgeschichtsbild diktatorisch aufgezwungen werden. Unqualifizierte Tiraden, sagt er, Polemik und Rufmord.

So sieht das aus, in unseren deutschen Städten und Dörfern. Zum Schluß haben die Juden die Nazis vergast, und die alten oder neuen Nazis sagen (und auch so etwas kann man nur zitieren): »Gerade das unterscheidet den freien Rechtsstaat Bundesrepublik von Diktaturen, in welchen es nur ein staatlich befohlenes Geschichtsbild gibt, daß in unserer Bundesrepublik immer mehrere Auffassungen zu geschichtlichen Abläufen frei geäußert werden können. Die Chronik ist ein wissenschaftliches Werk, welches nach dem Grundgesetz der Zusicherung der Freiheit von Wissenschaft und Forschung unterliegt. Als Werk der Literatur gehört sie zu den geschützten Werken nach dem Urhebergesetz.«

Unser Rechtsstaat, unsere Republik. Auf der einen Seite Betroffenheit und Trauer, auch hilflose Ironie und Zynismus; auf der anderen Seite diese verlogene Schlitzohrigkeit, diese Gemeinheit und Doppelzüngigkeit, diese wabernde, lumpige, vollgefressene Selbstgerechtigkeit. Sogar ein Schuldiger wird endlich gefunden: Ein junger Pastor, der sich schon vorher – allerdings vergeblich – für einen Gedenkstein im ehemaligen Konzentrationslager eingesetzt hatte, und gegen den im Ort Unterschriften gesammelt wurden. Er habe, so ist zu erfahren, Auszüge des Buches schon vor der Drucklegung gesehen und hätte ja, zeitig genug, etwas unternehmen können. Jawohl. Ob er sich wenigstens seelsorgerlich um die schwerbetroffene Familie des Chronisten gekümmert habe, auf die jetzt mit Schmutz geworfen werde. Jawohl. Das sagt man und meint man. In unserm Rechtsstaat, in unserer Republik. »Den für die Existenz ihres Vaterlandes und zum Schutz ihrer Angehörigen für Kaiser und Reich gefallenen Söhnen setzten die Bürger 1923 im alten Stadtpark ein schönes Kriegerdenkmal zum Gedenken.« Immerhin, die Herausgeberschaft der Stadt wird durch Ratsbeschluß zurückgenommen; mit einem zweiten Beschluß wird anerkannt, was sowieso jeder weiß: Daß es in der Stadt ein Konzentrationslager gegeben hat. »So ein Affentheater«, sagt Max, und daß er Kopfschmerzen habe.

Hinterher sitzen wir bei einem Bier zusammen, und Max ist sehr schweigsam geworden. »Mir geht das an die Nieren«, sagt er schließlich. »Weißt du, mein Vater ist ja auch alter Nazi. Und er hat sich in seinen Ansichten nicht erheblich geändert, nur den veränderten Bedingungen etwas angepaßt.« Gräbt man an dieser Stelle tiefer, enthüllt sich eine typisch deutsche Karriere.

Der Sohn eines Rechtsanwalts – ist er nicht völlig auf den Kopf gefallen – studiert selbstverständlich. In den zwanziger Jahren, und daran hat sich wohl bis heute nichts geändert, besuchten solche Sprößlinge ein humanistisches Ratsgymnasium in ihrer Vaterstadt. 1929, mit achtzehn Jahren, wurde das Abitur gemacht, danach – auch das verstand sich fast von selbst – Rechtswissenschaft studiert. Die obligatorische Studentenverbindung war in diesem Fall eine Burschenschaft namens »Derendingia«. 1934 gab es das Referendarexamen am Oberlandesgericht Celle, 1937 das Regierungsassessorexamen im Preußischen Innenministerium in Berlin. In dieser Zeit besuchte man schon mal ein KZ und erfreute sich an Disziplin und Ordnungssinn der Wachmannschaften, die dort natürlich nur kriminelle, asoziale und terroristische Elemente, also Volksschädlinge, in Schach hielten. 1938 war man schon Stellvertreter des Landrats in einem brandenburgischen Landkreis, danach kommissarischer Landrat und kurz darauf Landrat im Wartheland. Indessen heiratete man die Tochter eines nicht unvermögenden mittelrheinischen Kaufmanns, die zwei Kinder gebar, einen Jungen und ein Mädchen. Alles war bestens geordnet, so hätte es weitergehen können.

Aber dann wie eine Naturkatastrophe die Niederlage, der Zusammenbruch. Stünde man nicht im Kreuzfeuer der öffentlichen Meinung, würde man, auch heute noch, sagen: schmachvoll. Dabei – wenn man es sich heute überlege: Wäre die Entwicklung der Raketenwaffe und der Düsenjäger nur etwas rascher gegangen, hätte Hitler womöglich als erster die Atomwaffe zum Einsatz bringen können – wer weiß, wie der Krieg ausgegangen wäre. Der deutsche Soldat habe es jedenfalls, wir wissen das nur zu gut, an Einsatzbereitschaft und Opfermut nicht fehlen lassen. Unübertroffen, das könne man getrost sagen. Auch heute noch. Nun gut, die Judenvernichtung, das war ein großer Fehler, das hätte nicht sein müssen. Obwohl – 4,5 oder sogar 5,3 Millionen Juden, wo sollten die denn hergekommen sein? Abgesehen davon, daß diese Leute ja keiner auf der Welt gemocht habe und erst recht nicht habe nehmen wollen. Im übrigen erinnere man sich an Cäsar, wie der die Gallier habe über die Klinge springen lassen, nachzulesen bis in alle Einzelheiten im Bellum Gallicum. »Gallia est omnis divisa in partes tres« und so weiter. Eine eindrucksvolle Persönlichkeit, ebenso wie Napoleon, Bismarck oder auch der Führer. Den habe man selber kennengelernt, ihm Auge in Auge einmal gegenübergestanden und den festen Druck seiner Hand gespürt, ein wirklich faszinierender Mann, dieser Hitler. Aber sonst, wenn man sich das alles einmal nüchtern überlege, dann entbehre es nicht einer gewissen Tragik.

Mit solchen Ansichten, den guten Verbindungen, einem durch Erbschaften erworbenen Finanzpolster und erheblichen Zuschüssen aus dem Marshallplan konnte man bald nach Kriegsende ein kleines Unternehmen in der metallverarbeitenden Industrie aufbauen. Wer war damals nicht froh und glücklich, wenn man ihm Arbeit bot? Die Devise hieß: anpacken und aufbauen. Und keiner fragte nach Überstundengeldern, Weihnachtsgratifikationen, kürzerer Arbeitszeit oder längerem Urlaub, geschweige denn nach Mitbestimmung. Der Prokurist: ein alter verläßlicher Kamerad, unter dessen Verantwortung die Firma ungeahnten Aufschwung nahm. Liberal wie man war, dazu mit entsprechenden Kenntnissen, betätigte man sich auch ein wenig in der Kommunalpolitik, bald sogar schon in der Landespolitik. Das hatte ja letztlich durchaus positive Rückwirkungen auf die Firma. Man wurde Mitglied des »Gelben Kreises«, der »Lions« und war wieder Alter Herr seiner Verbindung. Erneut ging es mit Riesenschritten voran. Schließlich die erfolgreiche Kandidatur zum Abgeordneten des Deutschen Bundestages.

Und für den Sohn wurde, als er 13 Jahre alt war, ein Internatsplatz gesucht und ausfindig gemacht. Allerdings war Max in der Zwischenzeit nicht untätig. Von einem älteren Schüler kaufte er sich eine Schreckschußpistole, eine gefährlich aussehende schwarzglänzende Waffe, bei deren Anblick seine Mutter in hysterische Schreie ausbrach. »Glaubt bloß nicht, daß ihr mich ins Internat bekommt«, sagte Max in drohendem, aufsässigem Ton, obwohl ihm das Weinen in der Kehle steckte. Ein etwas schwieriger, zur Fettleibigkeit neigender Junge, der sich die fehlende Elternliebe durch das Insichhineinstopfen von Schokolade, Kuchen, Eis und anderen Süßigkeiten zu ersetzen versuchte. Aber nicht nur sein Ungehorsam, seine Widerworte bei jeder Gelegenheit und mangelhafte Leistungen in der Schule erregten den Unwillen der Eltern; hinzu kamen zerschlagenes Spielzeug, zerbrochenes Mobiliar, eine auseinandergenommene Empire-Standuhr, mehrere aus dem Fenster geworfene Fotobände über den ersten und zweiten Weltkrieg, ein unter der Hand verkauftes Fahrrad. Die Mutter sagte zum Vater: »Ich werde mit dem Jungen nicht mehr fertig.« Später sagte sie bei einer Elternversammlung zum Schulsprecher, der sich über Mißstände im Internat beklagte: »Wenn Sie hier schon so große Töne spucken, dann nehmen Sie wenigstens die Hand dabei aus der Hosentasche, Sie Flegel!«

Der Vater war zur Vorbereitung seiner in der Bundespolitik angestrebten Karriere viel unterwegs. Kam er einen Tag nach Hause, berichtete die Mutter von den Verfehlungen des Sohnes, und es gab zuallererst Prügel. Zu diesem Zweck lag ein Rohrstock bereit. War dieser, was häufig vorkam, nicht auffindbar, erfüllten Kochlöffel, Lineal oder Hundepeitsche denselben Zweck. »Wenn du Abgeordneter werden willst«, sagte die Mutter, »kommt mir der Junge aus dem Haus.« Die sofortige Herausgabe der Pistole wurde verlangt und verweigert.

Dann stand, auf Veranlassung der Eltern, eines Morgens ein uniformierter Polizist am Bett des Jungen – es war sehr früh an einem Sonntag – und durchsuchte, nachdem sämtliche Aufforderungen und Drohungen nichts gefruchtet hatten, das Zimmer. Die Schreckschußpistole wurde beschlagnahmt. Beim gemeinsamen Frühstück, vor dem Kirchgang, gab es lautstarke Auseinandersetzungen, Ohrfeigen, einen umgestoßenen und einen umgekippten Stuhl. Anschließend verließ der Dreizehnjährige unter Protestgeschrei das Haus, bis an die Gartenpforte verfolgt von seinem bis zur Unberechenbarkeit erregten Vater. Am Abend wurde festgestellt, daß sowohl das Familienauto als auch der Sohn fehlten. Eine kurzfristig eingeleitete polizeiliche Fahndung verlief zunächst ergebnislos.

Familienszenen, die uns nicht unbekannt sind, keinem von uns, ob aus eigenem Erleben oder vom Hörensagen. Max bestellt ein weiteres Bier und sagt, ohne ersichtlichen Zusammenhang: »In letzter Zeit beobachte ich an mir Eigenschaften, die ich von meinem Vater oder meiner Mutter her genau kenne und die ich immer abgelehnt habe. Das macht mich ganz krank.« Er trinkt hastig aus, wischt sich mit dem Handrücken über den Mund und ruft zur Theke hinüber: »Noch ein Bier!« Als er mich fragend anblickt, sage ich rasch: »Leider muß ich noch Auto fahren.«

Er zieht seine Brieftasche heraus und entnimmt ihr ein Foto, das er mir über den Tisch reicht. Seine Eltern, das ist auf den ersten Blick erkennbar. Sie sind nicht mehr ganz jung, aber auch noch nicht alt. Ein hochgewachsener schwerer Mann mit derbem Bauerngesicht, das würdevoll, aber nicht ungemütlich wirkt. Die leicht zusammengekniffenen Augen blicken direkt in die Kamera. Die Frau schaut ihren Ehemann an, sie ist erheblich kleiner und macht eine steifen, etwas vertrockneten Eindruck. Das Ehepaar ist dunkel und festlich gekleidet. Es steht Arm in Arm auf dem Kies eines Gartenweges, der im Hintergrund auf ein schmiedeeisernes Tor zuführt. Kennt man den Sohn, fällt die Ähnlichkeit zum Vater in Haltung, Statur und Physiognomie deutlich ins Auge. »Das Bild wurde zur Silberhochzeit aufgenommen«, erklärt Max, als müsse er sich für etwas entschuldigen. »Damals, als ich mit dem Auto abgehauen bin, waren beide etwa zehn Jahre jünger und noch erheblich vitaler.«

In der Nacht bemerkte eine Streife der Autobahnpolizei einen am Rand der Fahrbahn in Richtung Süden geparkten Wagen, in dessen Innern sich ein Junge zum Schlafen hingelegt hatte. Der Tank des

Autos war leergefahren. Gegen Morgen wurde Max mit einem Taxi von seinem Vater zurückgeholt und in der Woche darauf ins Internat abtransportiert. Dort machte er, nach zweimaligem Sitzenbleiben, im Alter von zwanzig Jahren das Abitur.

»Weißt du, was das heißt, auf so ein Internat geschickt worden zu sein?« fragt er mich. »Ich hatte leider nie diese Möglichkeit«, antworte ich, zugegebenermaßen ironisch, aber er hört darüber hinweg. Immer noch fährt er ein- bis zweimal im Jahr zu Schulfesten und Ehemaligentreffen. »Eine sentimentale und eigentlich unverständliche Anhänglichkeit«, sagt er. Im vergangenen Jahr reiste er, zusammen mit Renate, an den ehemaligen Familienurlaubsort im österreichischen Kaiser-Gebirge; nur um zu sehen, wie es dort heute aussieht, sagte er. Wo er damals in kurzen Hosen, Matrosenjacke und weißen Kniestrümpfen herumgelaufen ist.

»Was kann aus solchen Kindern schon werden?« fragt Max und bestellt sich ein Bier und einen doppelten Wacholder.

»Das sieht man doch an dir«, entgegne ich.

»Ja, aber –«, antwortet er und trinkt.

»Lebt dein Vater noch mit dieser Gräfin zusammen?« frage ich.

Er nickt. »Ich beginne ihn immer mehr zu hassen«, sagt er unvermittelt, »kannst du dir das vorstellen?« Ich schüttele den Kopf, aber er fährt fort: »Er hat mir neulich gesagt, ich sei ja nur ein dummer Volksschullehrer geworden und er schäme sich für mich.«

Auf ausdrücklichen Wunsch seines Vaters studierte Max nach dem Abitur zunächst Volkswirtschaft. Am Ende jeden Semesters hatte er zu Hause einen schriftlichen Erfolgsbericht und gegebenenfalls erworbene Scheine abzuliefern. Unbotmäßigkeiten, wozu beispielsweise vergessene Gratulationen zum Muttertag gehörten, wurden mit vorübergehenden Kürzungen der Unterhaltszahlung geahndet. Nachdem er dreimal vergeblich versucht hatte, den Statistik-Schein zu erwerben, gab er dieses Studium nach dem zwölften Semester auf und schrieb sich an einer Pädagogischen Hochschule ein. Da ihm sein Vater sofort den Monatswechsel sperrte, verdiente er sich in den folgenden drei Jahren bis zum ersten Lehrerexamen seinen Lebensunterhalt mit Gelegenheitsarbeiten. Bei der Suche nach einträglichen Jobs, das gibt Max freimütig zu, ist ihm die Erwähnung immer sehr hilfreich gewesen, daß sein Vater Bundestagsabgeordneter sei.

Zu Hause geht das Familienleben auch nach dem Tod der Mutter weiter. Die sechzigjährige Gräfin, die neue Lebensgefährtin, hat einen etwa fünfunddreißigjährigen Sohn aus erster Ehe, der seit mehr als fünfzehn Jahren Arabistik studiert, ein Apartment und einen Sportwagen besitzt und sich von seiner Mutter aushalten läßt; die wiederum läßt sich, da ihr eigenes Vermögen erschöpft ist und sie über keine ausreichenden Einnahmen mehr verfügt, von Max' Vater aushalten. Geht man jedoch weiterhin chronologisch vor, darf nicht unerwähnt bleiben, daß Max aus dem Nachlaß der Mutter ein Dreifamilienhaus erhalten sollte, sobald er die Prüfungen zum Diplomvolkswirt bestünde. An Vermögenswerten hat es in dieser Familie nie gefehlt.

Zuerst aber, noch zu Lebzeiten der Mutter, war gebaut worden, und zwar auf einem besonders preisgünstig erworbenen Grundstück in bester Hanglage. Es versteht sich fast von selbst, daß der Vater, inzwischen Vorsitzender irgendeines entsprechenden Bundestagsausschusses, kostenlos einen kompakten Atombunker unter seine Kellerräume setzen ließ, als angebliches Anschauungs- und Erprobungsobjekt, wodurch sich zugleich die Bausumme ermäßigte. Dieser Schutzraum, der sogar über einen zweiten Ausgang in den Garten unterhalb des Hauses verfügte, wurde allerdings so konzipiert, daß er in Friedenszeiten als Schwimmbad genutzt werden konnte. Hier durfte der Vater Erholung von der schweren Verantwortung des für das allgemeine Wohl sich aufopfernden Politikers suchen, und dabei leistete ihm anfangs seine angetraute Ehefrau Gesellschaft, nach deren Tod dann mehrere Monate lang eine unter dem Namen Lollo stadtbekannte Bardame und Prostituierte.

Mit Spannung habe ich eine von Max zusammengestellte Dokumentation mit Briefen seines Vaters gelesen, die eine gerichtliche Auseinandersetzung nach sich zog. In gebundener Form an Familienmitglieder und Freunde der Familie versandt – sozusagen als Racheakt –, enthält sie zum Beispiel die zahlreichen Anfragen nach Studienfortgang, Anmahnungen nachträglicher Muttertagsgrüße oder Geburtstagsglückwünsche, Auflistungen gezahlten Unterhalts und der engeren Familie in Fotokopie zur Kenntnis gegebene Briefe des Vaters an namhafte Parteifreunde, Minister und sogar Kanzler und Präsidenten sowie manchmal deren Antworten. Großen Raum nimmt die Anforderung und Anmahnung von Studienbescheinigungen ein, die für die Beantragung und den weiteren Bezug von Kindergeld zu Anfang jeden Semesters dringend erforderlich waren. Aber auch die Grabrede des Vaters anläßlich der Beisetzung der Mutter im Familiengrab ist enthalten, wobei die mehrzeiligen Reflexionen über den Sinn des

Lebens, der Rückblick auf besinnliche Stunden und der zitierte Vierzeiler eines lyrisch ambitionierten Fraktionskollegen besondere Hervorhebung verdienen. Alles in allem eine Fundgrube für Familiensoziologen und vor allem für Psychologen, die nach Belegen für das kindlich-robuste Gemüt von Berufspolitikern suchen.

»Ich hätte mir damals den Statistik-Schein gegen einen Tausender natürlich auch von einem Studienkollegen machen lassen können«, sagt Max, »aber der Alte hat ja nie Geld herausgerückt, und in der Diplomprüfung hätte ich vor demselben Problem gestanden. Hinzu kam, daß ich nie Volkswirtschaft hatte studieren wollen.«

So verwickelt können die Verhältnisse sein. Zwischenzeitlich hatte man sich wieder vertragen, so daß Max während seiner Semesterferien drei Monate im Haus der Eltern verbringen konnte. Alles stand ihm zur Verfügung, nur kein Geld. Deswegen versilberte er, als seine Eltern für vier Wochen in Urlaub fuhren, kurzerhand eine Münzsammlung seines Vaters. Von dem Erlös veranstaltete er dann eine großangelegte und mehrere Tage dauernde Party, zu der er Studienkollegen wie auch ehemalige Schulfreunde und -freundinnen einlud. Eine Party, die nach Max' Worten »total« war und durch sämtliche Räume einschließlich des Atombunkerschwimmbades ging. Das war er seinen Freunden und Bekannten seit Jahren schuldig, sie kamen gern. Und man amüsierte sich hervorragend.

Im Wohnzimmer explodierte allerdings, so erzählt Max, beim Anstechen ein Fünfzigliterfaß Bier. Dann mußte einer der Gäste mit einer Alkoholvergiftung vom Notarztwagen ins Krankenhaus befördert werden. Weiter hatte sich ein heller Orientteppich rot eingefärbt, da sich Bier und Rotwein bekanntlich nicht vertragen. Außerdem hatte im Garten ein ehemaliger Internatsschüler, verzweifelt über die zutage getretene Untreue seiner Freundin, sämtliche neu gepflanzten Bäume ausgerissen oder abgeknickt. Und im Elternschlafzimmer waren zu allem Überfluß die strapazierten Betten zusammengekracht.

Max hatte es vorgezogen, noch vor der Ankunft seiner Eltern an den Studienort zurückzukehren, und der folgende Bruch war endgültig gewesen. Keinen Pfennig mehr, hieß das, kein Haus, nicht einmal eine Eigentumswohnung. »In volltrunkenem Zustand«, sagt er mit schwerer Zunge, »verliere ich die Kontrolle über mich, das geht meinem Alten übrigens genauso. Ich könnte dir Sachen erzählen – ein regelrechtes Schwein ...« Er trinkt einen Schnaps und nimmt einen kräftigen Schluck Bier. Damals habe er kurz davorgestanden, sich das

Leben zu nehmen. Ihm sei auch durch den Kopf gegangen, das Haus seiner Eltern in die Luft zu sprengen oder anzuzünden. Etwa eine Woche habe er allein inmitten des von ihm und seinen Freunden angerichteten Chaos gesessen und darüber nachgegrübelt. Über diese Krise sei er im Laufe der folgenden Monate nur ganz allmählich hinweggekommen, wobei ihm Renate, die er damals kennenlernte, sehr geholfen habe.

Dann schweigt Max und trinkt. Ich schweige ebenfalls. Auch so eine exemplarische Familiengeschichte, und doch mit ungemein überraschenden Wendungen. Wenn ich Max so gegenübersitze, der jetzt wieder wütend und zugleich voller sentimentalem Selbstmitleid eine Anekdote nach der anderen über seinen Vater erzählt, überkommt mich nach und nach ein Gefühl von Gelassenheit und Frohsinn, gegen das ich mich vergeblich zu wehren versuche. Als könne ich mit meiner eigenen Kindheit und Jugend richtig zufrieden sein.

XVIII

Von einigen wenigen Skandalen nur erfahren wir aus der Zeitung. Wer hätte gedacht, daß sich die Frau eines Bundespostministers an dem Preisausschreiben eines Tabak-Konzerns beteiligt, wer geglaubt, daß sie ihre Briefschaften mit Marken frankiert, die sich ihr Mann im Dienst aneignet. Hätte sie ihre Lösungskarte nicht mit einer dieser Olympiasondermarken versehen, deren gesamte Auflage wegen des Boykotts der Olympischen Spiele in Moskau nie ausgeliefert worden ist – wir hätten niemals von solchen Sparmaßnahmen im Hause eines unserer Minister erfahren. So aber erbrachte kürzlich das erste von Sammlern ausfindig gemachte Liebhaberexemplar einen Versteigerungserlös von 46.000 Mark. Nun hat die Ministergattin einen ganzen Bogen zu 50 Marken für ihre Privatkorrespondenz verwendet, und darauf gründet sich die Hoffnung unzähliger Sammler in dieser sonst so hoffnungsarmen Zeit.

Manche Geschichten und Affären beginnen unauffällig, fast belanglos, und dann ziehen sie nach und nach immer weitere Kreise wie ein ins Wasser geworfener Stein. Zum Beispiel diese erstaunlichen, unerwarteten Worte an der repräsentativen Bronzetür des neuen Rathauses, wenn auch nur ganz klein in eine Ecke graviert und mit Mühe zu entziffern, eines Morgens zitiert auf der ersten Lokalseite der Tageszeitung: »Das 1949 erlassene Grundgesetz für die BRD sollte die geistige Freiheit des Einzelnen gegenüber Staat und Öffentlichkeit sichern. Ein Teil dieser Rechte wurde von Politikern und Verfassungsrichtern nach und nach wieder abgebaut. So wurde die BRD fast widerspruchslos atomare Basis der USA für einen möglichen Atomkrieg der Supermächte. Die meisten Bundesdeutschen, ausschließlich an der Konsumfreiheit interessiert, verschließen ihre Augen vor dieser Entwicklung.«

Freilich durfte es niemanden wundern, wenn im Stadtrat plötzlich, nachdem jemand eher zufällig zwischen den Bronzereliefs auf solche Zeilen gestoßen war, von Provokation und arglistiger Täuschung durch den Künstler, einen Professor aus Braunschweig, die Rede war. Ein Skandal bahnte sich an. Ein Fraktionsvorsitzender sprach von Entstellung und Geschichtsklitterung, die der Korrektur bedürften. Unausgewogen, einseitig, extrem, extremistisch. Die Kunst hat die politische Einstellung des Auftraggebers gebührend zu berücksichtigen – alles andere ist Terrorismus. Nach Meinung einer großen, aber radikalen Minderheit gehören solche Leute, die so etwas machen, an die Wand gestellt oder vergast. Aber zuerst einmal erläuterte der Baudezernent die Rechtslage: »Entweder das Werk so akzeptieren, wie es ist, oder die ganze Tür weg.« Dann folgte seine persönliche Meinung, sozusagen als Mensch: »Gerade dadurch, daß wir die Tür tolerieren, sollten wir beweisen, daß der Künstler mit seiner Ansicht über die geistige Unfreiheit in diesem Land unrecht hat.«

Sie sind immer »wir«. Ihr Staat ist immer »unser«. Ihre Behörden sind immer »meine«, ihre Mitarbeiter auch. Ihre Meinung ist immer die richtige, die maßgebliche sowieso. Rücken andere an ihre Stelle, bleibt alles wie vorher. Nach einer Ratsdebatte konnten wir die Diskussionsbeiträge zum Frühstück nachlesen: »Machwerk primitiver Propaganda – Primitiv–Ideologie – Ideologische Keulen – Und so etwas hat den Titel eines deutschen Professors – Wehrhaftigkeit unserer Demokratie.« Jemand schämte sich, Bürger dieser Stadt zu sein, eine Ratsberrin kroch auf Knien vor dem Portal herum, um alles genau abzuschreiben. Vielleicht liege es in der Absicht des Künstlers, so wurde vermutet, die Jugend den radikalen Parteien in die Arme zu treiben. Solange dieses Schandmal stehe, sagte ein Kommunalpolitiker, werde er keinen Fuß mehr in den Ratssaal setzen. Auch Gegenstimmen, Argumente. Ein Gutachten dreier Wissenschaftler sollte Abhilfe schaffen. Denn immerhin ging es um ein öffentliches Portal, und bekanntlich überdauern solche Kunstwerke manchmal die Jahrhunderte.

Wer aber empörte sich, als der Rat der Stadt fast gleichzeitig eine neue Verordnung beschloß, durch die untersagt wurde, in öffentlichen Anlagen zu übernachten, auf der Straße zu betteln, öffentlich die Notdurft zu verrichten oder im Freien Alkohol zu trinken? War diese Frage für jeden, der lesen kann, nicht überhaupt schon durch das Wort von Anatole France geklärt: »Das Gesetz in seiner majestätischen Gleichheit verbietet es den Reichen wie den Armen, auf den Straßen zu betteln, unter den Brücken zu schlafen und Brot zu stehlen.«

Unser Gedächtnis ist kurz. Wie war das eigentlich damals mit der Starfighter- oder Schützenpanzer- oder Fibag-Affäre? Was treiben heute die damals verantwortlichen Politiker? Sitzen sie etwa wieder oder immer noch in Parlament, Ausschüssen, Bundesregierung und Landesregierungen? Hat der Wirtschaftsminister nun einen Beratervertrag mit einem Großkonzern gehabt? Haben Flick seiner Zeit und Krupp vor kurzem Steuersubventionen in Millionenhöhe erhalten? Hat der damalige Verteidigungsminister und spätere bayerische Ministerpräsident tatsächlich einmal gesagt, auf die »Tiere von der APO seien menschliche

Gesetze nicht anwendbar«? Sind das im Stammheimer Hochsicherheitstrakt wirklich Selbstmorde gewesen? Wie kam es, daß die FDP während der Legislaturperiode plötzlich das Lager gewechselt und damit die Mehrheitsverhältnisse geändert hat? Unser Gedächtnis reicht nicht einmal aus, die Fragen zu speichern. Die Untersuchungen verlaufen ergebnislos, die Sachverhalte verlieren sich. Kaum haben wir uns empört, beginnen wir schon wieder zu vergessen. Vielleicht ist das die einzige Möglichkeit, zu überleben.

Aber ständig neue Erschütterungen und das schwere Gewicht der Angst. Das tägliche Gefühl der Unsicherheit, als könne jeden Augenblick der Boden wegsacken. Zweimal schon alle vier Reifen durchstochen, Antenne und Außenspiegel abgeknickt, die Scheibenwischer abgebrochen. Wir haben uns eine Garage gemietet. In der Zeitung ist die Rede von Bürgerwehren, die bei den zu erwartenden Demonstrationen gegen die Raketenstationierung für Ruhe und Ordnung sorgen wollen.

Selbst der Blick aus dem Küchenfenster hat sich seit einigen Wochen verändert. Der Wasserkessel summt auf dem Herd, und es stellt sich das Gefühl ein, daß etwas nicht stimmt. Dieses Zusammenkrampfen des Magens, als spüre man einen Schlag. Stand dort nicht gestern noch ein Baum? Ich gehe vor die Tür und stelle fest, daß im Vorgarten sämtliche Bäume und Sträucher umgerissen sind; sie liegen kreuz und quer, die Rhododendren, Wacholderbüsche, die Lärche, der Taxus. Auch eine über den Eingang rankende Clematis ist abgeschnitten. Das Frühstück schmeckt nicht, die Zigarette nicht, und wenig später beweist ein zweiter Blick aus dem Wohnzimmerfenster, daß hinten im Garten das Kieferngehölz fehlt. Vielleicht haben wir Feinde, denke ich, vielleicht waren es Halbstarke. Die sauberen Schnittflächen der Baumstümpfe leuchten hell in der Sonne, deutlich erkennbar die gegenüberliegenden Häuser. »Abgesägt?« fragt Ruth atemlos. »Von wem?« Zu was ist jemand fähig, der so etwas macht? Wir sitzen in der Küche und schweigen.

An einem Sonnabend, morgens um neun, fahre ich mit dem Bus in die Innenstadt und gehe zum Marktplatz am alten Rathaus. Direkt daneben liegt ein großer Restaurationsbetrieb, die zu einer amerikanischen Imbißkette gehörende Hamburger-Farm. Dort versammeln wir uns vor dem Eingang. Der Geschäftsführer hat seine Mitarbeiter angewiesen, an Ausländer keinen Kaffee mehr zu verkaufen. »Die sitzen hier stunden-

lang bei einem Kaffee herum und palavern, wir sind doch kein Gastarbeiterasyl.«

Heute sind es die Ausländer, morgen Alte, Kinder oder Körperbehinderte, gestern waren es die Juden. Zwei Tage hat es gedauert, ein Flugblatt herzustellen und den Telefonrundruf in Gang zu bringen. Das Ergebnis sind etwa 200 friedliche Demonstranten, die nach und nach im Lokal die Tische besetzen, jeder nur einen Becher Kaffee vor sich. Das war die vereinbarte Bedingung, der eine Becher soll bis zum Nachmittag vorhalten. Vor der Tür verteilen die Mitglieder des städtischen Ausländerbeirats Flugblätter an die Passanten. Einige Griechen machen Musik mit ihren Bouzoukis.

Gerold, Max und Renate sind schon da, der Gewerkschaftsvorsitzende und eine Vertretung des AStA. Wir setzen uns an einen Ecktisch und harren der Dinge, die auf uns zukommen. Aber zunächst einmal geschieht gar nichts, nur der Kaffee geht aus. Wir beobachten, wie sich der Geschäftsführer, auch Localmanager genannt, persönlich bemüht, für Nachschub zu sorgen. Er trägt einen hellblauen Anzug, der sein blaß gewordenes Gesicht unvorteilhaft zur Geltung bringt. Im Flüsterton spricht er mal mit diesem, mal mit jenem Mitarbeiter. Die Bedienung ist außergewöhnlich zuvorkommend, wenn auch kaum beschäftigt. Der Geschäftsführer läßt sich von der Straße ein Flugblatt holen und verschwindet in den hinteren Räumen.

Gegen halb elf sehen wir auf der Straße zwei Polizisten mit Sprechfunkgeräten. Bedächtig ziehen sie ihre Runde – und schauen grinsend herüber. Benito, der mit einigen Hausbesetzern aus der alten Augenklinik gekommen ist, spielt Skat. Max sagt: »Ein richtiges Happening.« Er steckt sich eine mitgebrachte Zigarre an und lehnt sich genüßlich zurück. Renate strickt an einem neuen Pullover.

»Gemütlich«, meint der Gewerkschaftsvorsitzende. »So eine Demonstration müßte man öfter veranstalten.« Gerold nimmt von Zeit zu Zeit kleine Schlucke aus einem Flachmann, den er sofort wieder in der Jackentasche verschwinden läßt. »Wenn es nach mir ginge«, brummt er, »gäbe es heute noch Scherben.« Das allerdings verstieße gegen die Abmachungen. Die Studentenvertreter lassen eine Packung Kekse herumgehen. Wir unterhalten uns über ihre Schwierigkeiten mit dem Rektorat und der Landesregierung.

Die Presse erscheint, erkennbar an Aktentaschen, Notizblöcken und Kassettenrekordern. Wir hören, wie der Geschäftsführer sagt: »Gegen Gastarbeiter habe ich gar nichts. Aber die sollen sich hier gefälligst den deutschen Sitten anpassen.« Der Gewerkschaftsvorsitzende springt auf und ruft: »Man diskriminiert eine ganze Bevölkerungsgruppe, bloß weil sie angeblich nicht genug konsumiert!« Die Journalisten notieren das, und der Geschäftsführer wischt sich die feuchten Handflächen an seiner Jacke ab. »Wir sind als Fast-Food-Betrieb auf Fluktuation angewiesen«, gibt er zu bedenken, »wenn die Preis-Platz-Kalkulation nicht mehr stimmt, kann ich mir einen neuen Job suchen.« Benito schlägt mit der Faust auf den Tisch und brüllt: »Fressen Sie doch Ihre Gummibrötchen selber!« Wir trommeln auf die Tischplatten, daß die Aschenbecher klappern. Auf der Straße interviewt ein Mitarbeiter des Rundfunks die Ausländer und die Passanten.

Ein Mann in grauem Anzug kommt an unseren Tisch. Ich frage mich gerade, woher ich ihn kenne, da stellt er sich als Einsatzleiter der Kriminalpolizei vor. Gerold gibt eine Erklärung ab: »Eigentlich wollen wir nur in Ruhe unseren Kaffee austrinken. Das wird doch wohl erlaubt sein.« Der Beamte nickt. »Wir sind gerufen worden«, sagt er, sich vorsichtig umschauend, »Sie brauchen aber nicht zu erschrecken. Wenn ich nicht im Dienst wäre, würde ich mich dazusetzen und mitmachen.« Wir wollen ihn zu einem Kaffee einladen, aber er winkt ab, legt den Zeigefinger auf die Lippen und geht zum Geschäftsführer hinüber, mit dem er längere Zeit verhandelt. Der wischt sich fortwährend seine Hände an der Jacke ab. Anschließend läßt er sich nicht mehr blicken.

»Du mit deinem ewigen Stricken«, sagt Gerold zu Renate. »Langsam macht mich das nervös.« Renate strickt, ohne aufzusehen, weiter. »Das Vorderteil ist bald fertig«, sagt sie. »Stell dir mal so einen Geschäftsführer vor, so einen Localmanager, wie der neben der Kasse säße und strickte. Gäbe das nicht eine völlig andere Qualität von Geschäftsführung?« Das lasse sich nicht von der Hand weisen, meint Max, und Gerold wird ganz nachdenklich.

Gegen Mittag kommen zwei seriös gekleidete Herren herein, die sich sofort in die hinteren Räume begeben. Nach einer Weile tauchen sie wieder auf und kommen zielbewußt auf uns zu. Der Generalmanager aus Frankfurt und der Districtmanager. Ihre Namen und beruflichen Positionen entnehmen wir den Visitenkarten, die sie auf den Tisch legen. Offensichtlich sind wir als Zentrum der Verschwörung erkannt.

»Eine dumme Sache«, sagt der Generalmanager, »ein Mißverständnis«, der Districtmanager. Eine offizielle Anweisung an das Personal, an Ausländer keinen Kaffee mehr auszuschenken, habe es nie gegeben. Ob sie in Ruhe mit uns sprechen könnten, ob sie uns zum Essen einla-

den dürften. Ersteres ja, letzteres nein. Wir erfahren, daß, wenn zeitweise fast alle Tische von Türken, Griechen, Spaniern, Italienern und Jugoslawen besetzt seien, man dem einen Riegel vorschieben müsse. Jedoch nur in solchen Ausnahmefällen.

»Waren Sie schon einmal in Italien oder Spanien?« fragt Gerold, und die beiden nicken verblüfft. »Und haben Sie von dort vielleicht auch Ansichtskarten nach Hause geschickt?« Erneutes Nicken. Welcher Deutsche war noch nicht in Italien oder Spanien und hat von dort noch keine Ansichtskarten nach Hause geschickt?

Gerold scheint sehr zufrieden. »Was würden Sie sagen«, fährt er mit einem gewinnenden Lächeln fort, »wenn man Sie dort in einem Restaurant vor die Tür gesetzt hätte, weil Sie beim Schreiben Ihrer zehn Ansichtskarten nur eine Tasse Kaffee getrunken haben?«

Nebenan wird auf den Tisch getrommelt, und die beiden Manager blicken sich unruhig um. Dann blicken sie sich an, stehen auf, denn sie hatten sich inzwischen gesetzt, und der Generalmanager sagt mit einer leichten Verbeugung: »Darf ich Sie davon unterrichten, daß unser hiesiger Geschäftsführer soeben beurlaubt worden ist.« Warum? »Wegen mangelnden Fingerspitzengefühls.«

Wir nahmen das gern zur Kenntnis. Es war Sonnabend, zwei Uhr mittags, uns knurrte der Magen. »Das war's dann also«, sagte Gerold. Renate packte ihr Strickzeug zusammen, und Max drückte mit bedauernder Miene seine zweite Zigarre aus, die er gerade erst angeraucht hatte.

XIX

Der Gedanke an Flucht, an eine grundlegende Neuordnung sämtlicher Verhältnisse, Beziehungen und Umstände, wird in immer kürzeren Zeitabständen immer drängender. Je mehr zusammenkommt an Möbeln, Hausrat, Büchern, Schallplatten, Geräten, Plunder und Kram, in Schubladen, Schränken, Wohnräumen und Keller, desto weniger meine ich alles zu brauchen. Ein Hemd, eine Hose, Socken und Unterwäsche zum Wechseln, Zahnbürste und Rasierzeug, Schreibpapier. Vielleicht noch die beiden Fotos aus dem Notizbuch, Gryphius' Gedichte, Travens »Land des Frühlings«, worin ich gerade lese. Nicht einmal das brauchte es. Ich denke an Kanada oder Mexiko.

Wenn wir uns unterhalten, geht es nur noch um die Kinder. Sogar wenn ich verreist bin und zu Hause anrufe, spricht Ruth als erstes von ihnen, als lasse unser Zusammensein keinen anderen Gedanken mehr zu. Das Baby haben wir ins Schlafzimmer genommen, es ist jetzt zehn Wochen alt. Neben der Tür steht die Wiege, in der auch die beiden anderen gelegen haben. Alle vier Stunden eine Mahlzeit, Wickeln, Flaschen und Schnuller abkochen, Wäsche waschen, den Dreck wegräumen. Felix hat mit seinen vier Jahren wieder angefangen, aus der Flasche zu trinken. Er fühlt sich augenblicklich nicht wohl, klagt über Schmerzen und hat einen heißen Kopf. Wenn ich ihn frage, wo es wehtut, zeigt er auf Bauch, Brust, Kopf und sämtliche Gliedmaßen.

Ruth ist mit Julia, die operiert werden mußte, im Krankenhaus, einer Spezialklinik in Kassel. Mehrere Wochen lang sind wir von einem Arzt zum anderen gelaufen, bis sich herausstellte, daß die von den Nieren zur Blase führenden Harnleiter nicht einwandfrei arbeiten. Dauernd neue Infekte und die Gefahr einer Nierenschädigung. Wie so etwas zustande kommt, kann keiner erklären – die Ärzte geben sowieso kaum Erklärungen. Man fühlt sich wie ein Versuchskaninchen, hilflos einem Verfahren unterworfen, bei dem der Ausgang ungewiß ist. »Sie müssen Vertrauen haben«, sagte die Kinderchirurgin, eine resolute und von ihrer Arbeit überzeugte Frau Anfang Fünfzig. Wenn Ruth mich anruft, erzählt sie von offenen Rücken, Wasserköpfen, Verunstaltungen und verwachsenen Körperausgängen. Sie leidet unsäglich, das merkt man an ihrer Stimme. Julia hängt nach dem ersten chirurgischen Eingriff am Tropf und ist katheterisiert, die zweite Seite soll in den nächsten Tagen operiert werden. Zwei Tage lang habe sie, wenn sie nicht schlief, fast ununterbrochen geschrien. Dazu das Schreien, Heulen und Schluchzen der anderen Kinder. Ruth sagt: »Manche schreien den ganzen Tag nach ihrer Mutter.«

Ich bereite das Mittagessen vor, schäle Kartoffeln und putze Gemüse. Im Radio gratuliert die Oma dem Opa zum siebzigsten Geburtstag. Ich stelle mir vor, wie sie sich beim Frühstück, stumm wie jeden Tag, am Tisch gegenübergesessen haben, auf die erbetenen Glückwünsche wartend, die jetzt aus dem Äther kommen. Anschließend wird die Ouvertüre aus »Gräfin Mariza« gespielt, »Auch ich war einst ein feiner Csárdáskavalier...« Wie originell, wie bezaubernd. ›Jetzt‹, denke ich mir, ›freuen sie sich.‹ Das hübsche Programm, man denkt aneinander, die nette Musik.

Der Säugling schreit. Während ich ihm die Flasche gebe, singen die Equals, ganz leise gestellt, »O Baby come back«. Ansprechende Sendungen mit viel Musik, später noch Werbung, den ganzen Tag, zwischendurch Verkehrsberichte und Wettervorhersagen, hin und wieder fünf Minuten Nachrichten über verunglückte Busse, Erdbeben in Südamerika, Banküberfälle, Kindesentführungen und Mißstände woanders, natürlich im Osten. Ab und zu kommt immer mal wieder ein Anrufer zu Wort, der sich einen Schlagertitel wünschen darf. So stellen sich Politiker die Regionalisierung und die Reform des Rundfunks vor. Abends im Fernsehen dann Schlagerderby, Sportstudio, Talkshows und Krimiserien. Eine fortschreitende Entwicklung. So hätte ich mir das, noch vor wenigen Jahren, nicht im Traum ausmalen können.

Das Baby scheint merkwürdigerweise die Mutter überhaupt nicht zu vermissen. Dagegen lauert Felix den ganzen Tag auf Ruths Telefonanruf. Hinterher weint er und ist kaum ansprechbar. Es dauert mehrere Stunden, bis er sich wieder beruhigt. Täglich das gleiche: den Säugling versorgen, Frühstück, zum Kindergarten, Einkaufengehen, Aufräumen, Saubermachen, Abwaschen, Essen zubereiten, wieder zum Kindergarten, ein Telefonanruf oder ein eiliger Brief. Gehe ich mit dem Kinderwagen durch die Stadt, an der Hand den Vierjährigen, komme ich mir fremd vor. Fängt das Baby im Supermarkt an zu schreien, versammeln sich bald einige Mütter um mich, um mir gutgemeinte Ratschläge zu geben, als habe ich etwas falsch gemacht. Im Bus dasselbe, die Fahrten zur Stadt sind mir unangenehm. Auf den Spielplätzen begegne ich nur Kindern und Frauen.

Die andere Seite ist ein anwachsendes Gefühl der Verbundenheit mit den Kindern, das sich, ebenso wie meine Zuneigung zu ihnen, nur schwer beschreiben läßt. Dadurch wird alles leichter und unbeschwerter, Arbeit, Belastungen und Sorgen sind schnell wieder vergessen. Felix sagt: »Mama habe ich am liebsten, und dich habe ich auch am liebsten.« Er läßt sich widerspruchslos den Kopf waschen, Fingernägel und Haare schneiden. Sage ich, das Baby sei ein kleines Dummerchen, widerspricht er mit ernstem Gesicht: »Ein kleines Lieberchen.« Das Baby fängt an, sein Gesicht zu einem Lachen zu verziehen.

Früher, wenn Mütter von solchen Dingen berichteten, habe ich das albern gefunden. In letzter Zeit bemerke ich ähnlich überschwengliche Reaktionen bei mir. Das Glucksen und Lallen beim Wickeln, die sich festhaltenden kleinen Hände, dieser ungeheure, unfaßbare Lebenswille, die behagliche Zufriedenheit nach dem Füttern. Der Vierjährige singt manchmal beim Spielen ganz in sich versunken vor sich hin. Das Herz geht einem auf dabei. Fotos von hungernden oder mißhandelten Kindern in den Illustrierten vermag ich kaum noch zu verkraften. Manche Bilder gehen mir mehrere Tage lang nicht mehr aus dem Kopf.

Mittags gibt es Kartoffelsuppe, zum Nachtisch Rote Grütze mit frischen Johannisbeeren aus dem Garten. Wir setzen uns gemütlich auf die Terrasse, und mein Sohn plaudert mit mir. Im Kindergarten gefalle es ihm ganz gut, sagt er, »andere Leute müssen ja auch zur Arbeit, das ist sonst viel zu langweilig.« Aber dann beginnt das Baby zu schreien. Vielleicht hat es Blähungen. Ich schlinge schnell mein Essen hinunter und koche Fencheltee. Das Baby schreit weiter. Es ist nur ruhig, wenn ich es auf den Arm nehme und schaukele, bis es endlich einschläft.

Die alte Frau Nerlich von nebenan kommt vorbei. Wir nennen sie – wie es die Kinder begonnen haben – Oma Nerlich. Sie kommt jetzt fast jeden Nachmittag und hilft mir ein wenig im Haushalt, anschließend trinken wir zusammen Kaffee. Manchmal spielt sie mit den Kindern oder schiebt den Kinderwagen spazieren. »Als ich jung war«, erzählt sie, »kurz nach dem ersten Weltkrieg, gab es kaum satt zu essen. Ich habe neben der Hausarbeit noch auf dem Feld helfen müssen. Die Säuglinge wurden morgens fertiggemacht und dann ins Bett gelegt, wo sie bis mittags liegenblieben, dann wieder bis zum Abend, ohne daß jemand Zeit gehabt hätte, sich um sie zu kümmern.« Sie berichtet viel von früher, und ich höre ihr gern zu. Wie ich sie kennengelernt habe, ist eine Geschichte für sich, ein seltsamer, unerklärlicher Zufall.

Das war im vergangenen Jahr. Eines Nachts hatte ich noch Post zum Briefkasten an der Ecke zu bringen. In einem der Nachbargärten sah ich auf dem Hinweg eine Bewegung, achtete aber nicht weiter darauf. Als ich zurückkam, war der Mond gerade aufgegangen, und ich bemerkte unter einem Kirschbaum die alte Frau, in der Hand einen Strick, den sie über einen Ast geworfen hatte. Die Situation war eindeutig. Aber wie sich verhalten? Ich grüßte sie und begann, mühsam nach Worten suchend, ein Gespräch über das Wetter, dann über die Nachbarschaft, schließlich über das Leben im allgemeinen. Nach einer Weile kam sie an den Zaun. Ich erzählte ihr, daß ich nicht schlafen könne und gerade in dieser Nacht unter furchtbaren Depressionen litte. Das ginge ihr ebenso, sagte sie, schon seit mehreren Nächten könne sie nicht mehr schlafen. Das Wetter, der Mond, das Leben, die Kinder. Drei Unfälle in der Familie im letzten Jahr, zwei mit tödlichem Ausgang, und auch der Mann vor Jahren schon mit dem Auto tödlich verunglückt. Ich lud sie zu einem Glas Wein ein, und wir setzten uns, da es warm war, auf die Terrasse. Da begann sie zu erzählen.

Vor einigen Jahren hat sie ihr Reihenhaus auf den Sohn überschrieben und die gut verheiratete Tochter abgefunden. Sie wollte klare Verhältnisse, sagte sie. »Was braucht man in meinem Alter noch viel zum Leben.« Das Dachgeschoß wurde ausgebaut, die Familie des Sohnes zog in die ersten beiden Etagen. Er war Beamter im mittleren Dienst bei der Post, sie hatte ein gutes Verhältnis zu ihm. Da fiel er vor einem Jahr beim Reinigen der Dachrinne von der Leiter und war tot. Seit dieser Zeit wurde die Schwiegertochter schwierig.

Vor einem Vierteljahr nun verunglückte die zwanzigjährige Enkeltochter auf tragische Weise. Ein geradezu unglaubliches Geschehen. Mit ihrem Freund fuhr sie auf dem Motorrad zu einem Schützenfest in der näheren Umgebung. Das Wetter war gut und der Freund ein umsichtiger, verläßlicher Fahrer. Auf der Landstraße bemerkte er plötzlich einen Schatten, das Motorrad geriet leicht ins Schlingern. Er fragte die hinter ihm sitzende Freundin, ob sie etwas gesehen habe, bekam jedoch keine Antwort. Der junge Mann hielt an und drehte sich um. Das Mädchen kauerte zusammengesunken auf dem Soziussitz, es war bewußtlos, unter dem eingedrückten Motorradhelm lief Blut hervor. Sofort benachrichtigte der Freund aus einem nahegelegenen Bauernhaus die Klinik. Aber obwohl das Mädchen schon kurz darauf mit dem Rettungshubschrauber ins Krankenhaus geflogen wurde, starb es noch am selben Abend. Auf der Landstraße fand man – und diesen Vorgang konnte nicht einmal die zu Rate gezogene Forstbehörde klären – den herabgestürzten dicken Ast einer Buche.

Jetzt folgte der nächste Unglücksfall, von dem der Enkelsohn betroffen war, aber nicht allein, wie sich bald herausstellte. Er war bis vor kurzem kaufmännischer Angestellter in einem Großhandelsbetrieb und wohnte mit seiner Frau und zwei kleinen Kindern zur Miete in einem anderen Vorort. Eines Abends begannen die beiden Kleinkinder, es sind Zwillinge, gegen zehn Uhr zu schreien und gaben bis in die Nacht hinein keine Ruhe; die Mutter meinte, sie bekämen Zähne. Der von dem Schreien zermürbte Vater, offenbar war er zusätzlich durch berufliche Ereignisse nervlich belastet, trank einige Schnäpse und legte sich im Wohnzimmer auf das Sofa. Aber auch dort konnte er keinen Schlaf finden, weil die Kinder in der kleinen Wohnung überall zu hören waren. Daraufhin ergriff er wütend einen Hausschuh und verprügelte damit die Säuglinge, schließlich auch seine Frau, die dazwischensprang. Danach verließ er das Haus und stieg in den ihm lediglich für Fahrten zwischen Arbeitsplatz und Wohnung zur Verfügung gestellten firmeneigenen Lieferwagen. Er beabsichtigte, zu Mutter und Großmutter zu fahren, um dort den Rest der Nacht zu verbringen. Unterwegs geriet er aber bei überhöhter Geschwindigkeit in einer scharfen Kurve ins Schleudern und prallte gegen ein abgestelltes Fahrzeug. Der Lieferwagen wurde dadurch zwar schwer beschädigt, war jedoch noch fahrbereit. Und dieser Umstand wurde dem Enkelsohn endgültig zum Verhängnis. Das viele verbeulte Blech, der Alkohol, die Kosten. Woher das Geld nehmen, was würde der Chef sagen, was die Polizei. Anstatt den Unfall zu melden, ergriff er die Flucht und versuchte am anderen Tag einen Unfall auf dem Weg zur Arbeit vorzutäuschen, um wenigstens von einem Teil der Kosten herunterzukommen. Es stellte sich aber – wie sollte es anders sein – bald die Wahrheit heraus. Die Staatsanwaltschaft erhob Anklage wegen Trunkenheit im Straßenverkehr und Fahrerflucht, die Firma kündigte fristlos.

Damit hätte es sein Bewenden haben können. Doch leider geht die Geschichte noch weiter. Denn die Arbeitslosenunterstützung reichte nicht einmal aus, die Lebenshaltungskosten einschließlich der Miete aufzubringen, geschweige denn den Schadensersatz. Deswegen beabsichtigt der Enkelsohn jetzt, in das Haus seiner Großmutter umzuziehen, das er von seinem verstorbenen Vater zu einem Teil geerbt hat. Er stellt sich das so vor: Die Mutter zieht in das Dachgeschoß, wo bisher noch die Großmutter wohnt; er zieht mit seiner Familie in die ersten beiden Etagen, und die Großmutter kommt ins Altersheim.

Soweit diese Familiengeschichte, die ich in einer warmen Sommernacht bei einem Glas Wein auf der Terrasse erfuhr. Die Angelegenheit ließ sich schon am folgenden Tag dadurch regeln, daß ein Anwalt im Auftrag der alten Frau einen Brief an den Enkelsohn schrieb. Darin wurde in dürren juristischen Worten lediglich mitgeteilt, daß die Großmutter in ihrer Wohnung bleiben werde. Aber welch eine Tragödie, wenn man sich das alles einmal überlegt.

Wir sitzen in der Küche und trinken Kaffee. Oma Nerlich hat Obstkuchen mitgebracht und sogar Schlagsahne. Felix spielt mit seinem Kran, das Baby schläft, und die Oma erzählt wieder. Von ihrer Jugend in einem Dorf in der Nähe, von ihrer ersten Stellung beim Bauern, wie sie ihren späteren Mann kennengelernt hat, von Schützenfesten, Hochzeiten und Beerdigungen. »Sechs Kinder«, sagt sie, »und zwei Fehlgeburten, die kommen noch hinzu.« Drei Jungen im Krieg geblieben, eine Tochter starb an Tuberkulose. Nach dem Krieg, den der Mann von Anfang bis Ende mitgemacht und trotz einiger Verwundungen leidlich überstanden hatte, wurde gearbeitet, von morgens bis abends, dann gebaut, das Haus abbezahlt. »Das ganze Leben nur Arbeit«, sagt sie, noch mit Achtundsechzig ging sie putzen. »Dann wollten die Knie und Rücken nicht mehr.« Sie schlürft behaglich ihren Kaffee und verzieht ihr runzliges Gesicht zu einem Lächeln. »Eigentlich geht es mir jetzt sehr gut«, meint sie, »sogar ein neues Gebiß habe ich mir noch machen lassen.« Sie zeigt stolz ihre Zähne. Dann holt sie ihre Tasche und stellt ein Glas Senfgurken auf den Tisch, eigene Ernte.

Abends, nachdem die Kinder im Bett sind, sitze ich hinter dem Schreibtisch und versuche zu arbeiten. Vier Stunden bleiben mir, bis das Baby wieder schreit. Manchmal wacht auch Felix auf und will ebenfalls etwas zu trinken haben. Ich versuche, ein Seminar für das nächste Semester vorzubereiten, vor Tagen war mir das Thema noch gegenwärtig.

Die Literaturliste muß abgeschlossen werden. Es geht nicht, obwohl die Zeit drängt. Die Gedanken sind schwammig und flatterhaft, der Körper ist wie ausgebrannt. Seit Monaten jetzt schon ein Gefühl der Erschöpfung, des Überdrusses, andauernd der Gedanke an Flucht.

Man geht zum Zigarettenautomaten an der Ecke und kehrt nicht zurück. So ähnlich. Vielleicht eine Reise, denke ich, nach Kanada oder nach Mexiko. Man könnte sich ein Semester beurlauben lassen. Nur rauskommen, Abstand gewinnen, wieder einen klaren Kopf bekommen. Ehe es zu spät ist. Ich nehme mir vor, mit Ruth darüber zu sprechen, sobald sie wieder zu Hause ist und sich die erste Unruhe gelegt hat. In Gedanken bin ich manchmal schon unterwegs.

XX

Es ist heiß, und auch das Duschen hat keine Abkühlung gebracht, die andauerte. Draußen sind vierzig Grad Celsius im Schatten, für einen Europäer eine ungewöhnliche Temperatur. Ich halte das Fenster und die Vorhänge geschlossen, habe mich ausgezogen auf das Bett gelegt. Im Halbdunkel verwischt sich die Umgebung, aber hoch über mir erkenne ich die graue Stuckdecke des Hotelzimmers, an der unerreichbar, als schwarze Punkte, die Mücken sitzen. Aus der Ecke das nervtötende Geräusch der tropfenden Dusche. Die Klimaanlage ging früher einmal, jetzt ist sie ein verrosteter Kasten im Oberteil des Fensters. Das Laken saugt den Schweiß auf. Nach Valladolid sind es 40, nach Merida 120 Kilometer. Seit Tagen schon geht mir diese sentimentale Melodie nicht aus dem Kopf: Will you still need me, will you still feed me, when I'm sixtyfour.

Ein paar Stunden Schlaf. Nachts stehe ich auf, um das Fenster zu öffnen. Dann liege ich wieder auf dem Bett, aber der Schlaf will nicht zurückkommen. Draußen wird es allmählich hell, der Verkehr auf der Straße vor dem Hotel nimmt zu. Ich bin in Yucatán, das wird mir langsam wieder klar. Rasch ziehe ich mich an, packe die Reisetasche und gehe hinunter, wo es zum Frühstück Kaffee, Spiegeleier, Fladenbrot und Bohnen gibt. Kurz darauf sitze ich im Bus, der schnell die Maisfelder und Agavenplantagen der kleinen Ortschaft hinter sich läßt. Über dem Monte, dem Buschwald, umkreisen schwarze Vögel die gewaltigen Steintempel der alten Ruinenstädte. Erbaut von den Mayas, erobert von den Tolteken, später den Spaniern, untergegangen und wieder ausgegraben. Auf den 364 Stufen der Kukulcanpyramide ersteigt die Sonne das Himmelsgewölbe; an einem bestimmten Tag des Jahres kommt der Schlangengott zur Erde herab, atemlos beobachteten Zehntausende seinen sich neben der Treppe abzeichnenden Schatten. Die Ballspiele in toltekischer Zeit wurden mit der Opferung der unterlegenen Mannschaft beendet.

Gegen den Durchfall ein Mittel aus der Apotheke, das innerhalb zweier Tage Erleichterung verschafft. Das Hotel in Merida heißt Casa del Balam, die Klimaanlage funktioniert. Am späten Nachmittag gehe ich durch die basarartigen Ladenstraßen zur Plaza, setze mich auf eine Bank unter dem Laubdach der Bäume und schaue den alten Männern zu. »Yo no habla español«, ich spreche nicht Spanisch, »soy alemán«, ich bin Deutscher. Vor mir die Kathedrale und der Palast des Eroberers Montejo. Die Menschen, denen ich begegne, sind freundlich. Zum Abendessen gibt es gebackene Krabben und Truthahn in Molesoße.

Die Luftfeuchtigkeit muß außerordentlich hoch sein. Mittags regnet es regelmäßig etwa eine Stunde. Ein wolkenbruchartiger Regen, der im Nu die Straßen und Plätze mit ausufernden Lachen überzieht, in die das ununterbrochen vom Himmel stürzende Wasser hineinschlägt. Vor dem Auge eine Wand aus Nässe. Danach Sonne, Wasserdunst, sofort ist alles wieder trocken. Nachts erneute Güsse. Die Mückenstiche jucken, immer neue. Zur Malariaprophylaxe täglich eine Resochin-Tablette.

Bis in die Nacht hinein lese ich in dem Buch des Chronisten Bernal Diaz del Castillo über die Eroberung Mexikos. Das Rauschen der Klimaanlage wird übertönt von einem Summen im Kopf. Es verliert sich, je länger ich lese. Draußen staut sich die auch nachts nicht nachlassende Hitze.

Die Schiffe werden zerstört, um etwaige Meutereien von vornherein zu unterbinden. Mitte August 1519 bricht Hernán Cortés mit 452 Männern, 15 Pferden und sechs Geschützen auf, die Hauptstadt des Aztekenreiches zu erobern. Der Aztekenkaiser Moctezuma hatte bereits durch Boten von der Ankunft der Fremden erfahren und ihnen, um sie zu beeindrucken und ihnen seine Machtfülle vor Augen zu führen, um sie vielleicht auch zu besänftigen, eine große Sonne aus purem Gold und einen Mond aus Silber als Geschenke übersandt; zugleich bat er sie, in ihre Heimat zurückzukehren. Doch der Anblick der Schätze steigert die Habgier der Eroberer ins Maßlose.

Unterwegs kämpft Cortés gegen die Tlaxcateken, die ihm 50.000 Krieger entgegenstellen. Soweit das Auge reicht, 25 Quadratkilometer in einer Ebene, indianische Krieger; sie tragen Baumwollpanzer, hohe Federbüsche, schwingen ihre Fahnen, trommeln und trompeten. Dazwischen der kleine Haufen der Spanier, die sich zu einem Karree zusammengeschlossen haben, mit ihren indianischen Hilfstruppen aus der Küstenregion. Der Boden ist bedeckt von Spießen, Pfeilen und Schleudersteinen. Die Reiter sind angewiesen, nur im Galopp zu attackieren und nach den Gesichtern und besonders den Augen zu stechen. Musketieren und Armbrustschützen ist befohlen, pelotonweise zu schießen, und zwar jeweils dann, wenn die zu Schuß gekommene

Reihe gerade nachlädt. Die Konquistadoren sind kampferprobte Experten.

Nach dem Sieg werden Tribute erwartet, aber die Tlaxcateken sind ein armes Volk. Sie werden als Bundesgenossen gewonnen und schließen sich Cortés mit ihren restlichen Truppen an, denn sie sind mit den Azteken verfeindet. Als die Spanier mit Hilfe ihrer indianischen Verbündeten und nach heftigen Auseinandersetzungen mit den Chololteken das Gebirge überschritten haben, liegt vor ihnen in der fruchtbaren Hochebene ein mächtiges, wohlgeordnetes Reich.

Am 8. November 1519 zieht Cortés in Tenochtitlán, dem heutigen Mexiko-City ein, wo er ohne Kampf mit allen Ehren empfangen wird. Man hält ihn auf Grund alter Prophezeiungen für den heimkehrenden Priestergott Quetzalcoatl. Ein weiter See und darin auf einer Insel die Kaiserstadt. »Der Anblick dieses Zauberreichs verschlug uns den Atem, es erschien uns fast so unwirklich wie die Paläste in dem Ritterbuch des Amadis. Hoch und erhaben ragten die festgefügten steinernen Türme, Tempel und Häuser mitten aus dem Wasser. Manche von uns glaubten an eine Sinnestäuschung. Wie im Traum marschierten wir durch diese Herrlichkeit.«

Der Aztekenherrscher Moctezuma zieht den Spaniern mit seinem Hofstaat auf der Straße, die über einen Damm aus der Stadt herausführt, entgegen. »O unser Herr!« begrüßt der Kaiser den Cortés, dem er kurz zuvor das weitere Vordringen verboten hatte. »Mühsal und große Anstrengungen hat es dich gekostet, in deine Stadt Tenochtitlán zu gelangen, um auf deiner Matte, deinem Stuhl Platz zu nehmen, den ich nur eine kleine Weile für dich gehütet habe. Möchte doch einer von denen, die vor mir die Stadt beherrscht haben, wiederkommen und staunend sehen, was jetzt über mich gekommen ist, was ich nun sehe, den sie zurückgelassen haben. Denn ich träume nicht, ich fahre nicht aus dem Schlaf auf, ich sehe es nicht im Traum, ich träume nicht, dich gesehen, dir ins Antlitz geschaut zu haben. Ich war bekümmert, eine ganze Reihe von Tagen ... Nun sei wohl angekommen, ruhe dich aus! Besuche deinen Palast!«

Die Spanier bewohnen als Gäste des Aztekenherrschers den Palast seines Vorgängers. Cortés und seine Leute werden königlich bewirtet. Es gibt die köstlichsten Früchte, erlesene Gerichte, einen braunen süßen Saft aus den Bohnen des Kakaobaumes, »Chocolatl« genannt, Tabak und Wein. Aber auch das Menschenblut auf den Opfersteinen der Pyramidentempel, grauenerregende Götterbilder. Die vielen kostbaren Geschenke aus Gold und Edelsteinen, deren Wert immer gleich in Piastern errechnet wird. Die Gier wächst von Tag zu Tag. Am 14. November 1519 nimmt Cortés den Gastgeber in seinem eigenen Palast gefangen und in den folgenden Tagen vier weitere aztekische Fürsten als Geiseln.

Da kommen beunruhigende Nachrichten von der Küste. Der kubanische Gouverneur Diego Velasquez, besorgt über die wachsende Eigenständigkeit des Eroberers, hat eine Flotte von 18 Schiffen entsandt, um Cortés abzusetzen. Der eilt mit dem größten Teil seiner Mannschaft zur Küste zurück und überfällt in der Nacht des 28. Mai 1520 seinen Gegenspieler Panfilo de Narvaez, dessen Leute zum Sieger übergehen.

Zurück in Eilmärschen in die Hauptstadt Tenochtitlán, wo der Stellvertreter des Cortés 600 aztekische Adlige während eines Festes ermorden ließ. Ein Aufstand gegen die Besatzungsmacht ist ausgebrochen, und Moctezuma wird von seinen eigenen Untertanen getötet. Die Stadt läßt sich nicht halten. Der Rückzug über die Dammstraße, alle Geschütze verloren, die meisten Pferde, die erbeuteten Schätze, zwei Drittel der Mannschaft. Dennoch Sieg, mit Hilfe der indianischen Bundesgenossen, am 14. Juli 1520 bei Otumba. Immer wieder setzen sich die Spanier gegen eine unvorstellbare Übermacht durch. Mit ihren Obsidianschwertern, Spießen und Pfeilen konnten die Indianer gegen die gepanzerten, feuerspeienden Eindringlinge und deren Reiterei nicht viel ausrichten. Mehr noch als Stahl, Musketen, Armbrüste und Kanonen wüteten unter ihnen die eingeschleppten Pocken.

Schon morgens sitze ich im Innenhof des Hotels und lese weiter. Kaum, daß Zeit bleibt für einen Imbiß, das Buch liegt neben dem Teller. »Eines der eindrucksvollsten Zeugnisse europäischer Kolonialpolitik«, sagt der gegenüber sitzende Japaner in fließendem Deutsch, ein Ethnologe aus Kioto. Am Vortage machte er Fotoaufnahmen von den Reliefs in einem Tempel der Ruinenstadt Uxmal.

Die Achselhöhlen sind schweißnaß. Ein Bild fügt sich zusammen. »Der größte Turm ist höher als der große Turm von Sevilla – ein großer, von Säulenhallen umgebener Platz, der größer als der zu Salamanca war – ein befestigtes Militärlager, größer, stärker und besser ausgebaut als das feste Schloß von Burgos – ich kann nichts anderes sagen, als daß in Spanien nichts Vergleichbares existiert.« Im Palast des Moctezuma werden die Teller angewärmt und die Speisen auf kleinen, mit Glut gefüllten Kohlenbecken serviert. »Gar manch arme Leute treiben sich auf den Straßen und Märkten umher und betteln die reichen an, wie dies auch in Spanien und anderen gesitteten Ländern geschieht.« Gold, Sklaven, Frauen. Die spanischen Eroberer sind habgierig, triebhaft, bigott und grausam. Aber auch die von den Azteken unterdrückten Völker klagen über die Grausamkeit ihrer Herren.

Der Japaner war schon mehrfach in Deutschland. »Die Pünktlichkeit der Züge«, erklärt er mir, »so wie in Japan. Unsere Völker haben überhaupt viele Gemeinsamkeiten.« Ich höre meinen Geschichtslehrer, den ehemaligen Kapitänleutnant sagen: »Die Preußen des Ostens!« Wie fest eingeprägt das alles ist. Ein Film, allerdings ein amerikanischer, über den Krieg in der Südsee fällt mir ein. Wie lange es dauert, wieviele Informationen man benötigt, um diese Prägungen zu erkennen. Wie lange man braucht, um diese Klischees und Widersprüchlichkeiten, diese Verfälschungen, Lügen und Vorurteile zu begreifen, die unser Leben und das Leben ganzer Völker so oft entscheidend beeinflussen. »Wir haben sogar gemeinsam einen Krieg verloren«, sagt der Japaner lächelnd, »aber wir haben wenig Gelegenheit gehabt, daraus zu lernen.«

Die Spanier verboten Götzendienst – und stellten das Standbild der Madonna auf. Sie verboten Menschenopfer – und hängten, verstümmelten und verbrannten nach »ordentlichen« Gerichtssitzungen ihre Widersacher. Sie verboten Kannibalismus und Sodomie – und bestrichen ihre Wunden mit Menschenfett und fingen sich hübsche Frauen ein. Aber nur wenige Eroberer sahen ihre Heimat wieder oder konnten sich ihres Reichtums erfreuen.

Der Konquistador Gonzalo de Sandoval liegt wenige Tage nach seiner Landung in Spanien, es war im Jahre 1527, schwerkrank bei einem Handwerker im Haus. Von seinem Sterbelager muß er mit ansehen, wie ihm sein Wirt aus einer Kiste dreizehn Goldbarren stiehlt. Er gibt keinen Laut, denn er muß fürchten, daß der Dieb ihn mit Kissen ersticken würde. »Sandoval verfiel von Tag zu Tag mehr. Der Dieb flüchtete so rasch nach Portugal, daß man ihn nicht mehr einholen konnte, um ihm die Beute abzunehmen.« Halsabschneider unter sich oder auch: der Raub des Geraubten.

»Heute findet der Kolonialismus andere, subtilere Mittel«, sagt der japanische Professor. »Ich meine zum Beispiel die Aktivitäten der großen Konzerne. Oder sehen Sie sich die Amerikanisierung in unseren Ländern an, die wenigsten merken das noch.«

Die Kaziken trommelten alle Zeichendeuter und Priester zusammen, um feststellen zu lassen, ob die Eindringlinge wirklich Götter seien, oder ob man sie besiegen könne. Moctezuma opferte täglich mehrere Knaben in der Hoffnung, Aufschluß zu erhalten. Jahrhunderte zuvor hatten die Azteken, ein aus dem Norden gekommener kriegerischer Stamm, das Hochtal von Mexiko erobert und sich die benachbarten Völker tributpflichtig gemacht. Nur die Tlaxcateken, mit denen sich Cortés verbündete, hatten zu widerstehen vermocht. Aber sie lebten in ständiger Abwehrbereitschaft und in vergleichsweise ärmlichen Verhältnissen, denn ihr Gebiet war steinig und karg.

»Wenn Sie bei der heutigen Popmusik einmal genau hinhören«, sagt der japanische Professor, »spüren Sie deutlich den Marschrhythmus heraus – damit sind immer noch Millionen zu begeistern. Übrigens war bei uns der Applaus nach dem israelischen Sechstagekrieg gegen Ägypten genau so groß wie bei Ihnen.« Er wischt sich mit einem großen weißen Taschentuch den Schweiß von der Stirn, es ist außerordentlich heiß. »Wissen Sie«, fügt er sehr sachlich und zurückhaltend hinzu, »meine Eltern sind bei dem Einsatz der ersten Atombombe in Hiroschima ums Leben gekommen, manchmal habe ich große Angst.«

Unter der Regierung des weisen und gütigen Priesterfürsten Quetzalcoatl hatte es eine segensreiche Epoche des Friedens und der unblutigen Götterkulte gegeben. Nach der Überlieferung ist er von den blutdürstigen Stammesgöttern vertrieben worden und auf dem Meer des Ostens verschwunden, jedoch sollte er zurückkommen. Eine bärtige hellhäutige Männergestalt. Sein in einen Felsen gemeißeltes Bild ist bis heute erhalten, darunter fand sich sein Geburtsjahr in aztekischer Zeitrechnung: Ein Rohr (Ce Acatl), was dem Jahre 947 unserer Zeitrechnung entspricht. Seine Anhänger warteten in jedem Ein-Rohr-Jahr, das sich alle zweiundfünfzig Jahre wiederholte, auf die Rückkehr des Gottes. Und nach elf mal zweiundfünfzig Jahren, 1519, landete Cortés an der Ostküste. Die Ankunft der bärtigen Männer in ihren Wasserhäusern.

Schon ein Jahrzehnt vorher, im Jahr »Zwölf Haus«, war Nacht für Nacht eine hohe Flamme zum Osthimmel aufgestiegen, ihr Feuer war wie aus einer blutenden Wunde in Tropfen zur Erde herabgefallen. Ein böses Omen. Der Tempel des Kriegsgottes Huitzilopochtli war abgebrannt; ein Blitzstrahl aus heiterem Himmel hatte den Tempel des Feuergottes zerstört. Der Salzsee um die Hauptstadt kochte bei

Windstille hoch auf und überflutete die halbe Stadt. Feurige Kometen wurden gesichtet. Diese beunruhigenden, bösen Vorzeichen! Konnte der Kaiser Moctezuma, der ein Eingeweihter war, dies alles für Zufall halten?

»Ich glaube nicht«, sagt der japanische Professor, »daß sich die Russen mit der Aufstellung dieser neuen amerikanischen Raketenwaffen abfinden können. Wir müssen uns einmal in ihre Lage hineinversetzen und das militärstrategisch sehen.« Er blickt mich nachdenklich an. »Ich möchte Sie nicht beunruhigen«, setzt er mit einem Lächeln hinzu, als wolle er sich entschuldigen, »vielleicht gibt es ja Verhandlungen, womöglich Annäherungen – die Zeit wäre reif dafür.« Geschickt ißt er eine Mango, die auf den langen Mittelzinken einer Gabel aufgespießt serviert wird.

Ich muß meine Reisetasche packen. Am Nachmittag besuchen wir noch gemeinsam das Archäologische Museum mit der beeindruckenden Sammlung von Mayakunstwerken. Wir tauschen unsere Adressen aus; abends um acht Uhr geht der Bus, und ich habe schon eine Fahrkarte gekauft. Sofort ziehe ich das Buch aus der Tasche und lese weiter.

Am 30. Oktober 1520 schreibt Cortés an Kaiser Karl V.: »Die Hauptstadt Tenochtitlán liegt in einem salzigen Landsee und hat viele öffentliche Plätze, auf denen beständig Markt gehalten wird. Alles ist in großen Mengen vorhanden. Längs des einen der in die Stadt führenden Steindämme laufen zwei Röhren von Mörtelwerk, jede etwa zwei Schritte breit und eine Manneslänge hoch. Durch die eine fließt ein mannsdicker Strahl sehr guten süßen Wassers bis mitten in die Stadt, und alle bedienen sich dessen und trinken es. Die andere, leere Röhre, wird nur benutzt, wenn die erste gereinigt werden muß.« Von Apotheken ist die Rede, von Barbierstuben, wo Köpfe gewaschen und Haare geschnitten werden, von Gaststätten, Ladenstraßen, Basaren. Von feinsten Baumwollstoffen, Papier, Büchern, Schmuck, Malerfarben, Baustoffen, Gemüse, Wild, Heilkräutern, Pasteten und gebackenem Kuchen. Vor allem von Gold, Silber und Edelsteinen. Die Indianer aber, die schon bald ihren schwerwiegenden Irrtum von den weißen Göttern begriffen, schilderten folgendes: »Als die Spanier das Gold sahen, funkelten ihre Augen vor Vergnügen; sie waren entzückt. Wie Affen griffen sie danach, befingerten es, waren hingerissen vor Freude. Sie hungerten und dürsteten nur nach Gold, sie wühlten wie hungrige Schweine nach Gold.«

Ich lese, bis die Buchstaben in der Dämmerung vor meinen Augen verschwimmen. Der Bus fährt durch ausgedehnte Sisalfelder, vorbei an weißen Mauern und fensterlosen strohgedeckten Häusern, in denen sich die Menschen zur Ruhe begeben. Die Früchte der Palmen sehen aus wie die Brüste schwangerer Frauen. Langsam verhüllt die Dunkelheit das Land und entzieht es dem Blick. Ich stelle den Sitz zurück, um zu schlafen.

In Villahermosa, nahe der Golfküste, herrscht bei der Ankunft stockdunkle Nacht, und das Thermometer zeigt noch dreißig Grad Celsius. Es geht schon auf den Morgen zu. Als erstes kaufe ich mir am Schalter des Busbahnhofs, der erstaunlicherweise besetzt ist, eine Fahrkarte nach Tuxtla Gutiérrez in der Provinz Chiapas, Abfahrt acht Uhr morgens. Im Wartesaal sitzen nur Einheimische; ich setze mich dazu, lege meine Füße auf die Reisetasche und schlafe noch ein wenig. Gegen halb sieben belebt sich der Raum. Kisten, Körbe, Taschen, Kartons, Bündel und Koffer werden herangeschleppt, die Kleinkinder schreien, neben mir nimmt eine Mutter ihren Säugling an die Brust. Die Sonne steht schon wieder hoch am Himmel. In dieser Gegend, so habe ich mir sagen lassen, verdient ein Arbeiter auf dem Lande fünfzig bis hundert Pesos am Tag, das sind fünf bis zehn Mark. Falls er eine Arbeit findet.

Das Buch liegt auf dem Schoß. Am 13. August 1521 wird die Hauptstadt Tenochtitlán nach wochenlangen schwersten Kämpfen endgültig erobert. Etwa 300.000 Menschen sollen dabei umgekommen sein, allein 15.000 an diesem letzten Kampftag. Kaum ein Stein bleibt auf dem anderen, und auch die Spanier und ihre indianischen Verbündeten erleiden hohe Verluste. Denn die Azteken setzen sich verzweifelt und todesverachtend zur Wehr. Ihr neuer Kaiser, Cuauhtemoc, der auf einem mit den Herrschaftsinsignien reich geschmückten Schiff inmitten seiner Vertrauten zu fliehen versucht, fällt in die Hände der Spanier. Er beschwert sich bei Cortés darüber, daß spanische Offiziere und Soldaten ihnen die Frauen und Töchter geraubt hätten. Um ihn zu zwingen, das Versteck seines Goldschatzes zu verraten, werden seine Füße in siedendes Öl getaucht. Aber der unermeßliche Schatz bleibt verschollen. 1531 erscheint dann der Legende nach die Jungfrau Maria, die braune Virgen de Guadalupe, dem Indianer Juan Diego; die Eingeborenen treten zu Millionen zum katholischen Glauben über.

Bernal Diaz del Castillo, der Konquistador, soll 89 Jahre alt geworden sein. Im Alter hat er alle Einzelheiten der Entdeckung und Eroberung Mexikos gewissenhaft aufgeschrieben. Er war ein gottesfürchtiger Mann, wie alle Konquistadoren. Aber zweiundzwanzig Jahre nach dem Eroberungszug des Cortés schreibt der Mönch Bartolomeo de Las Casas über die Tätigkeit seiner Landsleute in der »Neuen Welt«: »Sie haben in diesen vierzig Jahren nichts anderes getan und tun auch heute nichts anderes als zerreißen, töten, ängstigen, quälen, foltern und vernichten. Und das alles in solchem Maße, daß auf der Insel Haiti von drei Millionen Seelen heute keine 200 Eingeborene mehr da sind. Ich wage zu erklären, daß in der Zeit jener vierzig Jahre, da die Spanier in diesen Ländern ihre Schreckensherrschaft ausübten, mehr als zwölf Millionen Menschen unbillig ausgerottet worden sind. Statt Frieden und Recht bringen sie Gewalt, statt des Evangeliums Mord und Raub um des Goldes willen.«

Der Überlandbus arbeitet sich ratternd und ächzend in das Gebirge hinein. Neben dem Fahrer sitzt auf einer Coca-Cola-Kiste seine Frau oder Freundin, zu ihren Füßen einen kunstledernen Kosmetikkoffer. Die schmale Straße führt durch tropische Landschaft. Vor den strohgedeckten Hütten spielen Kinder; magere Hunde, schwarzgefleckte Schweine, Truthähne und bunte Hühner laufen umher. Die Männer tragen riesige Hüte, sie reiten auf knochigen Pferden und Eseln. Unterwegs steigen weitere Fahrgäste zu. Bald habe ich einen Sack Zwiebeln unter dem Sitz und eine Kiste Gemüse unter den Füßen, neben mir eine alte Frau mit ihrer Enkeltochter, die einen ausgewachsenen Hahn unter dem Arm trägt. Wir unterhalten uns mit Händen und Füßen. »Norteamericano?« fragt jemand. »No, alemán.« Von vorn wird mir eine Apfelsine gereicht, von hinten eine Banane. Die Leute lachen mir freundlich zu. Alemania, ein fernes kleines Land.

Es ist wie im Traum. Ein Schwebezustand. Vielleicht, weil ich allein bin und die Landessprache nicht beherrsche. Ich beobachte, was vorgeht, ich verständige mich, esse, trinke, schlafe, reise. Alles mit einer merkwürdigen, mir neuartigen Distanz zu meiner Umgebung und zu mir. Die Tage laufen ab. Als müsse alles so sein und nicht anders. Ich überlege, wohin ich fahren werde, ich kaufe eine Fahrkarte, ich fahre, ich komme an. Mehrmals, und immer wie im Traum. Niemals vorher bin ich so gereist.

XXI

Wieder die Kladde. Ich sitze in einem Hotelzimmer in Tuxtla Gutiérrez, vor mir ein wackliger Tisch. Die nähere und die fernere Vergangenheit wachsen allmählich zusammen, und auch die räumlichen Entfernungen werden bedeutungslos.

Wir nehmen uns mit, wohin wir auch gehen; das ist mir gerade in den letzten Wochen immer klarer geworden. Ich muß meine Vergangenheit beschreiben, sie nachvollziehen und damit begreifen lernen. Dann erst wird es mir gelingen, zu mir zu kommen, mich anzunehmen. Wir können Opfer sein, bedeutet das, aber auch Täter.

Als Kind gewöhnte ich mich an eine Welt, in der keinem zu trauen und alles um mich herum einem ständigen Wechsel ausgesetzt war. Nichts hatte Bestand. Zuerst wohnten wir in einer Großstadt, dann einige Monate auf dem Lande bei Prenzlau, schließlich in der Kleinstadt. Einmal fehlte es an nichts, ein anderes Mal gab es nicht einmal satt Brot zu essen. Die ersten bewußten Eindrücke waren kaputte Häuser, Soldatenuniformen, Flüchtlingskolonnen, aufgelaufene Füße. Auf der Straße sah man die Kriegskrüppel. Vor den Geschäften standen Schlangen. Abends berichteten die Männer von ihren Heldentaten, die Frauen von ihrem Martyrium. Wie im Dreißigjährigen Krieg. Oder in dem von den Spaniern eroberten Tenochtitlán. Zu den ersten öffentlichen Maßnahmen gehörten die Wiederherstellung von Wasserversorgung, Straßen, Brücken und Wohnquartieren.

Denke ich zurück, habe ich das Lager vor Augen. Einige Baracken weiter wohnte Frau Nickel, eine verhärmte, hagere Frau Anfang Fünfzig Sie lebte allein und wackelte beim Sprechen mit dem Kopf, weswegen wir sie Frau Wackel nannten. Hatte sie Unterstützung abgeholt, buk sie hellbraunes duftendes Hefebrot; und obwohl ich sie manchmal gemeinsam mit den anderen Kindern geneckt hatte, rief sie mich dann herein, um mir eine Scheibe frisches Brot mit Margarine zu bestreichen. Es schmeckte wie Kuchen.

Ihre Stube war eng, darin standen nur das Bett, ein Militärspind, Ofen, Waschständer, Tisch und zwei Stühle. Die Mäuseplage bekämpfte sie mittels komplizierter selbstgebastelter Vorrichtungen, die aus Bindfäden, Brettchen und halbgefüllten Wassereimern bestanden. Morgens wur-

den die Leichen gezählt und boten Anlaß zu zeitweiliger Befriedigung und nachbarlicher Unterhaltung.

Frau Nickel stammte aus Danzig. Mein Vater sagte, sie habe dort ein gutgehendes Lebensmittelgeschäft besessen. Neben dem Fenster hatte sie ein Stück Packpapier hängen, auf dem Fotografien befestigt waren. Als ich danach fragte, erklärte sie mir: »Das ist mein Mann, in Bessarabien gefallen – das ist mein Ältester, in der Schlacht um El-Alamein gefallen – das ist meine Tochter, bei einem Bombenangriff verschüttet – das ist der Jüngste, über England abgeschossen.« Ich erfuhr, daß Bessarabien in der Sowjetunion liegt, El-Alamein in Nordafrika, daß ein schweres Gefecht »Schlacht« und sterben im Krieg »fallen« genannt wird.

Der Winter von 1946 auf 1947 war so kalt, daß die Wasserrohre platzten. Und im heißen Sommer 1947 trocknete der Brunnen im Lager aus, so daß wir Wasser aus der Stadt holen mußten. Die Natur schien sich den extremen menschlichen Verhältnissen angepaßt zu haben. Wir überwinterten, wir hielten uns am Leben, indem wir weder erfroren noch verhungerten. Die Menschen warteten ab. Manche verdienten schon wieder, einige nicht einmal schlecht. Die meisten aber hofften auf andere, bessere Zeiten. In der »Linde« an der Landstraße gab es jeden Abend Tanz zu Akkordeonmusik. Auch englische Besatzungssoldaten verkehrten dort. Schwester Beate, die im Lazarett gearbeitet hatte, und Fräulein Berger aus der Siedlung trugen echte Nylonstrümpfe und hochhackige Schuhe.

Vor der Schule ging ich mit den anderen Kindern zum Müllabladeplatz in der Nähe des Lagers, um Schrott zu sammeln. Begehrt waren sogenannte Buntmetalle wie Kupfer, Zink, Aluminium, Messing, Blei. Was wir fanden, versteckten wir in den Büschen. Nach der Schule brachten wir die Sachen zum Schrotthändler, der uns je nach Menge und Qualität dafür eine Kleinigkeit bezahlte. Wenn der Appetit unabweisbar wurde, kaufte ich mir ein oder sogar zwei Rosinenbrötchen.

Herr Kaminski behauptete, Muskeln seien aus Eisen. Er beugte den Arm, ließ seinen Bizeps schwellen, den ich hin und wieder betasten durfte, und sagte: »Kolossal, was!?« Wenn er getrunken hatte, war er besonders stark und verprügelte der Reihe nach die ganze Familie. Als entdeckt wurde, daß er zur Wachmannschaft eines Konzentrationslagers gehört hatte und er von der Militärpolizei abgeholt werden sollte, hängte er sich auf. Wir fanden ihn beim Herumstöbern, als wir durch ein Fenster seines Holzschuppens blickten. Er war schon steif, hatte einen Schuh verloren und aufgerissene stiere Augen. Seine Zunge hing ihm blauschwarz unwahrscheinlich lang aus dem Mund.

Beim Frühstück erzählten wir unsere Träume, die nach überlieferten Kriterien entschlüsselt wurden. Kam zum Beispiel Wasser vor, würde es Kummer geben. Kohle stand für Hunger, und Zähne bedeuteten Krankheit. Wer von Blut oder Kot träumte, hatte Geld zu erwarten. Wurde dagegen jemand im Traum von einem Pferd gebissen, mußte er bald sterben. Manche Traumdeutungen beunruhigten mich tagelang, bis sie durch die Auslegung neuer Traumgesichte aufgehoben wurden, deren Wirkung wiederum mehrere Tage vorhielt.

Nachmittags trieben wir uns auf den Trümmergrundstücken herum, in leerstehenden Lagerschuppen und Mannschaftslatrinen oder in den umliegenden Feldern. Aus verschraubbaren Herdputzdosen, die mit Karbid und Wasser gefüllt wurden, ließen sich äußerst wirksame Explosivkörper herstellen. Warf man solche Sprengsätze in den Fluß vor der Stadt, zerplatzten die Schwimmblasen der Fische, die leblos an die Wasseroberfläche kamen. Wir brieten sie über dem Lagerfeuer und dazu gestohlene Kartoffeln. Manchmal kochten wir uns in einer alten Konservendose Eier, die aus den Hühnerställen der näheren Umgebung besorgt wurden. Aus dem Feuerlöschteich fischten wir bei Kriegsende weggeworfene Waffen, mit denen wir Krieg spielten. Wen kümmerten schon Verbote. Daß Unfälle vorgekommen waren, wußten wir. Man mußte sich eben vorsehen und aufpassen, daß man nicht geschnappt wurde.

Wollte man vom Lager in die Siedlung, die sich in unmittelbarer Nachbarschaft befand, mußte man einen längeren Umweg über die Landstraße machen. Eine Abkürzung führte über den Hof eines Bauern, aber dieser Weg durfte nur von Einheimischen benutzt werden. Der Bauer, der Toben hieß, paßte auf, besonders abends. Dennoch schlich ich mich, wenn ich von einem Schulkameraden kam und schnell heim mußte, dort entlang, denn man sparte fast zehn Minuten. Toben paßte mich eines Abends ab. »Hab' ich dich endlich, du Lump!« schrie er, gab mir mehrere Ohrfeigen und trat nach mir, daß ich meterweit fortgeschleudert wurde. Heulend lief ich nach Hause und berichtete meinen Eltern. Ein Auge war blau angeschwollen, das Hemd zerrissen. Mein Vater stand vom Abendbrotstisch auf und ging hinüber zu Toben, ihn zur Rede zu stellen. Als er nach kurzer Zeit zurückkam, war er fürchterlich aufgebracht und stieß wilde Drohungen aus. »Den Hund müßte man totschlagen!« rief er erregt, unternahm jedoch nichts weiter, auch nicht an den folgenden Tagen. »Der Kerl ist mit Vorsicht zu genießen«, meinte er.

Meine Wut verwandelte sich in abgrundtiefen Haß, der alle Gedanken einzunehmen begann. Peter Koralla besaß, wie ich, eine Nullacht. Ich wußte, daß er sich auch Munition dafür beschafft hatte, die er sorgfältig versteckt hielt. Es gelang mir, vier Patronen von ihm gegen mein Bajonett einzutauschen, das ich im Bombentrichter hinter dem Lager gefunden hatte. Dann nahm ich die Pistole mit in den Wald, lud sie und schoß zur Probe zweimal auf einen Baumstamm. Obwohl ich schrecklich aufgeregt war, saß der zweite Schuß im Ziel.

Der Abend kam, und ich lag neben dem Feldweg, der zu Tobens Scheune führte. Vom Melken kam er dort vorbei, jeden Abend. Ich wartete. Als er zu sehen war, kroch ich unter ein Schlehdorngestrüpp und entsicherte die Pistole; ich zitterte am ganzen Körper. Toben schob einen Karren mit Milchkannen vor sich her, langsam kam er näher, genau im Visier. ›Das Herz sitzt links‹, sagte ich mir, ›also muß ich nach rechts halten.‹ Kurz vor dem Gebüsch blieb er stehen, um seine Pfeife zu stopfen. ›Jetzt mußt du abdrücken‹, dachte ich, ›jetzt ist der richtige Zeitpunkt.‹ Ich war auf einmal ganz ruhig, mir ging das Lied durch den Kopf, das wir morgens in der Schule gelernt hatten: »Es dunkelt schon in der Heide, nach Hause laßt uns geh'n...« Ich hielt den Finger am Abzug. Toben hatte jetzt seine Pfeife gestopft und zündete sie an. Dann schob er den Milchkarren an mir vorbei, noch immer hatte ich ihn genau im Visier. Bis er hinter der Scheunenecke verschwand. Das genügte, um es zu vergessen.

In der Schule lernte ich, wie man sich am besten verstellt, um etwas zu erreichen. Und sei es, daß die Lehrer einen in Ruhe ließen. Das war nicht einfach, wenn die Eltern weder zu den Einheimischen gehörten noch sonst etwas aufzuweisen hatten. Aber ich sprach einwandfreies Hochdeutsch, ein großer Vorteil. Viele der Einheimischen wie auch der Flüchtlingskinder sprachen Dialekt und mußten sich erst umstellen. Bei manchen dauerte es mehrere Jahre, und einigen gelang es nie.

Ich hatte mir in den Kopf gesetzt, Langstreckenläufer zu werden und übte monatelang, indem ich Tag für Tag mindestens einmal im Dauerlauf um das ganze Lager hetzte. So steigerte ich meine Kondition und meinen Hunger. Dann stellte sich bei einer Reihenuntersuchung heraus, daß ich Schatten auf der Lunge hatte. Es gab Zuschüsse für Butter, und nach einem halben Jahr waren die Schatten wieder verschwunden. Ich begann mich nach der Schule in den Wald abzusetzen, wo ich bis zum Abend herumstromerte. Das blieb so, bis ich die Schule beendet hatte.

Und immer wieder kein Geld. Diese bedruckten Papierlappen, für die man sich alles kaufen kann. Hat man sie, ist das wie selbstverständlich: ein Gefühl der Sicherheit, der Erhabenheit. Deswegen will man sie sich besorgen. Ich habe Kabel verlegt, Straßen aufgehackt, Bäume gepflanzt, Taxi gefahren, an der Heißmangel oder mit dem Preßlufthammer gearbeitet. Was damit zu verdienen war, reichte gerade für den notwendigen Lebensunterhalt. Will man mehr, muß es anders angefangen werden. Das begriff ich bald. – Dabei braucht es gar nicht viel, um einigermaßen menschenwürdig leben zu können.

Aber wer viel hat, will noch mehr, und reich werden kann man nur auf Kosten anderer. Auch das lernten wir in der Schule, wenn auch eher indirekt, zum Beispiel im Heimatkundeunterricht. In der Nachbarschaft herrschte im sechzehnten Jahrhundert ein Häuptling mit Namen Balthasar, der sich auf die Seefahrt verlegt hatte, besonders auf das Aufbringen in Seenot geratener Schiffe der Hanseaten; gelegentlich half er dabei nach. Es konnte nicht ausbleiben, daß sich die Kaufleute der vor allem betroffenen Hansestadt Bremen, die solche Beschäftigung mit gewissem Recht als Seeräuberei betrachteten, dagegen zu schützen versuchten. Und Bremen war eine mächtige Stadt, ein Zentrum des Welthandels, mit gutausgerüsteten Soldaten. Aber weit weg, über hundert Kilometer. Balthasar warb einen Kapitän an, der sich auf sein Handwerk verstand, übertrug ihm das Kommando über die aus drei Schiffen bestehende Flotte und stellte ihm einen Kaperbrief aus, wie es damals nicht unüblich war. Nach »alden Szerechten«, so stand in der gesiegelten Urkunde. 1539 wurden den Bremern vor ihren Toren auf der Weser zehn Schiffe abgenommen und fortgeführt. Das wollten sie sich nicht bieten lassen, das sollte sich nicht wiederholen.

Auf einer Insel, die zu Balthasars Herrschaftsbereich gehörte, brannten sie 19 Häuser nieder; darüber konnte er nur lachen, denn die Bewohner hatten sich vorher auf das Meer gerettet. In Bremen wurden jetzt Fahrzeuge geringeren Tiefgangs auf Kiel gelegt, die den Smacken und Hukbooten der Peiniger in die flachen Küstengewässer folgen konnten – das war schon bedenklicher. Kurz darauf wurden in der Ossenbalge die drei Schiffe der Kaperflotte auf Grund gesetzt und die Besatzungen gefangen genommen; das war zum Haareausraufen. Doch dabei blieb es nicht. 71 Männer waren zu Bremen festgesetzt und in den Block geschlossen. Zwar gelang es einer der Schiffsmannschaften auszubrechen. Nicht ohne erhebliche Verletzungen an Händen und Füßen, konnten sich die Gefangenen aus dem Holz befreien. Sie stiegen durch das Dach und ließen sich mit selbstgedrehten Stricken zur Weser hinunter, um auf einem Kahn zu entkommen. Aber an der Huntemündung wurden die Flüchtenden von Bremer Schiffern gestellt, zurückbefördert und vor dem Ansgaritor mit dem Schwerte hingerichtet, wie zuvor in Hamburg schon die Likedeeler unter ihrem Hauptmann Störtebeker. Die abgeschlagenen Köpfe nagelte man zur Abschreckung anderer Frevler an einen vor dem Ort Walle aufgerichteten Galgen. Doch auch damit nicht genug. Der Seeweg nach Westen mußte frei bleiben für einen schwunghaften Handel mit England, Portugal und Spanien, die sich inzwischen in Übersee festgesetzt hatten und deren Kaufleute reiche Warenangebote bereithielten. Die Bremer schickten ihre Streitmacht hinaus und belagerten Balthasar im Jahr darauf in seiner Stadt, wo er am zehnten Tage der Beschießung mit 24 Kanonen überraschend an seines »Herzens Bitterigkeit« verstarb. So wurde es uns berichtet. Ich erinnere mich genau. Und wer sich Gedanken darüber machte, konnte viel daraus lernen. Daß, wer raubt, auch die Macht haben muß, das Geraubte zu behalten.

XXII

Bei unablässig strömendem Regen kurvt das Taxi über holprige Straßen durch eine altertümliche menschenleere Stadt. Es ist schon dunkel. Am Ortsausgang taucht im Scheinwerferlicht eine weißgetünchte Mauer mit vergitterten Fenstern auf, ein hölzernes Tor – ein ehemaliges Kloster. Ich hatte angerufen und werde erwartet. Durch pflanzenverhangene Kreuzgänge und über dunkle Innenhöfe werde ich von dem Mädchen in mein Zimmer geführt. Hinter mir schließt sich die Tür. Als träume ich immer weiter, als stünde die Zeit.

Das Zimmer trägt den Namen »Huistan«, nach einem Indianerdorf dieser Gegend. Es ist mit indianischen Handarbeiten ausgestattet, hat ein breites, bequemes Bett, Schreibtisch, Kamin und Bad. Von allen Seiten blicken mich aus dunklem Holz geschnitzte Masken an. Es ist kühl und feucht, der Regen peitscht an die Fensterscheiben, hinter denen eine unheimliche undurchdringliche Dunkelheit liegt. Aber der Kamin ist vorbereitet, braucht nur angesteckt zu werden, und es gibt warmes Wasser für ein Bad.

Mit der Wärme weichen die Beklemmungen. Aber immer allein. Nachdenken, wie ich hierher gekommen bin. Den Grund habe ich vergessen und auch die Absicht. Was war, liegt wie hinter einem Vorhang. Man fährt irgendwo weg und kommt irgendwo an. Der Wechsel von Orten, Landschaften, Klima und Menschen läßt das Vergangene zurücktreten und das Zukünftige unwichtig erscheinen. In den Mittelpunkt rückt die Gegenwart. In der Nacht träume ich von Vampiren und Banditen.

In seinem Buch »Land des Frühlings« hat B. Traven geschrieben, das Klima in Las Casas sei so gesund, daß die Leute hier nur stürben, weil sie sich ihr Leben lang einbildeten, jeder Mensch müsse eines Tages sterben. Die Stadt, eine Gründung der Konquistadoren, liegt in 2.300 Meter Höhe in dem riesigen Krater eines vor langer Zeit erloschenen Vulkans, umgeben von Felsen und bewaldeten Bergen. Wirklich, die Sonne erscheint mir klarer und heller, die Luft mild, und aus dem Garten blüht es zu den Fenstern, wie im ewigen Frühling.

Die Señora begrüßt mich zum Frühstück. Eine weißhaarige alte Dame, auffällig der kostbare Schmuck und die reich verzierten indianischen Gewänder. Die Königin der Lacandonen, so hört man hier und da. Andere sagen, sie und ihr Mann seien durch die Freundschaft zu diesem Indianerstamm vermögend geworden. Die »Doña«. Ihren Mann, den Mineralogen, traf sie auf einer Dschungelexpedition, eine Begegnung wie im Film. Der Pfad war schmal und sie ritten aufeinander zu. Später hat er sich dann zu Tode getrunken.

»B. Traven?« sagt die Señora. »Er soll einmal unter dem Namen Croves hier bei uns gewohnt haben, ein schüchtern wirkender hagerer Mann.« Sie wechselt das Thema. »Lacandonen«, sie zeigt auf zwei im Hof kauernde dunkelhäutige Gestalten, »die mich besuchen.« Nachfahren der Mayas, scheue langhaarige Wesen mit klugen Augen; die »wahren Menschen«, wie sie sich selber nennen. Kommen sie aus den noch von Zivilisation und Tourismus verschont gebliebenen Dschungelgebieten, tragen sie knöchellange weiße Gewänder. Einzelne Sippen gehen bis heute mit Pfeil und Bogen auf Jagd. Aber tief im Urwald finden sich hier und da noch alte, zerfallene Tempelstädte, die von dem beachtlichen kulturellen Niveau früherer Generationen zeugen, die sich – vielleicht vor den kriegerischen Tolteken – in diese unzugänglichen Gegenden zurückgezogen hatten.

Ob die Lacandonen noch von früher wissen, ist fraglich. Sie lebten in paradiesischer Unschuld, schrieb der Schriftsteller Wolfgang Cordan, und sie pflegten auszusprechen, was wir nur denken. Ein Umstand, an den man sich mit einiger Verblüffung erst zu gewöhnen hätte. Diebstahl und Lüge seien ihnen fremd, ein Mord gelte als so großes Verbrechen, daß sie keine Strafe dafür wüßten. Der Mörder finde jedoch keinen Gefährten mehr zur Jagd und zur Feldbestellung, keiner spräche mit ihm, so daß er in Einsamkeit und Verzweiflung dahinvegetieren müsse.

Cordan gab es, wie es die Doña gibt und ihren Mann und B. Traven gab. Aber wer kennt schon noch Cordan, der im Urwald schwarze Messen abhielt und in Las Casas an Fieber, Alkohol und Depressionen zugrunde ging. Ein Abenteurer, Gelegenheitsarchäologe und Egozentriker auf den Spuren Travens, befreundet mit José Weber, dem ehemaligen Lehrer, der bis vor wenigen Jahren eine Privatschule unterhielt. Schicksale, die sich hier konzentriert haben. José Weber lerne ich kennen; und er berichtet davon, wie er Cordan vor der schwerbewaffneten guardia civil auf dem Dachboden seiner Schule verborgen hielt. Jemand wollte jemandem, auf Veranlassung von Hintermännern, ans Leben (angeblich steckte Traven dahinter, den Cordan mehrmals schwer beleidigt hatte). Das ist eine undurchsichtige Geschichte, deren Wahrheitsgehalt sich nicht mehr nachprüfen läßt: nachts beim Nachhausekommen wurde geschossen, vermutlich von Pistoleros, gekauften Mördern. »Cordan hat mir übrigens ein Buch gewidmet«, sagt der alte Mann und erzählt dann die Geschichte von Carlos Frey, der im Dschungel an der guatemaltekischen Grenze die alte Mayastadt Bonampak fand und von dem Fotografen Giles G. Healy um seinen Endeckerruhm und den damit verbundenen Gewinn gebracht wurde. Auch Frey hat es gegeben, wie es Healy gab und Bonampak immer noch gibt.

1946 war Bonampak eine Weltsensation. Erstmals war man auf kunstvolle, guterhaltene Fresken gestoßen, obwohl die Archäologen und Ethnologen bis dahin die Meinung vertreten hatten, die Mayas seien der Wandmalerei unkundig gewesen. Healy, der Fotograf, veröffentlichte die Farbfotos in der Zeitschrift »Life«; auch hielt er Vorträge in aller Welt und ließ sich als Entdecker feiern. Während Frey, der Healy nur der Fotos wegen mitgenommen hatte, bei seiner Indianerfrau im Urwald saß. Als er von dem Betrug erfuhr, protestierte er zwar, ging deswegen sogar nach Mexiko-City, aber keiner wollte ihm glauben. Ein Hochstapler, so hieß es. Dennoch ließ er nicht locker, niemals, und vermochte schließlich nach drei Jahren einige Wissenschaftler und Kultusbeamte zu überzeugen. Da ertrank er 1949 unter ungeklärten Umständen auf einer erneuten Expedition, man sprach damals von Mord.

José Weber unterrichtet jetzt lernbehinderte Kinder. Er zeigt selbstverlegte Bücher vor, in denen er didaktische Methoden des Schreib-, Lese- und Rechenunterrichts entwickelt hat. Die Regale in seinem Arbeitszimmer sind vollgestopft mit Papieren und Büchern. »Leider ist meine Arbeit in der Hauptstadt bisher nicht zur Kenntnis genommen worden«, sagt er mit einem Unterton der Verbitterung.

Wir unterhalten uns über Cordan und Traven. »Verfälschende Berichterstattung«, nannte Cordan das, was Traven – Jahrzehnte vorher – in seinen Romanen über die Lebensverhältnisse der Mahagoniholzfäller in den Monterias geschrieben hatte, den Holzfällercamps. Sie gehörten der Familie Bulnes, und die saß und sitzt wohl noch immer auf dem Rancho El Real am Rande des Waldes. Was spielt das heute noch für eine Rolle. Die Monterias gibt es nicht mehr, aber die Romane von Traven sind geblieben, und der mehr manieristische Cordan ist vergessen. In seinem bemerkenswerten Buch »Mayakreuz und rote Erde«, das ich mir von José Weber ausleihe, berichtet Cordan von seinem Leben in Las Casas und den Gesprächen mit den

Chamulas, wobei stets der Alkohol ein gewichtiger Faktor ist. B. Traven scheint er gehaßt zu haben. Obwohl er auf dessen Spur nach Chiapas kam.

Am Morgen sind die Indianer auf dem Wege zum Markt. Von den Spaniern werden sie abschätzig Indios genannt. Barfüßige Tenejapanecos, bekleidet mit schwarzweiß gestreiften Ponchos; in ausdauerndem Laufschritt schleppen sie ihre schweren Lasten an breiten Stirnbändern kilometerweit heran. Chamulas in halblangen weißen Hosen und schafswollenen Ponchos, auf dem Kopf den flachen tellerartigen Strohhut. Hochgewachsene Zinacantecos in hellen Baumwollüberwürfen, um die Schenkel geschlungen ein weißes Baumwolltuch, an den Füßen die eigenartigen Sandalen mit knöchelhohen Ledermanschetten. Scharfgesichtige Huistecos mit weißen, um die Oberschenkel geschlagenen Lendentüchern. Wie vor fünfzig oder hundert Jahren. Hunderttausende dieser Indianer, die unterschiedlichsten Völkern und Stämmen angehören, die Reste der von den Konquistadoren und ihren Nachfolgern unterworfenen Ureinwohner. Sie leben in den Bergen, wo sie in Ruhe gelassen werden. Nichts hat sich in den vergangenen Jahrzehnten verändert. Nur der Zustrom von Fremden, besonders aus den Vereinigten Staaten, ist um ein Vielfaches größer geworden. Las Casas mit seinem ausgedehnten Indianermarkt, den kopfsteingepflasterten Straßen und Gassen, der Kirche Santo Domingo und der Kathedrale ist dem Fremdenverkehr erschlossen, trotz der beschwerlichen Anreise.

Antonio Gonzalez wohnt am Rande der Stadt und vermietet Pferde. Auf Maultierpfaden kommt man ins Gebirge, zuerst eine halbe Stunde durch die zerklüfteten Felsen hinauf bis in eine Höhe von etwa 2.800 Metern. Laute Rufe, die der Treiber einer Eselskarawane ausstößt, schallen dem Reiter entgegen, damit er an einer Ausweichstelle warten kann. Schmale Felsgrade und stufenförmige Pfade. Unten liegt das weite Tal, in dessen Mitte sich ein kleinerer kegelartiger Berg erhebt, zu seinen Füßen die alte Stadt. Der Fluß verschwindet irgendwo in der Erde. Beim Weiterreiten öffnet sich eine dichtbewaldete Landschaft mit riesigen Fichten und Eichen, vergleichbar vielleicht dem Schwarzwald vor zweihundert Jahren.

Erst nach Stunden, fast schon in den Wolken, taucht ein Dorf auf, bestehend aus wenigen Holzhäusern inmitten von Mais- und Bohnenfeldern. Ein paar Kinder sind zu sehen, die sich scheu zurückziehen, während die Hunde näherkommen. Die Erwachsenen sind zum Markt hinunter in die Stadt gegangen. Nur eine Tür steht offen, darüber die verwitterte Aufschrift »Escuela«. Es gibt weder Bänke noch Tische, an der Stirnseite der Hütte eine Apfelsinenkiste für den Lehrer. »Vacaciones«, sagt Antonio. Es sind häufig gerade Ferien. Die Lehrer, von der Regierung abgeordnet, verdienen so wenig, daß sie gezwungen sind, ihr Einkommen durch mancherlei Nebentätigkeiten zu verbessern. Oft sprechen sie nicht einmal den Dialekt, während die Kinder kein Spanisch verstehen.

Das Dorf befindet sich am Rande der Hochfläche, von wo sich der Blick über die tief unten im Dunst liegenden Dschungelgebiete öffnet. Die Hunde beunruhigen die Pferde und folgen bis weit in den Wald. In dieser Gegend gibt es zahlreiche solcher kleinen Ansiedlungen, aber wir kehren um. In einem Nachbardorf ist vor wenigen Jahren ein Amerikaner mit Macheten zerhackt worden. Er wanderte allein durch die Berge, kam an das Dorf und sah die Kinder. Um ihnen die Angst zu nehmen, machte er Faxen, kroch auch grunzend und Grimassen schneidend auf der Erde herum. Da erschlugen ihn die herbeigeeilten Männer, weil sie fürchteten, er wolle ihre Kinder verhexen.

In der Buchhandlung »El Recoveco« an der Plaza treffe ich den Holländer Chris Bakker, genannt Don Cristobal, der in dem kleinen Dorf D'elbilho mit einer Indianerin verheiratet ist. Eines Tages sah er sie hilflos am Bordstein sitzen und nahm sie mit nach Haus. Sie war damals noch blind; später wurde sie mit Erfolg operiert. Ihr Großvater war gestorben, niemand wollte sie aufnehmen. Zu dieser Zeit trieb Chris Bakker noch sprachwissenschaftliche und völkerkundliche Studien. Dann ließ er sich von seiner holländischen Frau scheiden, das Haus in Amsterdam verkaufen. Ein ganzer Roman für sich. Er macht einen lebensfrohen Eindruck, ein kräftiger Mittfünfziger, dessen ausgeglichenes Wesen mir sympathisch ist. Durch die dicken Gläser der dunklen Hornbrille trifft mich sein ruhiger Blick. Er trägt hohe lehmbespritzte Schnürschuhe, die grauen Wollstrümpfe hat er über die Hosenbeine gezogen.

Abends treffen wir uns zum Essen in einer Fonda, und er berichtet, wie er mit seiner Frau und deren indianischen Verwandten am Totentagfest auf dem Friedhof am Grab des Großvaters war: »Wir saßen alle um die Gräber herum, eine ganze Nacht, und haben uns mit den Toten unterhalten. Natürlich haben sie viel zu sagen gehabt, denn wir besuchen sie ja nur einmal im Jahr.« In der Nacht zuvor habe der Großvater seiner Enkeltochter im Traum genau erklärt, welche Speisen auf den Friedhof gebracht werden sollten.

Er ist überzeugt von dem, was er spricht. An der Stuhllehne hängt die schwarze Baskenmütze, neben dem Teller liegt ein Zeichenblock. »Europa«, sagt er, »interessiert mich kaum noch. Vielleicht fahre ich in einigen Jahren einmal als Tourist dorthin.« Es gebe noch Kontakte zu Mitgliedern einer ehemaligen Widerstandsgruppe in Amsterdam.

Die Buchhandlung »El Recoveco« gehört dem Ehepaar Alvarez. Sie war Nonne im Orden Sacré-Coeur und Leiterin einer großen Schule gewesen, er Jesuitenpater in auch nicht mehr ganz untergeordneter Position. Dann traten sie aus ihren Orden aus, heirateten, und Ricardo Alvarez eröffnete den Buchladen. Sie bewohnten in der Colonia Revolucion am Rande der Stadt ein Haus, das sich der englische Lord Montferas erbauen ließ. Er ist im Dschungel von Chiapas umgekommen, eine sehr seltsame Geschichte mit vielen Verästelungen. Geschichten, wo man hinhört Geschichten. Soviel aber steht fest: Montferas, der in England eine schwierige Ehe führte, wich aus zu einer Dschungelexpedition nach Chiapas und kam von diesem Land nicht mehr los. Nachdem sich seine Frau hatte scheiden lassen, heiratete er eine hübsche junge Französin bürgerlicher Herkunft. Doch auch diese Ehe verlief nicht glücklich. Dennoch unternahm das Ehepaar eine gemeinsame Expedition an den Lacanhá, den Schlangenfluß, von der dann nach einigen Wochen die junge Lady allein zurückkam. Ihr Mann sei im Urwald gestorben, erklärte sie: an einer Pilzvergiftung. Sie habe ihn an Ort und Stelle begraben. Wo? Unter einem großen Baum. Das war ungewöhnlich, sogar höchst verdächtig. Aber die polizeilichen Ermittlungen verliefen im Sande, denn Lady Montferas war ja reich. Allerdings konnte sie sich ihres angeheirateten Vermögens nicht lange erfreuen. Nach einer Kaffeetafel, angeblich bei der »Doña«, soll sie auf der Straße einem Herzinfarkt erlegen sein.

Lilia Alvarez, eine Zeitlang Leiterin des örtlichen Fremdenverkehrsbüros, spricht außer Spanisch noch perfekt Englisch und Französisch, auch ein bißchen Deutsch. Alle waren sehr mit ihr zufrieden. Bis der Bezirkspräsident erfuhr, daß sie nicht Mitglied der regierenden Partido Revolucionario Institucional – das bedeutet kurioserweise: Institutionalisierte Revolutionspartei –, sondern der Partido de los Trabajadores, einer kleinen Arbeiterpartei ist. Einige Tage später saß morgens auf dem Bürostuhl der Señora Alvarez ein junger Mann, der ihr erklärte, dies sei nun sein Arbeitsplatz. Alle Beschwerden halfen nichts. Ein amerikanischer Höhlenforscher bedauerte den Wechsel öffentlich, sprach sogar von Willkür und Korruption, und wurde von der Straße weg verhaftet; er konnte nur durch Fürsprache einflußreicher Freunde vor der sofortigen Abschiebung bewahrt werden. Das kann schon mal passieren. Traven, der Chiapas sehr geliebt hat, schreibt im »Land des Frühlings«, freilich in anderem Zusammenhang: »Ich denke manchmal, dieses widerwärtige Insektenzeug ist notwendig. Gäbe es keine Moskitos, keine Zecken, keine Sandflöhe, dann wäre Mexiko nicht zu ertragen, sowenig zu ertragen, wie man das Paradies auf die Dauer ertragen kann.«

Ich gehe durch die altertümlichen Straßen, schaue den Indianerfrauen nach, die mit ihren Kindern heimwärts ziehen, das jüngste im Tragetuch auf dem Rücken. Streckt sich mir eine bettelnde Hand entgegen, lege ich einen Peso hinein. Was wissen wir von diesen Indianern, Millionen allein in Mexiko, was sie denken und wie sie denken. Die meisten leben in ihren Dörfern, ihren Familienverbänden. Kein leichtes Leben, aber sie erscheinen uns zufrieden. Konkurrenzdenken, Karrierebewußtsein, Ehrgeiz, das Bedürfnis reich zu werden, sind ihnen fremd. Ihre Ansprüche an das Leben gehen in eine andere Richtung als unsere. Traven schrieb schon damals: »Wir leben ja in dem Gefühl, daß Ehrgeiz notwendig ist, um etwas Großes zu erreichen. Der Trieb ist immer nur der, einen anderen zu überflügeln, um eine bessere und eine geachtetere Stellung zu bekleiden.«

Kuba und Nicaragua sind nahe, aber auch die USA. »Wo und wann es heute dem Kapitalismus an den Kragen geht, da klappert er sofort mit dem Schreckgespenst Bolschewismus«, geschrieben vor etwa sechzig Jahren in diesem »Land des Frühlings«. In El Salvador stehen schon die amerikanischen Elitetruppen bereit. »Es könnte Krieg geben«, sagen Einheimische, die sich mit Politik befassen, »und auch hier wird es unruhig werden.« Auf der Plaza kauern barfüßige Indianer auf der Erde und verspeisen ein karges Mahl. Die Bänke sind von alten Männern besetzt, von Städtern, die sich ununterbrochen unterhalten; ihrer Physiognomie nach sind sie spanischer Herkunft, und sie würdigen die Indianer kaum eines Blickes. Gegenüber die Kathedrale, in der es angenehm kühl ist.

An einer Tankstelle lassen sich Autos mieten. Und in Chamula, der Indianerstadt, ist Fiesta. Aber Touristen sind dort nicht gern gesehen, sie sind »Gringos«, unerwünschte Nordamerikaner. Wahrscheinlich bin ich für Indianer ebenfalls ein »Gringo«.

Über Feldwege geht es anderthalb Stunden lang zu einem versteckt zwischen den Bergen liegenden Ort, den der Fremde aus Wildwestfilmen schon zu kennen glaubt. Vor einer dieser typisch mexikanischen Kirchen, deren Vorderfront zugleich als Glockenturm dient, befindet sich ein riesengroßer Platz, an zwei weiteren Seiten umgeben von ein- und zweistöckigen weißgekalkten Häusern. Zur vierten Seite hin steigt das Gelände an und ist mit Holzhäusern bebaut, die inmitten kleiner Feldquadrate liegen, darüber beginnt der Wald.

Auf dem Platz und in der Kirche sind ein paar tausend Indianer versammelt, Männer, Frauen, Kinder. Es wird Markt gehalten. Eßwaren und Gegenstände des täglichen Gebrauchs sind auf Matten ausgebreitet, an kleinen Ständen gibt es Tortillas, Frijoles, Früchte, gebratene Fleischstückchen, Kaffee, Limonade, Süßigkeiten. Schnapsverkäufer gehen herum. Die Indianer sitzen zusammen, schwatzen, essen, trinken und amüsieren sich. Um einen Pavillon springen vermummte Gestalten, die Knallfrösche werfen, gellende Schreie ausstoßen und mit Rasseln und Klappern höllischen Lärm erzeugen. Die Stimmung ist ausgelassen und friedlich. Dennoch fühle ich mich unbehaglich.

Die Kirche ist außen mit bunten Wimpeln und frischem Grün geschmückt. Auch innen grüne Zweige, der Fußboden dick mit Tannennadeln bestreut, ein ständiges Kommen und Gehen. Hunderte von Kerzen brennen. Den Fremden treffen abweisende Blicke. Fotografieren ist nur außerhalb der Kirche gestattet und das auch nur mit einem Erlaubnisschein, den gibt es im Stadthaus.

Die »Stadtverwaltung« sitzt auf der Veranda eines zur Plaza gelegenen Hauses, ein älterer Indianer. Er stellt einen Schein zum Fotografieren aus, und mir ist, als bemerke er mich gar nicht. Auf der Straße kommt mir ein Lastwagen entgegen, der plötzlich einen Schlenker macht und mich streift. Der Arm schwillt an, aber es ist nichts gebrochen. Nur wenige Weiße sind zu sehen. Ich betrachte einen Umzug, einige Reiter mit Fahnen, vorweg Indianer mit Musikinstrumenten. Die Spitzen der Fahnen laufen in Kreuze aus. Der Zug geht an der Kirche vorbei in den dahinterliegenden Teil des Dorfes.

In der Mitte des Platzes sitzen mehrere ältere Indianer auf Stühlen und Kisten, offensichtlich Alkohol trinkend. Als ich vorübergehe, wird mir ein gefülltes Glas angeboten. Das Getränk, selbstgebrannter weißer Rum, rinnt ätzend durch die Kehle. »Norteamericano?« fragt einer. »No, soy alemán.«

Dann bin ich wieder in Las Casas, dann geht es wieder weiter, und die Szene verändert sich erneut. Blicke ich aus dem Busfenster, sehe ich von Tropenwald überwucherte Hänge, hier und da strohgedeckte Häuser, umgeben von Palmen, Zitrusbäumen, Bananenstauden und Maisfeldern. Der Urwald neben der Straße ist undurchdringlich, dornig, von orchideenartigen Blüten durchsetzt. Später fliege ich von Tuxtla Gutiérrez im Süden nach Chihuahua im Norden. Ich bin unterwegs, das hatte ich fast vergessen.

Tag für Tag. Die Sehnen sind fest, die Muskeln elastisch, Knochen und Fleisch gehorchen dem Willen. Auch sonst alles in Ordnung. Puls, Atem und Verdauung regelmäßig, gesunder Appetit, der Blutdruck nicht zu hoch und nicht zu niedrig. Ich lege mich abends ins Bett und stehe morgens auf. Wenn ich nur vier Stunden geschlafen habe, dann genügen auch vier Stunden Schlaf. Im Hotel, im Bus, im Wartesaal, in einer Hütte. Es macht weiter nichts. Das ist beruhigend.

Mit der Bahn fahre ich durch die Sierra Madre Occidental, vorbei an der Barranca del Cobre, die gewaltiger ist als der Grand Canyon, in das Gebiet der Tarahumara-Indianer. Früher, so sagt man, haben sie Hirsche gejagt, indem sie solange im Dauerlauf auf ihrer Spur blieben, bis das Wild zusammenbrach. Die Begegnungen sind flüchtig. In den armseligen Indianerhütten bin ich ein Fremder, auch wenn der Sohn von Adolfo Sanchez mich führt.

Adolfo zeigt sich nicht mehr. Er und seine Frau Carmen haben mich in ihrem alten Jeep an der Bahnstation abgeholt. Wir fuhren zwei Stunden auf einem schmalen, kaum befestigten Weg ständig bergauf. Adolfo klopfte auf das Armaturenbrett und sagte: »Bueno burro«, was »guter Esel« heißt; danach klopfte er seiner Frau auf den Rücken und sagte das gleiche und beide lachten und freuten sich. Darauf klopfte ich, von der Fahrt in die Höhe berauscht, Adolfo auf den Rücken und sagte: »Mucho macho«, das heißt »großer Männlichkeitsprotz«. Wir lachten, aber Carmen lachte sehr viel lauter als Adolfo. Den Rückweg, einige Tage später fuhr ich mit drei Tarahumaras zusammen im Führerhaus eines Lastwagens, der Eichenstämme hinuntertransportierte. Der Abstand der rutschenden Räder zur Schlucht. Dieser Eindruck verliert sich erst langsam und läßt die anderen Bilder zu ihrem Recht kommen.

Weiter mit der Bahn nach Los Mochis am Pazifik, von dort nach Culiacán, von dort nach Acapulco. Aber alle Wege führen in diesem Land nach Tenochtitlán, genannt Mexiko-City. Mein Koffer steht bei Freunden in der Calle Mississippi. Auf dem Weg dorthin treffe ich wieder auf die bettelnden Frauen und Kinder, die Pesos reichen nicht aus. Millionen von Zugewanderten, die sich auf ihrem kargen Stück Land nicht mehr ernähren konnten, leben inzwischen in den Slums rund um die Stadt; und der Zustrom hält weiter an. In der Regenzeit stehen ihre Wellblechhütten, Bretterbuden und Pappverschläge in Morast und knietiefem Wasser.

Vor den Eingängen der Banken, Bürohäuser und feinen Geschäfte patrouillieren bewaffnete Wächter. Der Autoverkehr, der Lärm, die Hitze, die Abgase, die vielen, vielen Menschen. Das macht mich ganz wirr im Kopf. Einmal war ich in Berlin, in London, in Paris, in Stockholm, in Istanbul, in Teheran, in Vancouver, in Rom ... Die Bilder verwischen sich, als projiziere jemand übereinandergelegte Diapositive an die Wand. Wo bin ich zu Hause, das frage ich mich, und warum gerade dort.

Verlorengehen könnte man. Sich einen neuen Paß kaufen, untertauchen. Einen neuen Namen annehmen, perfekt Spanisch lernen. Alles, was an früher erinnert, wegwerfen. Alles. Dennoch wird das meiste bleiben, das, was sich nicht wegwerfen läßt. Ein anderer Ort, ein anderer Name, was bedeutet das schon. Wie ist das, morgens, kurz nach dem Erwachen? Woran denke ich dann? Spüre ich den Boden, die Magengrube, das Kribbeln in den Zehen anders? Was schmecke ich, fühle ich, was geht vor in meinem Gehirn? Wo wäre da Gelegenheit, die Verbindungslinien zu kappen, ohne sich selber auszulöschen? Das hört sich so leicht an: Flucht. Aussteigen, heißt das jetzt. Wohin denn? Und wovor flüchten? Und wovon sich abnabeln, abkoppeln? Etwas stimmt da nicht. Die Abkoppelung, die zugleich eine Ankoppelung ist.

Vor den Augen die Fresken von Rivera und Orozco. Die häßlichen Gesichter des Herrscherpaars inmitten seines Hofstaates, die Schlachtenszenen. Das Monumento a Cuauhtemoc und hundert Schritte weiter das Kolumbusdenkmal. Die Widersprüche vor Augen, wohin man geht. Im Ohr wieder diese Melodie: Will you still need me, will you still feed me, when I'm sixtyfour. Sentimentaler Kitsch, ja sicher, aber –.

Abends rufe ich Lilia in Las Casas an. »Komm doch zurück«, sagt sie, »wir vermissen dich hier.« Nachts liege ich schlaflos, bis es Zeit wird, zum Flugplatz zu fahren. Klaus, der Lehrer an einer deutschen Schule ist, und seine Frau Ursula bringen mich hin. »Du bist so schweigsam«, sagt Ursula, »ich glaube, du würdest gern noch bleiben.« Sie lacht und legt ihren Arm um mich. »Habe ich recht?« Ich weiß es wirklich nicht. Neben dem Lufthansaflug nach Europa ist ein Inlandsflug nach Tuxtla Gutiérrez angekündigt, von dort sind es mit dem Bus nur wenige Stunden bis Las Casas. Aber dann?

Einen Moment glaube ich, daß ich völlig frei sei in meinen Entscheidungen. Ein weites Tal im Hochland von Chiapas öffnet sich vor mir, die Sonne steht an einem wolkenlosen frühlingshaften Himmel. Einen Moment dieses Bild, dabei ist die Entscheidung schon lange gefallen, vor Jahren schon, womöglich noch viel früher. Andererseits: Manches sieht nach einer Entscheidung aus und ist in Wirklichkeit nur Zufall. In welcher Wirklichkeit, frage ich. Der Gedanke, es könne eine Wirklichkeit geben, von der wir gar nicht wissen, daß es sie gibt. Nicht hinter den sieben Bergen und auch nicht hinter den sieben Sternen. Unsere Möglichkeiten, und wie wir damit umgehen und was daraus wird. Unsere Vorstellungen, unsere Sehnsüchte, wie wir uns einrichten. Was wir tun und sagen. Mit wem wir befreundet sind, wen wir lieben. Das und vieles mehr.

Dann nehme ich das Flugzeug nach Frankfurt. In einer deutschen Zeitung lese ich über Ereignisse in Politik, Wirtschaft und Kultur. Mein Blick fällt auf eine kleine Notiz: Ein dreijähriges Mädchen aus der britischen Ortschaft Ampthill in der Grafschaft Bedfordshire ist nur knapp dem Tod entronnen. Das Kind spielte im Garten seines Elternhauses, als wenige Zentimeter neben ihm aus heiterem Himmel ein koffergroßer Eisblock einschlug. Die britische Zivilluftfahrtbehörde nahm Proben der ungewöhnlichen Eisbombe, um ihrer Herkunft auf die Spur zu kommen.

XXIII

Wieder zu Hause, fällt es schwer, den täglichen Anforderungen zu genügen; die Kinder sind wegzubringen und abzuholen, die Zentralheizung soll erneuert werden, eine Vorlesung ist vorzubereiten, Rechnungen sind zu begleichen, Briefe zu beantworten, der Rasen ist zu mähen. Das Baby schreit, es hat Hunger. Ruth fragt: »Kannst du mal ins Geschäft hinüberlaufen und eine große Dose Kindergrieß holen?« Alles fast so wie vorher und doch wieder ganz anders. Die Kiefern hinter dem Haus wachsen langsam nach, der Vorgarten ist neu bepflanzt.

Aber sofort stellt sich wieder die Frage: Wo bleibt jetzt das Positive? Gerold sagt: »Daß wir leben, ist Zufall – und daß wir weiterleben, ebenfalls.« Mit dieser Ansicht hat er immerhin den lebensphilosophischen Ansatz seines Großvaters von der manisch-depressiven auf eine mehr fatalistisch-resignative Ebene gehoben. Vor einigen Tagen habe ich ihn wiedergesehen, und er hat uns für heute zu sich eingeladen. Seit einem Vierteljahr bewohnt er das Gartenhaus von Max und Renate. Er habe es erweitert, hat er mir erzählt, einen Kamin und einen zweiten Raum angebaut. Von Helga habe er sich zwar räumlich getrennt, sie seien aber immer noch zusammen.

Die Trüffel, es gibt sie in den Wäldern der näheren Umgebung tatsächlich. Jeden Morgen geht er schon früh los, den Hund an der Leine. Die Ausbeute soll zwar nicht gut, für den Anfang aber auch nicht schlecht sein. Er müsse erst Erfahrungen sammeln, sagt er, Fundorte kennenlernen und in einer Karte vermerken, den Hund noch besser trainieren. An Abnehmern fehle es nicht, und die Preise seien eher im Steigen begriffen. Eine todsichere Sache, ein Traumberuf, sagt Gerold. Auch Helga habe sich eines Besseren belehren lassen. Vor allem habe sie ihn gebeten, ja geradezu angefleht, sie nicht zu verlassen. Er habe das Trinken einschränken können, Schnaps trinke er zum Beispiel überhaupt nicht mehr, ab nächstem Jahr wolle er keinen Tropfen Alkohol mehr anrühren.

Von einem Plan für den Winter und das kommende Frühjahr hat er ebenfalls berichtet, sozusagen für die pilzfreie Zeit. Er will einen Roman schreiben, im Kopf habe er ihn schon fertig. Über sein eigenes Leben. Er stellt sich das so vor: Er setzt sich jeden Tag mehrere Stunden an den Schreitisch und schreibt, wenigstens drei Seiten pro Tag.

So ähnlich wie Thomas Mann oder Theodor Fontane. Das mache in einem Monat etwa neunzig Seiten, in zwei Monaten hundertachtzig, in drei Monaten zweihundertsiebzig. Ich habe ihm zugeredet, obwohl ich hinsichtlich seiner Arbeitsdisziplin und seiner Fähigkeit, Gedanken in Literatur umzusetzen, starke Zweifel habe. Hat man es nicht versucht, sieht alles so leicht aus.

Von seinem Theaterstück war keine Rede mehr. Ob ich vielleicht versuchen sollte, es mit ihm zusammen fertigzuschreiben, fragte ich Ruth beim Nachhausekommen. Sie riet mir mit Nachdruck ab. »Du investierst sehr viel Zeit und Energie«, sagte sie, »deine eigene Arbeit bleibt liegen, es gibt mit Sicherheit Auseinandersetzungen und Dank hast du nicht zu erwarten.« Obwohl ich weiß, daß sie recht hat, überlege ich immer noch. Vielleicht, daß er Fuß faßt, wenn erst einmal der Anfang gefunden ist.

Ich repariere die Kinderfahrräder. Auf der Terrasse ist es angenehm, die letzten warmen Herbsttage. Eine Kette muß erneuert werden, ein Reifenmantel. »Stell dir vor«, ruft Ruth heraus, »eben kam in den Nachrichten durch, daß einer der aktivsten Gewalttäter bei den Krefelder Krawallen – du weißt: als der amerikanische Vizepräsident zu Besuch war – ein V-Mann des Berliner Verfassungsschutzes war!« Sie ist erschrocken und empört darüber. »Er soll als sogenannter ›agent provocateur‹ aufgetreten sein«, sagt sie. »Was die sich bloß dabei denken.« Die. Was denken die sich dabei? »Hast du heute schon Zeitung gelesen?« frage ich, und sie verneint. »Ein großer Aufsatz im Feuilleton über Rousseau, den kann ich dir zur Lektüre empfehlen.«

»Was hat das damit zu tun?«

»Dann weißt du, was die sich denken.«

Sie holt die Zeitung, setzt sich in den Liegestuhl und liest, »Geistige Welt« heißt die Rubrik. Sie zitiert: »Die liberalen Menschheitsbeglücker, die in Amerika die Sklaverei und in Rußland die Leibeigenschaft in einem Zuge aufhoben, wähnten ihr unheilvolles Werk im Geiste Rousseaus zu verrichten. Noch ihre Nachfahren lernten aus den Folgen, die Amerika eine unentwickelbare Unterschicht und Rußland die bolschewistische Revolution bescherten, so wenig, daß sie nach 1945 für die Freisetzung der Kolonien sorgten, die seither für die erste und zweite Welt zu einer unerträglichen Belastung wurde ...«

Sie blickt auf und sagt: »Unfaßbar.« Nicht wahr. Sklaverei und Leibeigenschaft waren ein echter Menschheitsfortschritt, ihre Aufhebung ist reaktionär und muß schleunigst rückgängig gemacht werden. Das hören wir, so oder ähnlich, heute auch schon wieder einmal aus höchsten Kreisen in Politik, Wirtschaft und Kultur. Worüber wundern wir uns eigentlich noch. 8,7 Prozent Arbeitslose in der Bundesrepublik, 3,4 Millionen Sozialhilfeempfänger, über eine Million fehlender Wohnungen. Während die Unternehmensgewinne steigen. Und wie sieht es erst woanders aus, in Südamerika beispielsweise oder in Indien oder in Afrika, wo jeden Tag Hunderttausende zugrunde gehen. Zahlen, die in ihrer statistischen Nüchternheit kaum noch erschrecken und doch mit größter Genauigkeit beweisen, wie schwierig es ist, zusammen mit anderen ein menschenwürdiges Leben zu führen.

Unzählige kleine Schritte vorwärts, um einige große Schritte rückwärts wieder auszugleichen. Weder mit Hilfe der Technik, noch mit Hilfe der Wissenschaft, sondern nackten Fußes durch unwirtliches Gelände, manchmal auch kaffeetrinkend in einem Restaurant, in dem Ausländer unerwünscht sind. Der Umgang mit anderen. Den wir zu verantworten oder mitzuverantworten haben. Die täglichen kleinen Schritte. Und die Reaktionen darauf, mit denen zu leben wir lernen müssen. Eine anonyme Zuschrift: »Du rote Sau! Dich und dieses Packzeug von Kameltreibern haben sie vergessen zu vergasen.« Da merken wir erst, was eigentlich läuft und wie die andere Seite aussieht.

»Wir kümmern uns um die Kinder, den Haushalt, die Arbeit«, sagt Ruth, »wir sprechen mit den Freunden, Bekannten, Arbeitskollegen und Nachbarn, aber zumeist über Nebensächlichkeiten. Dabei verlieren wir nicht selten aus dem Auge, wie andere Menschen wirklich denken, wenigstens geht mir das so. Plötzlich dann ein Wort, ein Satz, als bekäme man einen Schlag.«

»Das ist das eine«, antworte ich. »Darauf können wir uns noch einlassen. Was aber geschieht darüber hinaus, irgendwo in den Büros, Laboratorien, Befehlszentralen, in den Werkstätten und Fabriken, ja sogar in den Schlafzimmern?«

Ruth legt die Zeitung beiseite und rückt sich den Liegestuhl in den Schatten unter dem Fliederbaum. »Du hast recht«, erwidert sie, »das meiste geht an uns vorbei. Oder wir wollen es nicht wahrnehmen, vielleicht, weil wir gerade mit etwas anderem beschäftigt sind, uns gar nicht zuständig fühlen oder weil kein direkt Verantwortlicher erkennbar ist.«

Die Fahrräder sind wieder in Ordnung, und ich setze mich an den

Gartentisch. »Ich erzähle dir so eine Geschichte«, sage ich, »die habe ich neulich von einem Mitreisenden im Flugzeug gehört, und du wirst eine ähnliche wahrscheinlich aus dem ›Totenschiff‹ von Traven in Erinnerung haben. Meine Geschichte beginnt allerdings nicht in Antwerpen Anfang des 20. Jahrhunderts, sondern auf dem Seeweg von Afrika nach Europa, und zwar im Juli und August dieses Jahres.«

»Das ist ja gerade erst gewesen«, sagt sie. »Du machst mich neugierig.«

Die Geschichte: Der holländische Frachter »Anny Danielsen« hat gerade den Hafen von Algier verlassen und steuert auf die offene See. Da werden an Bord zwei blinde Passagiere entdeckt. Die 22 und 34 Jahre alten Männer, Algerier, haben weder Ausweispapiere noch Geld bei sich, an Kleidung nur das, was sie auf dem Leib tragen. »In Algerien konnten wir keine Arbeit finden«, erklären sie auf Befragen, »deswegen haben wir unsere Heimat verlassen.« Der Kapitän nimmt ein Protokoll auf und läßt die beiden festsetzen. Sie sollen in Cuxhaven, dem Bestimmungsort des Schiffes, an Land gebracht werden. »Halt«, sagen dort die Beamten des Bundesgrenzschutzes, und sie vertreten damit nichts als die Buchstaben des Gesetzes. Denn wirtschaftliche Gründe zählen nicht im internationalen Asylrecht, noch dazu bei Bürgern sozialistisch orientierter Staaten wie Algerien, die sich von unserem höheren Lebensstandard angezogen fühlen könnten. Also »Halt«.

Hätten sie wenigstens politische Gründe angedeutet. Schwierigkeiten mit dem »System« oder ähnliches. Welcher Grenzschutzbeamte hätte das nicht als naheliegend empfunden und dafür wohlwollendes Verständnis gezeigt. Oder handelte es sich um geflüchtete Waffenfabrikanten, Bordellbesitzer oder Gummiwarenhersteller, die vor dem vietnamesischen Sozialismus flüchten mußten. Also zurück mit ihnen, denken wir uns, als sei das so einfach. Aber Algerien weigert sich, die Passagiere zurückzunehmen, da sich ihre Staatsbürgerschaft ohne entsprechende Papiere nicht nachweisen lasse. Keine Zuständigkeit, hier wie dort. Da könnte ja jeder kommen. Mögen sie gefälligst bleiben, wo sie sind, was geht uns das an. In Holland, Frankreich und England das gleiche, keine Aufenthaltsgenehmigung, keine Arbeitserlaubnis, nicht einmal richtig staatenlos. Zwei überflüssige Menschen. Verzweifelt soll der Kapitän der »Anny Danielsen« geäußert haben: »Entweder mein Schiff sinkt, oder die beiden sterben.« Damit ist die Angelegenheit erledigt, den Gesetzen scheinbar

Genüge getan, die Akten können geschlossen werden. Offiziell oder de jure, sagt man, und hat sich etwas dabei gedacht oder auch nicht. –

Die alte Frau Nerlich holt das Baby zum Spazierengehen ab. Ruth fragt, ob sie gegen Mittag mit uns aufs Land fahren will. »Soviel Platz habt ihr doch gar nicht im Auto«, gibt sie zu bedenken, aber Ruth winkt ab: »Dann setz ich mich mit den Kindern nach hinten«, und Oma Nerlich sagt hocherfreut zu. Wir blicken ihr hinterher, wie sie, liebevoll mit dem Kind redend, fortgeht. »Gut, daß wir sie haben«, sagt Ruth.

Mittags laden wir das Auto voll und fahren hinaus zum Kiesteich. Aus der Blockhütte ist ein richtiges kleines Haus geworden. Der Gemüsegarten ist eingezäunt, Hühner und Enten laufen herum, der Hund, eine Katze. Vor der Tür brät über dem Holzkohlenfeuer ein Spanferkel, daneben ist ein Faß Bier aufgebockt, für die Kinder gibt es Limonade.

Als erstes fällt mir auf, daß Gerolds Zahnlücke verschwunden ist. Er wirkt straffer und lebhafter als sonst, kommt uns mit ausgebreiteten Armen entgegen und begrüßt alle mit einem Kuß. Oma Nerlich ist etwas verlegen, aber Helga nimmt sich ihrer an und zeigt ihr das Haus und den Garten. »Wie schön!« höre ich ihre helle begeisterte Stimme, »wie praktisch!« Im Garten gibt sie fachkundige Ratschläge, denen auch Gerold vom Zaun aus zuhört. Von manchen Kräutern, die sie anzubauen empfiehlt, kennen wir nicht einmal die Namen. »Ein Leben lang im Garten«, sagt sie vergnügt, »da kennt man sich schon aus.« Der breite Dialekt gibt ihren Erläuterungen etwas Gemütliches. Gleich darauf wird sie wieder ernst. »Früher haben wir die Erfahrungen der Alten noch gebraucht«, setzt sie bekümmert hinzu, »heute ist das alles anders geworden, ich komme mir manchmal überflüssig vor, als ob ich störe. Wer braucht heute noch den guten Rat einer alten Frau.« Sie hat recht, denke ich, ihre schwarze gebeugte Gestalt vor Augen, das weiße Haar leuchtet in der Sonne. Wie verrückt das alles ist. Als wäre Altern eine Strafe und als könnten wir auf Erfahrungen verzichten.

»Wie kommt es«, frage ich Max und Renate, »daß ihr euch von diesem Paradies getrennt habt?«

»Nicht getrennt«, sagt Renate, »wir haben freien Zugang. Wir können uns zur Zeit nur nicht darum kümmern und hatten Bedenken, das Grundstück unbeaufsichtigt zu lassen. Du weißt, die Brandstiftungen und Einbrüche hier in der Gegend.«

Max berichtet, daß sie in der Stadt ein Haus gekauft haben, in dem er eine Praxis für Sprachheilkunde begonnen hat. »Ich wollte nicht eher damit herausrücken, bis ich alles geregelt hatte«, sagt er entschuldigend, »und dann warst du ja längere Zeit fort.« Die Praxis laufe hervorragend, wirft Renate ein. Sie überlege, ob sie nicht ebenfalls eine zusätzliche Ausbildung anfangen solle, um mit Max zusammenzuarbeiten.

Gerold kümmert sich um das Spanferkel, Ruth und Renate wollen noch einen Salat zubereiten und die Kinder balgen sich um die Schaukel, die an einem Baum befestigt ist. Max hängt ein dickes Klettertau daneben, und jetzt wollen beide klettern. »Einigt euch doch«, meint er. Das ist leicht gesagt. »Onkel Max«, rufen sie, »fahr doch bitte mit uns Boot!« Ich gehe zu den Seerosen, setze mich ans Ufer und schaue ihnen zu.

Als nach und nach alle wieder zusammenkommen, gibt es Essen. »Nein sowas«, sagt Oma Nerlich und schlägt die Hände zusammen. »Soviel Fleisch und Salat, Bier und Limonade! Wer hätte gedacht, daß es uns einmal so gut geht!« Das Weißbrot, erklärt sie, habe in ihrer Kindheit noch Franzbrot geheißen, wahrscheinlich nach den Franzosen aus der Zeit der Napoleonischen Kriege, und sei erheblich teurer als das übliche Roggenbrot gewesen. »Wir haben es mit etwas Marmelade darauf wie Kuchen verschlungen. Es gab ja nichts, Hunger sogar noch, als ich mit vierzehn Jahren zum Bauern in Stellung kam. Die Schweine wurden besser gehalten als die Mägde, die waren ja nur zur Arbeit gut, die Schweine sollten verkauft oder geschlachtet werden.« Nachdem sie ihre ersten Hemmungen überwunden hat, probiert sie von allem. »Es schmeckt köstlich«, meint sie, »aber der Appetit läßt mit zunehmendem Alter leider nach. Gebt mal noch den Kindern, damit sie etwas größer werden als ich.«

Nach dem Essen erzählt sie weiter über ihre Arbeit kurz nach dem ersten Weltkrieg beim Bauern. Elf Kinder zu Hause, der Vater Landarbeiter, man war froh, wenn man überhaupt eine Stelle fand und ein paar Pfennige bekam, um sich Kleidung kaufen zu können. Morgens um fünf melken, füttern, ausmisten, dann im Haushalt und auf dem Feld helfen, bis es dunkel wurde, für zwei Mägde ein Bett. Arbeit und Schläge, und Hunger sogar beim Essenkochen. Die Bäuerin paßte auf wie ein Luchs, den Schlüssel zur Speisekammer trug sie in ihrer Schürzentasche. Abstufungen auch unter den Mägden und Knechten, strenge Über- und Unterordnung. So etwas wie Kollegialität gab es nicht. Die jüngsten wurden schikaniert und geschunden. Sie erzählt den ganzen Nachmittag. Einmal sagt Renate: »Das kann man sich heute gar nicht mehr vorstellen.« Dabei ist kaum ein Menschenalter vergangen.

XXIV

Der Tatbestand ist authentisch und schnell erfaßt, Ort der Handlung ein abgelegenes Intellektuellendorf im Taunus. Eines Tages legen sich die Kinder in Bettlaken gehüllt, wie sie in jener Gegend von den Einheimischen hier und da noch als Leichentücher verwendet werden, auf die Kreuzung der vorbeiführenden Bundesstraße. Autofahrer, Landwirte, Dorfbewohner wundern sich, auch einige Eltern und einige Lehrer. »Was geht in solchen kleinen Köpfen bloß vor!«

Die Kinder protestieren – und wer staunt nicht darüber? – gegen Kriegsrüstung und atomare Bedrohung. Auf mitgeführten Schildern steht kurz und bündig: »Keine Raketen! – Keine Atomwaffen! – Abrüstung!«

Dann kommt es wie es kommen muß, hier in unseren Breiten. Der Bürgermeister erstattet, telefonisch unterstützt von einigen Dorfhonoratioren, Anzeige bei der Polizei, die unverzüglich einschreitet. Sie schleppt also, wie es hierzulande immer üblicher zu werden scheint, eine Wagenladung voll Demonstranten – in diesem Fall Kinder – zu Verhör und erkennungsdienstlicher Behandlung. Abdrücke von Daumen und Zeigefinger, Fotos von vorn und von der Seite. So weit, so schlimm.

Aber was macht nun ein mit diesem Fall befaßter gewissenhafter deutscher Staatsanwalt? Er erhebt natürlich Anklage, er klagt an wegen Gefährdung des öffentlichen Verkehrs, wegen Widerstands gegen die Staatsgewalt (jemand hat gestrampelt) und – wegen unbefugten Tragens von Uniformen beziehungsweise uniformähnlicher Kleidungsstücke; damit sind die Bettlaken gemeint. Deutschland, ein Wintermärchen.

Dennoch erscheint diese Anklage dem Amtsrichter in der jetzt folgenden Verhandlung etwas abwegig, juristisch gesehen. Er verurteilt daher die Kinder, soweit sie schon vierzehn und strafmündig sind, wegen Nötigung. »Wer einen anderen rechtswidrig mit Gewalt ... zu einer Handlung, Duldung oder Unterlassung ... mit Freiheitsstrafe bis zu drei Jahren« – § 240 StGB, das heißt Strafgesetzbuch.

Wir kommen nicht zur Ruhe, niemals. Noch während ich die Notiz über diesen Vorfall in der Rundschau lese und mich gegen den zynischen Gedanken zu wehren versuche, daß diese Sorte Juristen jeden Satiriker brotlos mache, kommt mein Sohn hereingestürzt, er schreit:

»Papa, Papa, die Kriegsleute kommen!« Ich schaue vor die Tür und sehe hinter dem Parkplatz auf der Straße eine Kolonne Soldaten marschieren, einer hinter dem anderen, in grünbraun gefleckten Kampfanzügen, auf dem Rücken den Tornister, am Koppel das Bajonett, das Schnellfeuergewehr umgehängt. »Ganz schön viele«, sagt mein Sohn, der sich an meiner Hose festhält, und fragt: »Können die Schießgewehre auch losgehen?« Ich sage »ja«, und mein Sohn entschließt sich zu der Feststellung: »Dann dürfen sie damit nicht in den Krieg gehen, denn: sonst könnten sie vielleicht jemanden totschießen.« Das alles leuchtet mir immer mehr ein. Das, was uns die Kinder vorsprechen und vormachen, was wir schon lange hätten sagen und tun müssen. Was wir demnächst – das ist meine feste Überzeugung – sagen und tun werden.

Ich sitze wieder im Arbeitszimmer und schreibe in meine Kladde. Die Gedanken zusammennehmen, überprüfen, fliegen lassen. Vieles, was war, hat sich in der Phantasie verändert, verselbständigt, ist in Vergessenheit geraten oder verdrängt worden. Wie war das genau? Erinnerungen, die Fragen aufkommen lassen. Fragen, die Antworten herbeiführen. Was war wichtig, was hatte Wirkungen oder auch keine, wo liegen die Ursachen, wie geht es weiter? Unsicherheit, Angst, Verzweiflung, auch Trauer. Das Bedürfnis, zu begreifen. »Du mußt den Menschen nicht zürnen, du ärgerst dich immerfort über sie, bist hart und anmaßend geworden! ... Denk stets daran: Nicht Gott richtet die Menschen – das ist des Teufels Lust! Nun, leb wohl ...« Das Bedürfnis, mir Klarheit zu verschaffen, zu Schlüssen zu kommen, meine Rückstände abzutragen. Alles wird eins: LEBEN. Und darauf kommt es an.

Aber die Bilanz der äußeren Umstände liest sich wie eine Horrormeldung. 2,3 Millionen Mark für Rüstungsausgaben jede Minute, 15 Tonnen Sprengstoff pro Kopf, über vierzig Prozent der höchstqualifizierten Wissenschaftler und Techniker in der Rüstungsforschung, jedes Jahr 17 Millionen verhungerte Kinder. »Penetrating heads« durchschlagen zwölf Meter Massivbeton, sämtliche Führungsbunker und wichtigen Militärstellungen des Gegners können wenige Minuten nach dem Start ausradiert sein. Wer kann damit leben, hier wie dort? Wie lange noch? Und alle Kriege beginnen mit Lügen. Von chirurgischen Einzelschlägen ist die Rede, »Sieg ist möglich« lesen wir, die Vorwarnzeiten werden immer kürzer, das Risiko wird immer größer. Jetzt soll sogar der Irak schon Atombomben haben.

Das Bedürfnis, zu begreifen. »Und warum haben die Franzosen mit uns Krieg geführt?« – »Nun, der Krieg ist Sache des Zaren, das werden wir nie verstehen!« Im Augenblick herrscht Tauwetter, wenigstens in Mitteleuropa. Die Grenzen sind durchlässiger geworden oder haben sich sogar geöffnet. Aber womöglich wird es bald wieder Frost geben. Dabei bedarf es mittlerweile gar keines Krieges mehr, um die Menschheit zu vernichten. Wir wissen es spätestens seit dem Reaktorunglück in Tschernobyl.

Und eines Tages lesen wir in der Zeitung, hören es überall: Aus der DDR sind innerhalb weniger Tage Tausende von Flüchtlingen herübergekommen, jeden Tag werden es mehr. Dann ist die Rede von Demonstrationen in Leipzig, Dresden, Rostock, Berlin, die DDR-Regierung ist zum Rücktritt gezwungen worden. Später heißt es, die Grenze sei offen – wir vermögen es kaum zu glauben. Am Brandenburger Tor finden Kundgebungen statt, die Menschen feiern, Deutschland soll wiedervereinigt werden. Es folgen Verhandlungen der Bundesregierung mit den vier Besatzungsmächten, freie Wahlen in der DDR, der Zusammenschluß, gesamtdeutsche Wahlen. Feuerwerke werden abgebrannt, die Kinder erhalten schulfrei, im Radio ertönt die Nationalhymne. Beiläufig erfahren wir von steigender Arbeitslosigkeit, von westdeutschen Firmengründungen und neuen Absatzmärkten in der ehemaligen DDR. Aber Helga klagt, daß sie kaum noch die erneut erhöhte Wohnungsmiete aufzubringen vermag, und unsere Zinszahlungen für das Haus sind inzwischen auf fast das Doppelte gestiegen.

Die Tage werden wieder kürzer, die Unruhe ist zurückgekehrt, auch die Müdigkeit in Kopf und Gliedern, Bilder ziehen vorbei: Eine Straße, eine Mauer, ein Haus. Die Gitterläufe und Trommeln von Maschinenpistolen. Ein Barackenlager am Stadtrand. Eine Mutter, die einen Brief aus Gleiwitz in der Hand hält und weint. Ein Vater, der bei der Verteidigung eines Straßenabschnitts seine Gesundheit eingebüßt hat. Ein König, der über das Schlachtfeld reitet. Der Professor sagt: »Ich kenne diesen Herrn persönlich und schätze ihn sehr.« Ein Richter, dessen Andenken uns kein gesegnetes bleiben wird. Ein anderer Vater, der immer noch seinen Sohn enterben will. Ein Sohn, der seinen Vater schon lange enterbt hat. Die Kinder auf ihren Fahrrädern hinter dem Garten. Ein Generalmanager, der fragt: »Darf ich Sie zum Essen einladen?« Ein Kriminalkommissar, der den Finger auf die Lippen legt. Ein Panzer, der mit achtzig Stundenkilometern an mir vorbeijagt, daß der Dreck hoch aufspritzt und ich mir unwillkürlich über die Augen wische. Die alte Frau unter dem Kirschbaum. Eine freundliche Provinzstadt im Hochland von Mexiko. Eine geladene Pistole, entsichert. Aber die vorgestreckten Hände bettelnder Frauen und Kinder. Ein Ratsherr, der ruft: »Wer im KZ war, brauchte wenigstens nicht an die Front!« Eine Abteilung Soldaten in Kampfanzügen.

Jetzt heißt es, die ehemaligen DDR-Politiker und die Mitarbeiter des Staatssicherheitsdienstes sollen bestraft, die Betriebe dort privatisiert oder geschlossen werden. Makler wittern Gewinne, Denunzianten haben Konjunktur. Die Jagd auf Sündenböcke, der Haß auf Ausländer und Asylanten. Sonntagsreden der Politiker. Arbeiter aus Thüringen und Sachsen werden in Bayern zu Billiglöhnen beschäftigt. Ein Stück Geschichte wird verworfen, ein Staat aufgelöst. Die Ankläger stehen immer auf der richtigen Seite; sie finden sich auch in der eigenen Familie.

Der Vater ist alt, er kommt gelegentlich zu Besuch und sagt: »Es tut mir leid, daß ich dich früher so oft geschlagen habe – aber die Erziehungsmethoden waren damals andere als heute.« Er sagt: »Hitler führte Deutschland in eine furchtbare Katastrophe – aber er hatte auch seine guten Seiten, das darf man nicht vergessen.« Er sagt: »Ich weiß, daß ich manchmal zu pedantisch und zu egoistisch bin – aber Ordnungssinn und ein gesunder Egoismus sind hier und da durchaus nötig.« Er spricht von der Wiedervereinigung und davon, daß der Sozialismus nun endgültig der Vergangenheit angehöre. Er freut sich. Ich mag ihm nicht darauf antworten; ich nehme seine Ansichten zur Kenntnis, schweige dazu.

Ein Autor schreibt: »Ich stelle mich mir in meiner Kindheit als einen Bienenstock vor, in den einfache, unbedeutende Leute den Honig ihrer Erfahrungen, ihrer Gedanken über das Leben wie Bienen zusammentrugen und freigebig meine Seele bereicherten, jeder so gut er konnte. Oft genug war dieser Honig bitter und unrein, aber Wissen blieb trotz allem Honig.« Dann schlage ich eine andere Seite auf und lese: »Wie eine Mutter am Grabe ihres Sohnes / Stöhnt eine Schnepfe trostlos im Sumpf...« Der Autor ruft: »Ihr tut mir alle leid! Ach ihr!« Dann wieder Ruhe, horchen in die Stille.

Ich versuche, zu einem Ergebnis zu kommen und sitze schreibend, zögernd. Der Nebel nimmt zu und die Kälte, auch die Schwermut. Packe mich ein, klappere dennoch. Halte mir den Mund zu, die Augen sprechen weiter, die Hand schreibt. Die Haut ist dünn. Fangschüsse sind zu hören, provoziert – so heißt es – durch um sich greifende Tollwut. Verlautbarungen, Nachrichten immer aufs neue, bis zum Erbrechen.

Aber dann wird's wieder Tag, oder es kommen Tage und Wochen, da blühen die Felder mitten im Winter, es gibt Pfannkuchen mit Apfelmusliedern oder gedünstete Pfifferlinge in Lorbeerzweigsoße. Die Kinder zwitschern, die kleinen und die schon größeren, und wir erzählen uns etwas, warm zwischen dem Grün und dem Eis. Das Herz schlägt, das hören wir deutlich. Wenn wir uns am Abend schlafen legen, spüren wir zuweilen die beglückende Hoffnung, daß alles besser werde, noch wärmer, noch freundlicher, andauernder. Jedenfalls steht es unentschieden, sagen wir uns in einem letzten Moment der Klarheit, schon auf der Schwelle zum Schlaf.